O LADO HUMANO DA EMPRESA

O LADO HUMANO DA EMPRESA

Douglas McGregor

Tradução
MARGARIDA MARIA C. OLIVA

Martins Fontes
São Paulo 1999

Esta obra foi publicada originalmente em inglês com o título
THE HUMAN SIDE OF ENTERPRISE, por McGraw-Hill.

1ª edição
outubro de 1980
3ª edição
outubro de 1999

Tradução
MARGARIDA MARIA C. OLIVA

Revisão gráfica
Ana Maria de Oliveira Mendes Barbosa
Márcia da Cruz Nóboa Leme
Produção gráfica
Geraldo Alves
Paginação/Fotolitos
Studio 3 Desenvolvimento Editorial (6957-7653)

Dados Internacionais de Catalogação na Publicação (CIP)
(Câmara Brasileira do Livro, SP, Brasil)

McGregor, Douglas
O lado humano da empresa / Douglas McGregor ; tradução Margarida Maria C. Oliva. – 3ª ed. – São Paulo : Martins Fontes, 1999. – (Ensino superior)

Título original: The human side of enterprise.
Bibliografia.
ISBN 85-336-1128-5

1. Administração de pessoal I. Título. II. Série.

99-3859 CDD-658.3

Índices para catálogo sistemático:
1. Administração de pessoal : Administração 658.3
2. Recursos humanos : Administração 658.3

Livraria Martins Fontes Editora Ltda.
Rua Conselheiro Ramalho, 330/340
01325-000 São Paulo SP Brasil
Tel. (11) 239-3677 Fax (11) 3105-6867
e-mail: info@martinsfontes.com
http://www.martinsfontes.com

Índice

TERCEIRA PARTE

DESENVOLVIMENTO DO TALENTO GERENCIAL

Para minha esposa

Introdução

De vez em quando, alguém envolve uma idéia oportuna em palavras tão marcantes que a idéia rapidamente penetra na consciência geral. Tal é o caso deste livro, obra seminal de Douglas McGregor, seu primeiro e único livro. Sinto-me, portanto, privilegiado por escrever esta introdução.

Doug McGregor foi uma figura memorável no seu tempo, e, a propósito, continua a ser. Ele criou um "novo gosto" em todo o campo da administração e nos campos mais recentes da "conduta organizacional" e do "desenvolvimento de organização". Pode-se concordar com ou discordar de seus escritos mas eles sempre estão lá, para ser defendidos ou atacados, dependendo do ponto de vista. Todos nós, que vivemos e trabalhamos em grandes cenários organizados – praticantes e estudiosos da mesma maneira –, cantamos seus cânticos exultantes, lamentamos a sua popularidade ou questionamos a sua validade. Assim como todo economista, conscientemente ou não, paga seu tributo a Keynes, somos todos, de uma maneira ou de outra, discípulos de McGregor.

Quando digo que *O lado humano da empresa* criou um "novo gosto", estou falando sério mesmo, já que este livro, mais do que qualquer outro livro sobre administração, mudou todo um conceito de homem organizacional e substituiu-o por um novo paradigma, que salientava os potenciais humanos, enfatizava o desenvolvimento humano e elevava o papel humano na sociedade industrial. Mais importante, talvez, um grande segmento do campo profissional de Doug (e o meu) operava em um ambiente que ele criou e cujo fundamento foi lançado por este livro. Boa parte do trabalho que ocorre agora não poderia ter acontecido se o livro não tivesse sido escrito.

Nada do que McGregor escreveu antes ou depois deste livro deixou de refletir, de uma maneira ou de outra, sua marca registrada, a ser desenvolvida posteriormente, agora imortalizada por aquela simples inicial, "Y".

Seu famoso discurso da "Teoria Y" foi proferido na Quinta Convocação de Aniversário da Sloan School of Management, do MIT, em abril de 1957. "O lado humano da empresa" foi o título do discurso, e foi sob esse título que McGregor publicou este livro em 1960, há apenas vinte e cinco anos.

O que McGregor disse para cativar o público de administração a que estava se dirigindo? Basicamente, estava pedindo a todos nós, interessados em capacitar e motivar a força de trabalho, que examinássemos os nossos pressupostos (implícitos e explícitos) a respeito da maneira mais eficaz de administrar pessoas. Ele, então, propôs uma nova teoria do ser humano (em parte, influenciado pelos teóricos psicológicos da "realização do eu", especialmente Abraham Maslow), uma nova teoria do poder e um novo conjunto de valores que guiaria o espírito do local de trabalho industrial.

Todos os temas que informaram seu trabalho inicial e que culminaram em *O lado humano da empresa* podem ser vistos e são refletidos em praticamente todo livro escrito sobre administração hoje. Podem ser resumidos, creio, com as seguintes proposições:

- Participação ativa de todos os envolvidos.
- Um interesse transcendente pela dignidade, valor e desenvolvimento individuais.

• Reexame e resolução do conflito entre necessidades individuais e objetivos organizacionais, por meio de relações interpessoais entre superiores e subordinados.

• Um conceito de influência que não se vale de coerção, consenso, evasão ou esquiva, pseudo-apoio ou barganha, mas de abertura, confronto e solução de diferenças.

• Uma crença de que o desenvolvimento humano é autogerado e promovido por um ambiente de confiança, *feedback* e relações humanas autênticas.

Esta última proposição a respeito do *feedback* faz-me lembrar uma anedota pessoal (e reveladora) a respeito de Doug. Ele me pareceu sempre aberto à experiência, ao *feedback*; não parecia precisar das películas de proteção comuns que a maioria de nós desenvolve cuidadosamente. Esse apetite pelo *feedback* aparentemente começou cedo em sua carreira porque, pouco depois de começar a ensinar em Harvard, em 1935, ele pediu a um dos professores mais velhos ajuda e orientação sobre o seu estilo de ensino. Depois de muitos parágrafos de elogio, o professor, Gordon Allport, escreveu:

> Os únicos possíveis pontos em que acho que você ainda poderia aprender são (1) não sacudir moedas e chaves, (2) manter as mãos fora dos bolsos impediria isso automaticamente, (3) falando de modo geral, o lugar dos pés é no chão, não na mesa (embora eu tenha consciência do encanto da informalidade, especialmente em uma personalidade como a sua...), (4) o problema que você terá no ano que vem será conseguir uma estrutura teórica na qual colocar as coisas. Em 12 anos, ainda não sou bem sucedido nessa dificílima tarefa.

Doug nunca conseguiu tirar os pés de cima da mesa e, quando foi presidente do Antioch College, isso ofendia as sensibilidades dos estudantes, mas conseguiu dominar o hábito de sacudir moedas, a não ser quando ficava impaciente com hóspedes que demoravam para ir embora. Conseguiu finalmente, porém, construir uma "estrutura teórica na qual colocar as coisas", que resultou neste livro.

Voltando aos temas principais deste livro, eu acrescentaria isto: no fim, o empregado deve assumir a responsabilidade pelo seu desenvolvimento. McGregor não toleraria o "pseudodesenvolvimento" forçado ao indivíduo pelo administrador excessivamente zeloso – não importa o quão bem intencionado –, que manipula, ou por um sádico, que usa o medo como uma muleta para esconder temores pessoais. O desenvolvimento é orgânico, natural. O melhor que um líder pode fazer é compreender as condições que criam um clima de desenvolvimento e fazer todo o possível para alimentá-las. O líder intervém apenas raramente – e com grande risco.

O lado humano da empresa facilitou – se não influenciou diretamente – alguns desenvolvimentos relacionados na prática da administração. A aplicação de "grupos de encontro" (ou "grupos T", treinamento de sensibilidade, etc.) a organizações efetivas, *on-line*, reais, começou seriamente após a publicação deste livro. Ele ajudou a oferecer a tão necessária teoria que poderia traduzir um modelo de mudança de "grupo pequeno" – basicamente interpessoal – de uma situação artificial de laboratório, distante no tempo e no espaço da vida cotidiana, suada e plebéia do mundo real, para organizações intactas, em funcionamento. O trabalho de Peters e Waterman, Ouchi, Kanter, Likert, Argyris, Schein, Blake e Mouton, Beckhard, Shepard e outros, muitos para mencionar aqui, devem boa parte da sua aceitação e desenvolvimento a este livro.

Além disso, os campos mais recentes do comportamento organizacional e do desenvolvimento organizacional surgiram da tradição que McGregor estabeleceu e, desde então, amadureceram e tornaram-se uma área importante da teoria, da pesquisa e da prática. Um exemplo das conseqüências práticas desse desenvolvimento é o estabelecimento de novos departamentos e vice-presidentes corporativos de desenvolvimento organizacional, ou DO. Esses departamentos e executivos consideram sua responsabilidade principal o exame e a promoção de ambientes de trabalho que facilitem respostas da Teoria Y.

O fato de este livro ter atraído discípulos devotados e críticos devotados não deve ser surpresa. Era inevitável. Qualquer idéia radicalmente nova sempre contrabandeia imperativos morais e prescritivos que se desviam das práticas convencionais. Naturalmente, houve alguns que criticaram este livro porque perceberam nele (muito corretamente) um estilo de comportamento antitético ao seu sistema de valores.

Basicamente, o nervo em que tocou este livro relaciona-se com a sua premissa subjacente, a questão a que se dirige, ou seja, os pressupostos que sustentamos a respeito do comportamento humano. Os detratores de McGregor, agora, de certa maneira, silenciados pelos resultados de sua liderança fracassada, perguntavam como um gerente da Teoria Y poderia dirigir uma ferrovia. Questionavam se um líder podia *ouvir* tanto sem parecer passivo, fraco ou excessivamente "permissivo". Perguntavam como poderia funcionar uma filosofia de administração que queria "ceder" as prerrogativas da tomada de decisões a subordinados. Isso lembra suspeitamente o comunismo, escreveu um crítico no início da década de 1960.

Não são críticas fabricadas; elas representam apenas uma amostragem branda das respostas típicas. A crítica sobre o comunismo é (ou costumava ser) expressa com freqüência e, sem dúvida, é a crítica menos relevante à argumentação de McGregor. McGregor continuou a sustentar a responsabilidade e a confiabilidade da liderança formal da organização. A "equalização de poder", um termo aplicado à Teoria Y por alguns críticos, simplesmente não se sustenta. McGregor nunca sugeriu ou insinuou nenhuma cessão de poder.

Na verdade, argumentou que uma relação confiante, aberta e honesta entre líder e subordinado antes *acrescenta* que subtrai à capacidade do líder de influenciar a força de trabalho. (O que também significa que acrescenta à capacidade do subordinado de influenciar o seu superior.)

Doug McGregor era um gênio, não necessariamente pela originalidade das suas idéias, que muitas vezes estavam "no ar" ou eram desenvolvidas por espíritos similarmente criativos. Era um gênio porque tinha clareza mental e, em se tratando de administradores, uma rara empatia e um talento para a metáfora correta que fundamentava e estabelecia uma nova idéia.

As idéias sempre são inventadas antes que seus fundadores as descubram. Com certeza, deve ter ocorrido uma "crise de identidade" bem antes que Erickson cunhasse a expressão. A Teoria X e a Teoria Y certamente existiam antes de McGregor. Mas ele as nomeou, rotulou. A velha piada sobre o juiz no fundo do último *inning* do jogo decisivo do campeonato americano de beisebol vem à mente. O placar está empatado, as bases estão cheias, dois fora, e o batedor tem uma contagem de 3-2. A bola é arremessada e o juiz hesita. O batedor vira-se, zangado, e grita: "Ei, que diabo é isso?" E o juiz responde: "Não é nada até que eu diga o que é!"

"Dizer o que é" na ciência ou na prática exige não apenas aqueles outros notáveis atributos de McGregor mas aquele elemento importante e decisivo: coragem. Tinha a coragem de dizer o que é – em abundância.

McGregor também foi um gênio na influência direta que teve sobre o proveito que tantos de nós usufruíram das suas idéias e coragem. Em um recente artigo sobre os dez principais líderes no campo de DO, oito deles, quando lhes perguntaram qual era a influência mais importante nas suas carreiras, destacaram Douglas McGregor (e, indiretamente, este livro). Mais importante, quando lemos que a General Motors, talvez a organização mais influente do mundo, está tentando mudar para uma cultura corporativa da Teoria Y, podemos compreender plenamente o impacto deste livro. A antiquada filosofia de administração da GM podia ser resumida por esta frase: "NÃO PENSE, SEU BURRO – FAÇA O QUE MANDAREM!" Agora, na fábrica da GM de Buick City, assim como em algumas outras, há um novo lema, muito diferente, que diz: "PENSE! NÃO VOU LHE DIZER O QUE FAZER."

É chamado administração participativa. Seu ancestral é a Teoria Y.

Em 1950, McGregor escreveu:

> De tudo isso resultou o primeiro reconhecimento claro de um fato inescapável: não podemos *forçar* com sucesso as pessoas a trabalhar pelos objetivos da administração. A antiga concepção de que as pessoas fazem o trabalho do mundo apenas se são forçadas a fazê-lo por meio de ameaças ou intimidação, ou pelos métodos autoritários camuflados do paternalismo, vem sofrendo de uma enfermidade persistente e fatal por um quarto de século. Arrisco o papilte de que estará morta dentro de uma década*.

Caracteristicamente, foi otimista quanto à morte do autoritarismo mas foi preciso, como sempre, ao colocar o dedo na questão certa no tempo certo. Podia ter ajudado, tivesse

---

* De uma comunicação pessoal.

vivido, a fazê-la ocorrer muito mais cedo. Há muitos de nós que acreditam que a decisão da McGraw-Hill, de reeditar esta obra-prima fará o inevitável ocorrer muito mais cedo do que Doug previu.

Warren G. Bennis
The Joseph Bell Distinguished Professor
Of Management and Organization
University of Southern California
School of Business Administration

Prefácio

Há alguns anos, durante uma reunião do Conselho Consultor da Escola de Administração Industrial do Instituto de Tecnologia de Massachusetts, Alfred Sloan propôs algumas questões indagando se o bom administrador se faz ou já nasce feito. Eu estava ciente – tanto quanto ele – de que suas perguntas não eram fáceis de serem respondidas. A discussão serviu, porém, para reavivar certo interesse que eu alimentara, por algum tempo, em rever de maneira sistemática as idéias correntes, mas contraditórias, sobre a formação do administrador.

Em 1945, a Fundação Alfred P. Sloan concedeu verba para que Alex Bavelas e eu investigássemos algumas dessas idéias mais a fundo. Bavelas estava mais interessado em experiências de laboratório, enquanto eu me dedicava mais à pesquisa na indústria, mas tínhamos o mesmo objetivo, que era a formulação de uma teoria mais adequada sobre administração de empresas.

Depois que Bavelas foi para os Laboratórios Bell, em 1956, o trabalho de laboratório declinou. Não sou experimentador. Um outro colega, Theodore M. Alfred, e eu continuamos o estudo comparativo da eficácia dos programas de desenvolvimento de gerentes em algumas grandes companhias. Os sujeitos de nossa pesquisa eram um grupo de pós-graduados, bolsistas da Sloan, mas o campo de estudo, dentro de suas empresas, era muito amplo, pois queríamos saber de que maneira as teorias e as práticas das diferentes organizações influenciam a formação dos administradores.

Esses estudos ainda não estão completos, mas este livro já é fruto deles como é, também, fruto das indagações do Sr. Sloan e da oportunidade de aprofundá-las, que nos foi concedida pela Fundação Alfred P. Sloan.

A mim me parece claro que a formação de gerentes, na medida em que podem ser formados, depende muito pouco das tentativas formais da administração no sentido de promover o desenvolvimento de gerentes. Depende, em grau muito maior, da concepção que a administração tem da natureza de sua tarefa, e de todas as políticas e práticas concebidas para implementar essa concepção. A maneira pela qual uma empresa é dirigida determina, em grande parte, o tipo de pessoas que são percebidas como tendo "potencial" e a maneira pela qual elas se desenvolvem. Estaremos enveredando por caminho errado se procurarmos estudar o desenvolvimento de gerentes em termos da aparelhagem formal dos programas que se apresentam com esse rótulo.

Sem querer, de forma alguma, minimizar a importância do trabalho que se tem feito para melhorar a seleção de pessoas com potencial de administrador, estou convicto de que alguns dos nossos problemas mais importantes se situam alhures. Mesmo que dispuséssemos de métodos para realizar com perfeição a seleção de jovens com capacidade de se tornarem altos executivos, o benefício prático para a indústria seria insignificante, nas condições atuais. E isso porque ainda não aprendemos como utilizar os talentos pessoais, como criar um clima organizacional propício ao crescimento humano. A verdade nua e crua é que estamos muito longe de compreender todo o potencial representado pelos recursos humanos que hoje estamos recrutando para a indústria. Há muito o que fazer em relação à sua utilização antes de nos preocuparmos com a melhoria da seleção.

Este livro é uma tentativa de fundamentar a tese de que o lado humano da empresa é "um todo coerente" – que as idéias teóricas sustentadas pela direção sobre como controlar os seus recursos humanos determinam o caráter total da empresa. E determinam, também, a qualidade de suas sucessivas gerações de administradores.

Naturalmente, o processo é circular, e nisso reside a possibilidade e a esperança de progresso futuro. A questão-chave para a alta direção é: "Quais são as suas idéias (implícitas e explícitas) a respeito da maneira mais eficaz de dirigir as pessoas?" Da resposta a essa questão decorrem as respostas às questões levantadas pelo Sr. Sloan na nossa discussão sobre a formação de administradores, bem como as respostas a muitas outras questões que confundem e preocupam a direção ao procurar alcançar, com maior sucesso, os objetivos econômicos da empresa. Ficará claro para o leitor que, a meu ver, muitas das idéias atuais sobre a maneira mais eficaz de dirigir as pessoas estão longe de ser adequadas.

É completamente impossível, para mim, agradecer individualmente a todos aqueles que contribuíram para o desenvolvimento das idéias apresentadas aqui. Muitos colegas, antigos e atuais, e muitos amigos íntimos que ocupam cargos em funções administrativas me animaram, me criticaram e me inspiraram ao longo de vinte anos. Não posso responsabilizá-los pelo que está neste livro, mas eles me ensinaram muita coisa daquilo que hoje acredito saber a respeito de administração, de ciência social e da importância desta última para aquela.

Procurei preservar o anonimato das companhias de onde foram tirados os exemplos ilustrativos. Não posso deixar de exprimir, com profunda gratidão, meu reconhecimento a cerca de trinta pós-graduados ex-bolsistas da Sloan, e a mais de uma centena de diretores de empresas, pelo tempo que concederam ao Sr. Alfred e a mim respondendo a nossas perguntas, pela sua franqueza ao respondê-las e pelo interesse que demonstraram pelo nosso trabalho.

É muito o que devo a Patricia Macpherson, minha secretária. Não fosse a sua paciência e disposição diante das inúmeras reformulações e recomposições do escrito original, este livro não teria saído.

Finalmente, apresento aqui os meus sinceros agradecimentos à Fundação Alfred P. Sloan e ao Sr. Sloan pessoalmente, não só pelos recursos financeiros que tornaram este livro possível, como também pela liberdade de seguir, até onde levassem, os caminhos apontados pelos meus interesses nem sempre muito inteligíveis.

Douglas McGregor

PRIMEIRA PARTE

As pressuposições teóricas da administração

Capítulo I

Administração e conhecimento científico

Todo profissional está empenhado no uso do conhecimento para a consecução de objetivos: o engenheiro ao projetar equipamentos, o médico ao diagnosticar e fazer prescrições para os seus pacientes, o advogado ou o arquiteto a serviço de seus clientes. O profissional recorre ao conhecimento científico, seu e de seus colegas, e ao conhecimento obtido através da própria experiência. A dependência maior da primeira fonte de conhecimento do que da segunda é o que distingue o profissional do leigo.

Nesse sentido, já começa a ser possível para o gerente de empresa tornar-se um profissional. Para auxiliá-lo na consecução de seus objetivos administrativos, ele pode contar com um corpo de conhecimentos em ciência social razoável e cada vez maior. Não precisa mais depender exclusivamente da experiência pessoal e da observação.

O progresso, em qualquer profissão, está associado à capacidade de prever e controlar, e isso vale também para a administração industrial. Uma das principais tarefas da administração é a de organizar o esforço humano a serviço dos objetivos econômicos da empresa. Qualquer decisão administrativa tem conseqüências comportamentais. O sucesso de uma administração depende – não exclusivamente, mas em grande parte – da capacidade de prever e controlar o comportamento humano.

Nossa capacidade nesse campo, atualmente, varia muito. É extraordinariamente boa em alguns aspectos que dizem respeito a atos cotidianos, tais como marcar uma entrevista, solicitar a um subordinado que prepare um relatório, fazer reservas em hotel, expedir uma carta. Literalmente, em milhares de circunstâncias, prevemos com alto grau de exatidão o que os outros farão, e controlamos o comportamento deles no sentido de que nossas ações levam às conseqüências desejadas.

Ao mesmo tempo, é verdade que outras tentativas de previsão e controle são completamente inadequadas. Muitos dos importantes problemas sociais de nosso tempo refletem essa inadequação: delinqüência juvenil, crime, alto índice de acidentes de trânsito, conflito entre patrões e empregados, a Guerra Fria.

Os resultados até agora alcançados na administração de negócios e da indústria refletem considerável capacidade de prever e controlar o comportamento humano. O fato de uma empresa ser economicamente bem-sucedida significa, entre outras coisas, que a gerência foi capaz de atrair pessoas para a organização e de organizar e dirigir os seus esforços em vista da produção e da venda lucrativa de bens ou serviços. Entretanto, poucos gerentes estão satisfeitos com a sua capacidade de prever e controlar o comportamento dos membros de suas organizações. O interesse demonstrado pelos novos progressos nesse campo é uma prova de que os gerentes reconhecem a oportunidade de melhoria. O freqüente sucesso do charlatão que mascateia panacéias administrativas também reflete a consciência da inadequação. Muitos gerentes hão de concordar que a eficácia de suas organizações seria pelo menos dobrada se conseguissem descobrir como liberar o potencial latente nos recursos humanos de que dispõem.

Eu partilho com alguns dos meus colegas a convicção de que as ciências sociais poderiam contribuir mais eficazmente do que têm feito até agora para o progresso da administração no que diz respeito ao lado humano da empresa.

Há, naturalmente, inúmeras razões para a lentidão do progresso. Algumas delas têm a ver com as próprias ciências sociais; elas ainda estão na adolescência, em comparação com as ciências físicas; suas descobertas são fragmentárias e dispersas; falta-lhes precisão; muitas questões cruciais ainda são controvertidas. Mas tudo isso é relativo. Basta comparar a situação de hoje com a de trinta anos atrás para ver que muita coisa já se fez. As ciências sociais são um recurso inestimável para a administração hoje, embora não tenham ainda atingido plena maturidade.

Não me impressionam particularmente os argumentos de que os cientistas sociais não publicam as suas descobertas em linguagem inteligível para o leigo. Tampouco os físicos o fazem! Também, embora seja lamentável que alguns cientistas sociais saltem imprudentemente de teorias relativamente precárias para aplicações práticas, e outros se recusem absolutamente a se preocupar com as aplicações, não é só nas ciências sociais que isso acontece. Atualmente a maioria dos gerentes é obrigada a depender de "intermediários" sob a forma de assessores cientistas sociais ou *staff*, ou da literatura intermediária entre revistas científicas e suplementos dominicais, para interpretar teorias e pesquisas ou para ajudá-los a julgar a adequação científica de afirmações ou propostas. Não está muito distante o tempo em que o gerente competente – como qualquer outro profissional na ativa – vai achar necessário ter uma boa informação sobre as disciplinas relevantes para o seu trabalho para ser capaz de ler a literatura e de julgar a adequação das conclusões e afirmações científicas.

Isso não quer dizer que nós, os cientistas sociais, podemos ignorar as nossas responsabilidades. Quer dizer que a atitude do gerente em relação às ciências sociais não será diferente da atitude do engenheiro em relação às ciências físicas, ou a do médico em relação à química ou à biologia. O profissional não precisa ser cientista, mas tem de ser suficientemente bem informado para utilizar, de maneira competente, o conhecimento científico.

Todo ato administrativo está baseado numa teoria

Há algumas outras razões que explicam a lentidão da administração no uso do conhecimento da ciência social. Duas delas são especialmente importantes. A primeira é que todo gerente se julga, muito naturalmente, o seu próprio cientista social. A sua experiência pessoal com as pessoas tem sido tão rica, desde a infância, que quase não sente necessidade real de procurar outras fontes de informação sobre o comportamento humano. O conhecimento do cientista social lhe parece, muitas vezes, teórico e desvinculado das realidades com as quais ele tem de lidar, enquanto que o seu próprio conhecimento, baseado na experiência, é prático e útil.

A comparação injusta, mas freqüente, entre o prático e o teórico em relação ao uso dos recursos humanos tem sido um sério obstáculo ao progresso nesse campo. Ela tem levado a tentativas prematuras e mal orientadas de traduzir as descobertas científicas em ação; e tem dado ocasião para que impostores e charlatães mercadejem inovações e programas inúteis.

Todo ato administrativo se baseia em pressuposições, generalizações e hipóteses – quer dizer, em teoria. Nossas pressuposições são freqüentemente implícitas, às vezes totalmente inconscientes, muitas vezes conflitantes; apesar disso, elas determinam nossas previsões de que se fizermos *a*, ocorrerá *b*. Teoria e prática são inseparáveis.

Na próxima vez que você participar de uma reunião de assessoria em que se estiver discutindo um problema de política ou algum ato administrativo, em vez de se distrair desenhando, tente outra coisa. Anote as pressuposições (crenças, opiniões, convicções, generalizações) relativas ao comportamento humano feitas pelos participantes durante a discussão. Algumas delas hão de ser explicitamente declaradas ("Um diretor deve ser ele mesmo tecnicamente competente em determinado campo para dirigir profissionais dentro dele"). A maioria será implícita, mas fácil de ser deduzida ("Deveríamos exigir que o pessoal do escritório marcasse ponto, como na fábrica"). Não fará muita diferença se o problema discutido for um problema humano, financeiro ou técnico. Sintonize o seu ouvido para escutar afirmações sobre o comportamento humano, quer sejam relacionadas a uma pessoa, a um determinado grupo ou às pessoas em geral. Você vai ficar surpreso com a extensão e variedade da lista.

É possível ter pressuposições teóricas mais ou menos adequadas; é impossível chegar a uma decisão administrativa ou agir administrativamente sem ser influenciado por pressuposições, quer sejam adequadas ou não. A insistência em ser prático na realidade significa: "Vamos aceitar as *minhas* pressuposições teóricas sem argumentos nem prova." A prática comum de agir sem exame explícito das pressuposições teóricas leva, às vezes, a incoerências flagrantes no comportamento administrativo.

Um diretor, por exemplo, afirma que delega autoridade aos seus subordinados. Quando interrogado, faz afirmações tais como: "As pessoas precisam aprender a assumir responsabilidades", ou "Os que estão mais próximos da situação podem decidir melhor." No entanto, providenciou para obter um fluxo contínuo de informações detalhadas sobre o comportamento de seus subordinados e usa essas informações para policiar seu comportamento e interferir nas suas decisões. Diz ele: "Sou o responsável, portanto preciso saber o que está acontecendo." Não vê nenhuma incoerência no seu comportamento, nem reconhece algumas outras pressuposições que estão implícitas: "As pessoas não merecem confiança", ou "Elas realmente não sabem decidir tão bem quanto eu."

De um lado, e de acordo com certas pressuposições, delega autoridade; de outro, em conformidade com outras pressuposições, age de maneira que anule a sua delegação. Além de não perceber as incoerências desse comportamento, será ainda capaz de negá-las se lhes forem apontadas.

Uma outra maneira muito comum de se negar a importância da teoria para o comportamento administrativo é insistir em que a administração é uma arte. Ao se depositar confiança nas intuições e sensações, que por definição não estão sujeitas a discussão, evita-se o exame crítico das pressuposições teóricas subjacentes às atividades administrativas. Não se discute se a administração é uma ciência. Não é. Seus objetivos são diferentes. A ciência visa o progresso do conhecimento; a administração, como qualquer profissão, visa alcançar objetivos práticos. A questão é a de saber se a administração pode utilizar o conhecimento científico para alcançar aqueles objetivos. Insistir em que a administração é uma arte significa, muitas vezes, simplesmente negar a importância do conhecimento, sistemático e comprovado, para a atividade prática. Enquanto o gerente deixar de questionar a validade de suas pressuposições pessoais, ele estará provavelmente deixando de aproveitar o que a ciência lhe pode oferecer. E é muita coisa. O conhecimento das ciências sociais não é disperso, mas freqüentemente contradiz a experiência pessoal e ameaça algumas ilusões cuidadosamente cultivadas. A rejeição é a saída mais fácil, pois sempre se pode encontrar imperfeições e inadequações no conhecimento científico.

Controle: adaptação seletiva

Uma razão igualmente importante por que a administração não se utiliza efetivamente dos conhecimentos atuais da ciência social está relacionada com o equívoco a respeito da natureza do controle no campo do comportamento humano. Em engenharia, o controle consiste em adaptação à lei natural. Não significa fazer com que a natureza cumpra as nossas ordens. Não se cavam canais, por exemplo, esperando que a água corra para cima; não se usa querosene para apagar o fogo. Ao projetar um motor de combustão interna, levamos em conta o fato de que os gases se expandem quando aquecidos; nós nos adaptamos a esse fato em vez de tentarmos modificar esse comportamento. No que diz respeito aos fenômenos físicos, o controle envolve a seleção de meios que são *apropriados* à natureza dos fenômenos com que estamos lidando.

No campo humano a situação é a mesma, mas muitas vezes cavamos canais querendo que a água corra para cima. Muitas das nossas tentativas de controlar comportamentos, longe de representarem adaptações seletivas, violentam diretamente a natureza humana. Consistem em tentar fazer com que as pessoas se comportem segundo os nossos desejos, sem respeitar a lei natural. Entretanto, aqui como na engenharia, não se pode esperar alcançar os resultados desejados através de uma ação inadequada.

> Os planos de incentivo individual são um bom exemplo de uma tentativa de controle de comportamento que não leva suficientemente em conta a "lei natural" – neste caso, o comportamento humano no contexto industrial.
>
> A lógica prática dos incentivos é que as pessoas querem dinheiro e que trabalharão mais para receber mais.

De acordo com essa lógica, avaliamos as tarefas, estabelecemos padrões para "o trabalho de um dia", e determinamos uma escala de pagamento de incentivo que prevê um prêmio para a produtividade acima do padrão.

Os planos de incentivo, contudo, não levam em conta diversas outras características, devidamente constatadas, do comportamento no contexto organizacional: 1) que a maioria das pessoas quer também a aprovação de seus companheiros de trabalho e que renunciará, se necessário, ao acréscimo de salário para obter essa aprovação; 2) que garantia nenhuma por parte da administração pode convencer os operários de que os índices do incentivo permanecerão inalterados, não importa quanto eles produzam; 3) que a engenhosidade do operário médio é suficiente para burlar *qualquer* sistema de controle imaginado pela administração.

Um "bom" plano de incentivo individual pode provocar um aumento moderado na produtividade (talvez uns 15%), mas pode também provocar uma grande variedade de comportamentos defensivos – diminuição deliberada de ritmo de trabalho, ocultação de gabaritos e instrumentos, sonegação da produção, falsificação de registros, reclamações contra os índices e os padrões, etc. Muitas vezes, cria de fato atitudes opostas às desejadas – antagonismo para com os que administram o plano, ceticismo quanto à integridade e imparcialidade da administração, indiferença em relação à importância da colaboração com outros setores da organização (a não ser para conspirar contra a administração e *frustrar* o sistema de incentivo).

Todos esses resultados, assim como as contramedidas que precisam ser estabelecidas para os combater (esforço da assessoria, procedimentos de controle mais sofisticados, fiscalização mais severa, concessões com relação aos índices, previsão do tempo ocioso, providências relativas à preparação das máquinas, etc.) custam caro. Se os custos *totais* da aplicação do programa de incentivos – os diretos e os indiretos – fossem calculados, muitas vezes se revelariam maiores do que os lucros totais do aumento da produtividade. Sem dúvida nenhuma, o plano de incentivo típico é de eficácia limitada como método de controle, se a sua finalidade for motivar seres humanos para se esforçarem em prol dos objetivos organizacionais.

Há uma outra ilusão que se revela muito comum nas tentativas da direção para controlar o comportamento humano. Quando não alcançamos os resultados desejados, tendemos a procurar as causas do fracasso por toda a parte, menos onde ela normalmente está: na nossa escolha de métodos de controle inadequados. O engenheiro não põe a culpa na água por correr para baixo em vez de correr para cima, nem acusa os gases de se expandirem em vez de se contraírem quando aquecidos. No entanto, quando as pessoas reagem às decisões administrativas de maneira não-desejada, a resposta normal é acusá-las. A *sua* estupidez, a *sua* falta de cooperação, ou a *sua* preguiça é que são apontadas como causa do que aconteceu, e não a omissão da administração na seleção de meios adequados de controle.

O diretor do departamento de pesquisas operacionais de um grande companhia está aborrecido porque menos da metade das soluções para os problemas operacionais apresentadas pela sua equipe de pesquisa foi adotada pela organização. Ele está sempre tentando convencer a cúpula da administração a dar ordens à linha para que aplique algumas de suas propostas. "Se não sabem reconhecer o que é bom para a organização, é preciso que se lhes diga o que fazer", é a sua conclusão. Não só ele tem uma idéia errada a respeito da estupidez da linha, como também se engana pensando que as ordens vindas de mais alto resolvem o problema. No entanto, para ele, é *aí* que está o problema. Não lhe ocorre questionar os seus próprios métodos de controle.

Previsão e controle eficazes são tão fundamentais para a tarefa administrativa como para a tarefa da engenharia ou da medicina. Se quisermos melhorar a nossa capacidade de organizar e dirigir o esforço humano para fins econômicos, precisamos não só reconhecer essa verdade, como também reconhecer e corrigir algumas ilusões correntes a respeito dessas questões.

O comportamento humano é previsível, mas, como nas ciências físicas, a previsão exata depende da correção das pressuposições teóricas que a fundamentam. Se adotarmos a postura do avestruz em relação às nossas pressuposições a pretexto de que estamos assim "sendo práticos", ou de que a "administração é uma arte", nosso progresso no que diz respeito ao lado humano da empresa será realmente lento. Só depois de examinarmos e testarmos as nossas pressuposições teóricas é que podemos esperar torná-las mais adequadas, eliminar as incoerências e, dessa forma, aumentar a nossa capacidade de prever.

Só podemos aumentar a nossa capacidade de controlar se reconhecermos que o controle consiste em adaptação seletiva à natureza humana e não em tentar fazer com que a natureza humana se conforme aos nossos desejos. Se nossas tentativas de controle fracassam, a causa geralmente se encontra no fato de escolhermos meios inadequados. Nossa competência administrativa não terá muitas probabilidades de melhorar se culparmos as pessoas por não se comportarem de acordo com as nossas previsões.

Controle e ética profissional

As discussões sobre a idéia de controlar o comportamento humano suscitam, com razão, apreensões quanto à possível manipulação e exploração. Essas preocupações não são novas, mas se intensificarão à medida que o gerente se tornar mais profissional pelo uso dos conhecimentos das ciências sociais para alcançar os objetivos da empresa comercial. Devemos, por isso, parar um instante para refletirmos sobre uma outra característica do profissional: a sua preocupação consciente com os valores éticos.

O conhecimento científico é indiferente em relação à sua utilização. Nesse sentido (e só nesse sentido), a ciência é independente de valores. O conhecimento científico pode ser usado para fins bons ou maus; pode ser usado para benefício da humanidade ou para a sua destruição, conforme se constatou, dramaticamente, nos últimos tempos, em relação a certas aplicações da física nuclear. É óbvio, portanto, que quanto mais profissional se tornar o gerente, utilizando-se do conhecimento científico, mais profissional deve se tornar na sua sensibilidade aos valores éticos. Ele deve se preocupar tanto com os valores sociais mais amplos como com os que estão envolvidos nas suas tentativas de controlar os membros de sua própria organização.

A liberdade da gerência na administração da empresa foi sendo progressivamente cerceada durante o último século. A legislação relativa ao trabalho do menor, ao emprego de mulheres, aos salários dos operários, à negociação coletiva e a diversas outras questões reflete a preocupação da sociedade com a ética da administração. Uma maneira de encarar esses problemas é considerar absurdas todas as restrições impostas à gerência e combatê-las cegamente. Essa era a atitude bastante típica da gerência industrial há uma ou duas gerações. A outra maneira é tornar-se mais sensível aos valores humanos e exercer autocontrole através de um código ético consciente e positivo. É essa última abordagem que caracteriza o conceito da "responsabilidade social" da gerência, de que tanto se fala hoje em dia.

Embora alguns dirigentes estejam cada vez mais conscientes desses problemas e estejam tentando seriamente manter o seu comportamento de acordo com altos princípios éticos, há ainda um longo caminho a percorrer antes que a ética da administração possa ser comparada, por exemplo, à da medicina. São inúmeros os casos em que práticas essencialmente contrárias à ética passam despercebidas ou são defendidas com racionalizações.

> É comum hoje, nas grandes empresas, encorajar e, às vezes, forçar os seus executivos para que se submetam a exames físicos anuais. Não faz muito tempo, era prática comum marcar esses exames em datas que permitissem à alta direção usá-los ao tomar decisões que afetassem a carreira do indivíduo. Hoje, a maioria das grandes companhias adota uma norma estrita segundo a qual esses dados pessoais sobre o indivíduo são conhecidos exclusivamente pelo médico e pelo próprio paciente. Cabe ao executivo em questão decidir se comunicará ou não essa informação aos seus superiores. A maioria das empresas, hoje, observa escrupulosamente essa norma.
>
> Compare-se essa prática com a do teste psicológico e do diagnóstico clínico da personalidade dos executivos para fins de posicionamento interno do pessoal. Não nos referimos à seleção inicial, mas às práticas administrativas que afetam a carreira do indivíduo depois que ele foi aceito como membro da organização.
>
> Os dados obtidos desses testes e entrevistas clínicas são informações particulares que o indivíduo dá de si mesmo contra a vontade. Ele realmente não tem opção,

uma vez que não sabe qual a importância que será atribuída às suas respostas pelo entrevistado ou pelo teste. Usar esses dados para finalidades administrativas parece uma violação tão clara dos direitos da pessoa como usar os dados médicos para os mesmos fins. Entretanto, muitas companhias adotam normas opostas em relação a esses dois tipos de informação.

É natural que se espere que a gerência esteja empenhada nos objetivos econômicos da organização industrial. Todavia, a história da legislação social mostra que a sociedade garantirá à administração liberdade para buscar esses objetivos apenas na medida em que os valores humanos forem preservados e protegidos. Áreas de atração tais como medicina, educação e direito mantêm, em geral, altos padrões éticos em relação à influência que exercem nos seres humanos. Ao lidar com os recursos humanos da organização industrial, a gerência está na mesma posição. Aqui, como por toda a parte na sociedade, o preço da liberdade é a responsabilidade.

Referências

Drucker, Peter F., "Thinking Ahead: The potentials of Management Science", *Harvard Business Review,* vol. 37, nº 1, jan.-fev. de 1959.

Gouldner, Alvin W., "Theoretical Requirements of the Applied Social Sciences", *American Sociological Review,* vol. 22, 1957, pp. 91-102.

Selekman, Benjamin M., "Sin Bravely: The Danger of Perfectionism", *Harvard Business Review,* vol. 37, nº 1, jan.-fev. de 1959.

Wilensky, Harold L., "Human Relation in the Workplace: An Appraisal of Some Recent Research". In: *Research in Industrial Human Relations.* Nova York, Harper & Brothers, 1957, pp. 25-50.

Capítulo II

Métodos de influência e controle

Há muitos anos que se ensinam teorias formais de organização nos cursos de administração de empresas, e há uma vasta literatura sobre o assunto. Os princípios de organização veiculados nos manuais – estrutura hierárquica, autoridade, unidade de comando, especialização de tarefas, divisão entre *assessoria* e *linha*, amplitude de controle, igualdade entre responsabilidade e autoridade, etc. – compreendem um conjunto logicamente convincente de pressuposições que têm tido profunda influência sobre o comportamento gerencial através de várias gerações. Embora esses princípios estejam baseados muito mais em especulações de gabinete do que em pesquisa empírica, a literatura dá a impressão de que eles estão acima de qualquer questionamento. (O manual adotado num programa de treinamento de supervisores, numa grande empresa, sugere que o instrutor mostre, por analogias e exemplos, que os princípios de organização são "como as leis da física".)

Os princípios dos textos formais se misturaram, de diversas maneiras, com as pressuposições pessoais. Em alguns casos, a teoria formal era compatível com essas pressuposições; noutros, as contradições eram flagrantes. Como é raro que se abandonem convicções emocionais profundamente enraizadas por causa de uma teoria acadêmica que as contradiz – no campo das ciências sociais, pelo menos – alguns gerentes simplesmente rejeitam os princípios formais (e os professores que as propõem), guardando as suas próprias pressuposições. Em outros casos há vários graus de acomodação entre a teoria acadêmica e a convicção pessoal. Desse processo de rejeição e acomodação surgiram muitas inovações, algumas das quais foram bem-sucedidas. Não é difícil, realmente, encontrar exemplos que contradigam quase todos os princípios de organização propostos nos compêndios. As discussões a respeito dessas exceções são, naturalmente, calorosas, mas, embora esses princípios tradicionais tenham o seu mérito, está ficando cada vez mais claro que estão muito longe de ser como as leis da física. Entre as várias razões, três são especialmente importantes:

1. Os princípios convencionais foram derivados principalmente do estudo de modelos (o exército e a Igreja Católica) que diferem, sob muitos aspectos importantes, das organizações industriais modernas. É plausível pensar que deva haver princípios universais de organização, e que estes possam ser derivados do estudo dessas duas instituições tão antigas e bem-sucedidas. Todavia, se há princípios universais que sejam comuns a todas as formas de organização, é agora evidente que não são os que foram derivados da Igreja e do exército pelos teóricos clássicos. Por exemplo, a unidade de comando (o princípio segundo o qual cada membro de uma organização deve ter apenas um chefe) pode ser essencial no campo de batalha, mas não é um princípio universal. Seja o que for que o organograma mostre, o gerente intermediário típico da organização industrial moderna sabe que o seu comportamento é controlado, não por um, mas por diversos "superiores". Em algumas empresas, formam-se grupos de trabalho para desenvolver tarefas complexas e os membros desses grupos prestam conta do serviço tanto ao supervisor do projeto como aos seus superiores funcionais. Além disso, há uma organização cujos subordinados sempre tiveram dois chefes: a família!

2. A teoria clássica de organização sofre de "etnocentrismo": ignora a importância do meio econômico, social e político que dá forma às organizações e influencia a prática gerencial. Vivemos hoje num mundo que apenas de leve se assemelha ao de meio século atrás. O padrão de vida, o nível de educação e a estrutura política dos Estados Unidos, hoje, afetam profundamente tanto as possibilidades como as limitações do comportamento organizacional. Além disso, as transformações tecnológicas estão provocando mudanças em todos os tipos de organização. No exército, por exemplo, está se tornando cada vez mais difícil dirigir uma equipe de armas, no campo, da mesma forma como se dirigia uma unidade de infantaria há duas décadas. Uma equipe dessas exige um alto grau de autonomia. Em vez de seguir ordens explícitas dos superiores, ela deve ser capaz de ajustar o seu comportamento às circunstâncias locais, dentro do contexto de objetivos relativamente amplos. (É interessante notar as tentativas que são feitas – mediante "programação", por exemplo – para reter o controle central sobre as operações de tais unidades. As teorias tradicionais de controle não são facilmente abandonadas, mesmo diante da evidência clara da sua inadequação.)

3. Subjacentes aos princípios da teoria clássica de organização se encontram muitas pressuposições acerca do comportamento humano que, na melhor das hipóteses, são apenas parcialmente verdadeiras. Sob esse aspecto, a teoria organizacional está hoje na mesma situação em que estava a teoria econômica no início do século. O conhecimento acumulado durante as últimas décadas questiona e contradiz pressuposições que ainda são axiomáticas na teoria convencional de organização. Será preciso examinar detalhadamente algumas dessas pressuposições.

Infelizmente, esses princípios clássicos de organização – derivados de modelos inadequados, desligados do meio político, social, econômico e tecnológico, e baseados em pressuposições falsas sobre o comportamento – continuam a influenciar a nossa maneira de pensar sobre a administração dos recursos humanos na indústria. As tentativas feitas pela gerência, para resolver os problemas que surgem devido à inadequação dessas pressuposições, envolvem, freqüentemente, a pesquisa de novas fórmulas, novas técnicas e novos procedimentos. Os resultados são geralmente decepcionantes porque se têm em vista mais os sintomas do que as causas. O que é realmente necessário é uma nova teoria, é modificar as pressuposições, é compreender melhor a natureza do comportamento humano em ambientes organizacionais.

Métodos de influência

A pressuposição predominante na teoria organizacional convencional é a de que a autoridade é o meio fundamental, indispensável, de controle gerencial. Este é o princípio de organização básico no livro de texto da teoria de administração. A própria estrutura da organização é uma hierarquia de relações autoritárias. Os termos *para cima* e *para baixo*, dentro da estrutura, se referem a uma escala de autoridade. A maioria dos outros princípios de organização, tais como unidade de comando, assessoria e linha, amplitude de controle, são diretamente derivados daquele primeiro.

A primeira observação a ser feita a respeito de autoridade é que é apenas uma dentre diversas formas de controle ou influência social. A coerção física direta é a mais poderosa e a mais primitiva delas. Foi quase universal há alguns séculos, e ainda recorremos a ela às vezes, embora seu uso seja limitado pelas proibições sociais de nossa cultura moderna. A coerção física é um meio legítimo de controle social sobre algumas formas de comportamento criminoso; ocorre, ocasionalmente, em disputas violentas na classe operária; e é comum no controle dos pais sobre os filhos pequenos. Aplicamos hoje uma porção importante do nosso orçamento nacional para evitar o seu uso mais trágico: na guerra.

A persuasão, sob as suas várias formas, representa um outro meio de controle social. No campo das vendas, onde a autoridade e a coerção física são claramente inadequadas, depositamos a maior confiança nesse tipo de influência. Na administração, a consulta e a discussão proporcionam a oportunidade de se substituir, pelo menos parcialmente, a autoridade pela persuasão. Em certos tipos de relacionamentos, mas não em outros, há a expectativa de que se recorra à autoridade, ou mesmo à coerção física, se a persuasão for ineficaz. Essa situação é comum nas relações de trabalho e no campo internacional. Dentro das organizações industriais, os gerentes freqüentemente falam eufemisticamente de "vender" uma idéia ou uma linha de ação a alguém, quando ambas as partes estão plenamente conscientes de que se a persuasão não for bem-sucedida; recorrer-se-á à autoridade como meio de controle. Numa verdadeira relação de compra-e-venda não se pode recorrer à autoridade se a persuasão fracassar. A diferença é grande!

Finalmente, há a forma de influência exercida na "assistência" profissional. Embora a natureza dessa influência seja relativamente mal compreendida, ela é diferente dos métodos comuns de persuasão. A maioria dos profissionais liberais – advogados, médicos, arquitetos, engenheiros – conta simplesmente com "a autoridade do conhecimento". As suas relações com os clientes representam uma forma extrema de autoritarismo na qual a "assistência" é concebida em termos inteiramente unilaterais. É-lhes freqüentemente indiferente que o cliente possa ignorar o seu conselho, ou mesmo pôr fim à relação, quando quiser.

A verdadeira assistência profissional, de que dá exemplo o indivíduo excepcionalmente culto e sensível em qualquer campo profissional, não consiste em representar Deus junto ao cliente, mas em colocar o conhecimento e a habilidade profissionais à disposição do cliente. Essa é uma forma de influência social particularmente importante que não é, absolutamente, bem compreendida. Teremos ocasião de examinar mais detalhadamente a sua natureza nos capítulos V e XII.

Todos esses métodos de controle social são relativos; nenhum deles é absoluto. A adequação de uma determinada forma de controle depende de diversas outras variáveis. O controle eficaz consiste de "adaptações seletivas" a essas variáveis. O engenheiro não cava canais para fazer com que a água corra para cima; o vendedor não dá ordens ao freguês; o superintendente não comanda o presidente; o pai não aconselha o seu filho de um ano.

O sucesso de qualquer forma de controle ou influência social depende, em última análise, de se conseguir alterar a capacidade do outro de atingir os seus objetivos ou satisfazer as suas necessidades. A modificação pode ser um aumento dessa capacidade (por exemplo, através da oferta de um produto, de um conselho profissional, ou a promessa de uma recompensa) ou a diminuição dela (por exemplo, mediante uma ação disciplinar, uma condenação à prisão, a demissão de um emprego, ou a ameaça de punição). Essas modificações na capacidade do indivíduo de atingir objetivos ou satisfazer as suas necessidades podem ser relativamente pequenas (como no caso da propaganda de produtos nos meios de comunicação de massa) ou importantes (como no caso do superior, numa relação organizacional, que pode afetar de vários modos as expectativas de carreira de seus subordinados). Em qualquer dos casos, contudo, a influência só pode ocorrer quando uma das partes depende, de alguma forma, da outra. A dependência pode ser muito pequena ou muito grande, unilateral ou mútua, mas se não há dependência, não há oportunidade de controle. Você não pode influenciar o meu comportamento, a menos que eu perceba que você pode afetar, de alguma forma, a minha capacidade de satisfazer as minhas necessidades.

Assim, a natureza e o grau da dependência são fatores decisivos ao se determinar que métodos de controle serão eficazes. A adaptação seletiva a esses aspectos das relações organizacionais é uma questão sumamente importante. Vamos refletir um pouco mais sobre o que isso significa.

As limitações da autoridade

De modo geral, tanto na literatura sobre a organização como na prática administrativa, a autoridade é tida mais como algo absoluto do que relativo. Quase não se reconhece o controle como um processo de adaptação seletiva a condições variáveis tais como a natureza e o grau da dependência nas relações organizacionais. As conseqüências são de considerável importância. Alguns dos problemas mais difíceis da administração dos recursos humanos na indústria, nos Estados Unidos, hoje, estão diretamente ligados à pressuposição de que a autoridade seja um absoluto, e às tentativas inadequadas para controlar o comportamento, que decorrem dessa pressuposição.

A eficácia da autoridade como meio de controle depende, em primeiro lugar, do poder de impô-la mediante o uso de punição. Nas duas organizações que têm servido de modelos para a teoria clássica da organização, a situação, no que diz respeito à imposição, é clara. No exército, a autoridade se impõe através da corte marcial, com a pena de morte como forma extrema de punição. Na Igreja, a excomunhão representa o equivalente psicológico da pena de morte.

Há meio século, a administração industrial tinha, na ameaça do desemprego, uma forma de punição que emprestava ao uso da autoridade uma certa eficácia. A demissão, como punição extrema, era ainda reforçada pelos contratos que proibiam o operário de se filiar aos sindicatos, e pelas listas negras dos empregadores. A situação hoje é inteiramente diferente. A legislação social da década de 1930, o salário-desemprego, as limitações das demissões arbitrárias conseguidas por uma série de negociações coletivas generalizadas, e a mobilidade muito maior de nossos cidadãos, tudo contribui para tornar a demissão uma forma de punição muito menos severa do que antes. Como meio de impor autoridade, não se compara, certamente, com a excomunhão da Igreja ou com a corte marcial no exército.

Isso indica que a relação de emprego implica substancialmente menos dependência do que há meio século. Outras relações, outras maneiras de satisfazer necessidades e alcançar objetivos se oferecem em número suficiente para fazer com que uma determinada relação de emprego possa ser terminada com uma perda relativamente menor. Além disso, a dependência foi reduzida ainda mais pelas limitações que foram sendo impostas à liberdade da gerência no exercício da autoridade para demitir operários.

Esse fenômeno de diminuição de dependência nas relações sociais não se confina totalmente à indústria. Considere-se o que aconteceu nos Estados Unidos, por exemplo, nestes últimos cinqüenta anos, à posição da mulher na relação conjugal, ou à dos filhos adolescentes mais velhos, na família. O efeito da redução da dependência na adequação da autoridade como meio de controle social é mais facilmente reconhecido, por todos, nessas relações. A importância da mudança que se verifica, paralelamente, na relação de emprego – no âmbito da gerência ou entre o operário e a gerência – é menos bem compreendida.

A segunda limitação da eficácia da autoridade como meio de controle é a possibilidade de contramedidas. Estas podem variar, dependendo das condições, desde uma submissão formal, mas relativamente ineficaz, até a franca rebelião. O elaborado legalismo de certas relações estabelecidas através de negociações coletivas serve para ilustrar o uso de contramedidas para tornar a autoridade menos eficaz. Da mesma forma, restrição da produção, operação tartaruga e outras formas mais sutis de sabotagem dos objetivos organizacionais são sintomas indicativos de que a gerência se apóia em frágil muleta quando valoriza demais a autoridade hoje. Além disso, essas contramedidas não estão limitadas aos operários ou às fábricas sindicalizadas. Embora com rótulos diferentes, restrição de produção e operação tartaruga também se verificam freqüentemente na administração! E não são desconhecidas nem mesmo em nível de vice-presidência.

Outras formas menos óbvias, mas igualmente eficazes, de frustrar as determinações gerenciais são a indiferença para com os objetivos organizacionais, os baixos padrões de desempenho, as formas engenhosas de comportamento defensivo e a recusa de aceitar responsabilidade. O fato é que esses fenômenos são tão familiares, que a maioria dos gerentes tende, na prática cotidiana, a se apoiar cada vez menos no exercício da autoridade pessoal, a não ser em situações críticas, quando outros métodos fracassaram. Isso é tanto mais evidente quanto mais alto se sobe na organização. O costume de comandar ou dar ordens é relativamente raro nos níveis mais altos da administração. Mas não era assim há cinqüenta, ou mesmo há vinte e cinco anos.

O fato mais evidente das relações na organização industrial moderna é que elas implicam um alto grau de *inter*-dependência. Não só os subordinados são dependentes dos que lhes estão acima, na organização, para a satisfação de suas necessidades e para a realização de suas aspirações, como também os gerentes de todos os níveis dependem de todos os que lhes estão abaixo, tanto para alcançar os seus próprios objetivos como os da organização.

> Um representante do Sindicato dos Operários das Indústrias Têxteis da América gosta de contar a história do que aconteceu, uma vez, quando um novo gerente apareceu na fábrica em que ele estava trabalhando. O gerente foi à sala de máquinas no dia em que chegou. Foi direto até onde estava o representante do Sindicato e perguntou: "Belloc é você?" O representante respondeu-lhe que sim. Disse então o gerente: "Eu sou o novo gerente. Quando eu dirijo uma fábrica, eu a faço funcionar. Entendeu?" O representante acenou que sim e depois fez um gesto com a mão. Os operários, que observavam atentamente o encontro, desligaram imediatamente todos os teares. E o representante sindical, voltando-se para o gerente, disse: "Muito bem, pois então faça-a funcionar."

Eis aí uma admirável ilustração do fato de que todo gerente, seja em que nível for, depende dos que lhe estão abaixo na organização. A dependência pode ser mais pronunciada – é certamente mais explícita – quando os que estão abaixo estão organizados num sindicato militante. Mas essa dependência não deixa de ser um fato, quer os operários estejam ou não formalmente organizados, e é um fato dentro da própria gerência também. O problema, quando se focaliza explicitamente o conceito de autoridade, é que ela nos cega para essa dependência dos que estão abaixo. Há pessoas que são motivadas para o papel gerencial porque o vêem como uma fuga da dependência. Mas essa tentativa de fuga e refúgio na autoridade tende a ser, de fato, autofrustradora.

A interdependência, nas organizações, implica mais do que a dependência dos de cima e dos de baixo; implica também uma dependência lateral. A interdependência é característica das relações assessoria-linha. É igualmente característica das relações entre vários departamentos da linha (especialmente quando o *output* de um departamento é o *input* do outro), e é característica da relação interna de qualquer grupo de subordinados que prestam conta de seu serviço a um chefe comum. A competição, tão comum em tais grupos, em busca de poder, de posição e de reconhecimento, é um reflexo da interdependência inerente à situação.

A teoria convencional de organização reconhece a dependência dos de cima, mas deixa de reconhecer a importância da interdependência. Isso é, de novo, resultado da escolha de modelos feita pelo teórico. A Igreja, como organização, repousa na dependência que é essencialmente numa só direção. A fonte última de toda autoridade e de todo poder é Deus, e todos os membros da organização são, portanto, dependentes dos de cima. No exército – em circunstâncias de guerra, que são as circunstâncias em vista das quais se ordena a organização militar – exige-se dos indivíduos que sacrifiquem suas aspirações e necessidades pessoais pelas necessidades da crise nacional, e que aceitem a dependência dos de cima. Como já foi observado anteriormente, ambas as organizações têm um meio de reforçar essa dependência.

A indústria, por outro lado, é o órgão econômico da sociedade, de todos nós. Seu fim último é servir ao bem comum. Não há uma fonte sobrenatural de autoridade; não há nenhuma base sólida para se esperar que o indivíduo sacrifique suas aspirações ou suas necessidades pessoais em prol da organização (exceto, talvez, em circunstâncias críticas), e não há nenhuma maneira infalível de impor essa expectativa se ela não existe. Numa sociedade de livre empresa, como a nossa, não há sanção decisiva que possa ser aplicada para impor a autoridade gerencial. De fato, porque a dependência é mútua, as sanções podem ser aplicadas em ambas as direções. A gerência pode tentar impor a sua autoridade através de atos disciplinares, mas o indivíduo pode apresentar a sua demissão; pode se filiar a um sindicato forte; pode recorrer a uma variedade de táticas que influenciam a capacidade dos que estão acima dele de satisfazerem as *suas* necessidades e cumprirem as suas responsabilidades para com a organização. Eles dependem dele, exatamente como ele depende deles.

É fundamental, portanto, para qualquer teoria de organização, que a natureza das relações de dependência seja compreendida e levada em conta. No meio social, econômico e político dos Estados Unidos, hoje, a administração da indústria está se tornando incapaz de contar com a autoridade como o único ou, mesmo, o principal método de realizar os objetivos organizacionais através das pessoas. A sua dependência dos de baixo é grande demais para permitir esse meio unilateral de controle.

A curva no quadro 1 é uma representação esquemática do modo como a adequação da autoridade provavelmente varia em função da dependência. Quando a dependência na relação é relativamente completa (como na economia escravagista ou entre os pais e a criança pequena), a autoridade pode ser usada quase que exclusivamente sem medo de conseqüências negativas. No outro extremo, quando a dependência é aproximadamente igual, a autoridade é inútil como meio de controle (considere-se, por exemplo, a relação entre amigos).

Quadro 1

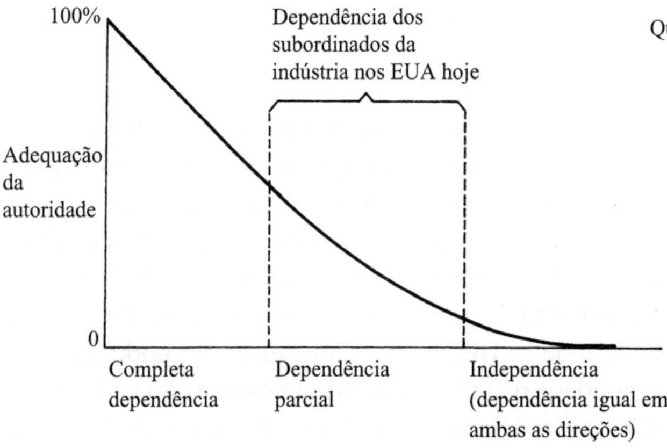

Na indústria dos Estados Unidos, hoje, os empregados estão numa relação de dependência parcial. A autoridade, como meio de influência, não é certamente inútil, mas em muitos casos é menos adequada do que a persuasão ou a assistência profissional. O emprego exclusivo da autoridade provoca contramedidas, baixo desempenho e até mesmo franca rebelião. A dependência – como no caso do adolescente na família – simplesmente não é suficientemente grande para garantir a submissão.

A psicologia da dependência

Uma das razões pelas quais essas limitações da eficácia da autoridade não são tão bem reconhecidas como seria de esperar é que a dependência envolve reações emocionais profundamente enraizadas. Ser dependente é, sob alguns aspectos, satisfatório. É bom ter quem tome conta de nós, sentir-se seguro. Sob outros aspectos, é frustrante. Ser dependente é ter sua liberdade limitada, é ser sujeito a influências que são freqüentemente percebidas como arbitrárias e injustas.

Da mesma forma, a independência é satisfatória. É bom ser capaz de cuidar de si mesmo, tomar suas próprias decisões, dirigir a sua própria vida. Por outro lado, a independência pode ser ameaçadora. Pode-se ficar em situação difícil demais; os riscos podem ser assustadores.

Esses concomitantes emocionais de dependência e independência brotam de uma série de experiências humanas universais. Todos nós nascemos numa relação de dependência relativamente completa. Como bebês e crianças pequenas não sobreviveríamos se não tomassem conta totalmente de nós. O processo de crescimento implica uma mudança gradual desse estado de dependência, à medida que nos tornamos cada vez mais capazes de nos responsabilizarmos por nós mesmos.

O produto final, contudo, não é a independência. Nenhum indivíduo, na sociedade, é completamente independente. A *inter*dependência é uma característica fundamental da complexa sociedade moderna. Em todos os aspectos da vida dependemos uns dos outros para realizar as nossas aspirações. Não cultivamos o nosso próprio alimento, não fazemos as nossas próprias roupas, não providenciamos sozinhos o nosso transporte, nem a nossa moradia, tampouco nos educamos sozinhos. Aprendemos que, vivendo em sociedade, podemos ter mais de tudo o que queremos se nos especializarmos individualmente. Entretanto, o preço da especialização é a dependência dos outros.

Não se cresce, nem se aprende a viver nesse complexo de relações interdependentes, sem conflitos emocionais. Nossas ansiedades e necessidades emocionais antagônicas atuam profundamente. Seja como for que as resolvamos à medida que crescemos, permanecemos suscetíveis às situações que se assemelhem, mesmo remotamente, à dependência da infância. Ser subordinado, numa organização, é ser colocado numa relação de dependência que, por ter muitos pontos em comum com a situação infantil, é delicada e, sob certas condições, explosiva.

O fim ideal do processo de crescimento é a capacidade de se manter um equilíbrio: tolerar certas formas de dependência sem se sentir indevidamente frustrado e, ao mesmo tempo, sentir-se só, sob alguns aspectos, sem demasiada ansiedade. Há pessoas que nunca aprendem a tolerar nem mesmo o menor grau de dependência com tranqüilidade. Permanecem rebeldes; qualquer indício do exercício de autoridade pessoal sobre elas parece-lhes uma ameaça. Outras tendem a se sentir infelizes se são deixadas a si mesmas. Gostam de se apoiar nos que estão acima delas, e de ter certeza de algum grau de proteção e segurança. As variações desses padrões são, naturalmente, infinitas. Seja como for, são poucos os que alcançam aquele grau de maturidade emocional que nos torna capazes de aceitar a dependência com total objetividade. As relações de dependência são muito melindrosas.

Relações do papel

A pressuposição corrente é que a relação gerencial seja única e uniforme. Tendemos a pensar que o chefe é um chefe é um chefe é um chefe. Mas não é assim, absolutamente. À medida que o gerente empreende diferentes atividades, as circunstâncias vão mudando, de hora em hora, dia a dia; e os métodos de influência, para serem adequados, vão mudando também.

Ao descrevermos todas as formas de relações sociais, tendemos a apor-lhes rótulos que definem as suas características mais óbvias, e que atribuem às partes papéis únicos e imutáveis. Assim é que falamos do pai, do marido, do amigo, do gerente. Em cada um desses casos, porém, o indivíduo assume uma variedade de papéis ao longo do tempo. O pai, por exemplo, pode, às vezes, ser um companheiro de folguedos, outras vezes um professor, outras um juiz, e outras vezes um protetor. O comportamento do pai, e as formas de influência empregadas por ele, mudam consideravelmente conforme as situações exijam papéis diferentes.

O mesmo acontece com o gerente. Às vezes ele pode estar no papel de líder de um grupo de subordinados; outras vezes, ele pode ser membro de um grupo de iguais. Às vezes ele está no papel de professor; outras vezes pode ser aquele que toma a decisão, ou um disciplinador, aquele que presta um serviço, um consultor, ou simplesmente um observador. Quando está ajudando um subordinado a analisar um problema e a decidir como resolvê-lo, os métodos que usa para influenciar o subordinado serão totalmente diferentes de quando está tratando de um problema disciplinar. A própria natureza das relações muda com a mudança das circunstâncias. Além disso, o gerente assume papéis diferentes quando trata com o gerente de outro departamento, ou com o seu superior imediato, ou com um superior situado a vários níveis acima na organização.

O papel do gerente não é um papel único, invariável, mas é um complexo de papéis diferentes. Normalmente nos ajustamos às mudanças de circunstâncias inconscientemente, mas um observador perceberá importantes modificações no nosso comportamento e atitude, e na reação correspondente que se manifesta no outro termo da relação. As teorias convencionais da organização não reconhecem a importância da flexibilidade do papel na relação gerencial.

A flexibilidade dos papéis gerenciais não atinge o grau mais adequado para influenciar o comportamento na empresa porque é limitada não só pelas próprias pressuposições teóricas e atitudes do gerente, como também pelas expectativas dos seus subordinados. Estes também tendem a adotar a pressuposição corrente de que um chefe é um chefe é um chefe. A posição formal ocupada pelo superior na hierarquia organizacional, e a ênfase na autoridade como *o* método gerencial de exercer influência tornam difícil para os subordinados perceber e reagir ao chefe como um colega ou um consultor. Só quando o gerente é verdadeiramente sensível às diferentes exigências do papel e, além disso, explícito sobre o papel que está assumindo, os subordinados podem aprender a reagir adequadamente. Estes últimos, às vezes, ficam muito confusos quando um chefe, que sempre assumiu um papel autoritário em todos os seus contatos com eles, de repente se torna "participativo" sem explicitar a sua tentativa consciente de mudar de papel.

Apesar dessas dificuldades, é claro que as circunstâncias da relação superior-subordinado se modificam, realmente, de maneira que exija considerável flexibilidade do papel. Se aceitamos a hipótese teórica de que o controle adequado é função das circunstâncias, não podemos ignorar as suas implicações.

Há ocasiões, naturalmente, em que o papel de chefe é o único apropriado. Às vezes é necessário dar uma ordem direta, decidir um ato disciplinar formal, despedir um subordinado. Todavia, há outras ocasiões em que tendemos a julgar, infundadamente, que o papel de chefe é inevitável. O superior que não é inflexível no seu papel de chefe, ao agir explicitamente como "árbitro" para resolver uma questão entre subordinados, ou para escolher um plano de ação entre os vários propostos, pode desempenhar o seu papel com nuanças muito diferentes para os subordinados.

A necessidade de flexibilidade no papel às vezes coloca o gerente em situações intoleráveis. Isso acontece quando ele é obrigado a assumir papéis incompatíveis numa relação com outra pessoa ou com um grupo. Os programas de avaliação de desempenho, por exemplo, muitas vezes exigem que o superior assuma, simultaneamente, o papel de juiz e o de conselheiro junto ao subordinado. Os membros do departamento de assessoria são freqüentemente solicitados a atuar como especialistas que oferecem serviços e conselhos profissionais e, *além disso*, como policiais que exercem controle gerencial.

Evidentemente, as circunstâncias que impõem à pessoa papéis incompatíveis criam tensões e confusões no relacionamento. Os custos para a organização, em conseqüência disso, podem ser consideráveis. Teremos oportunidade de examinar mais a fundo esses problemas de incompatibilidade de papéis no capítulo VI e, depois, no capítulo XII, ao tratarmos das relações entre assessoria e linha.

Da coerção física à adaptação seletiva

Por todas essas razões parece que nas empresas industriais dos Estados Unidos, hoje, a autoridade é um método inadequado de controle do qual a gerência não deve depender exclusivamente se quiser influenciar o comportamento em vista da consecução dos objetivos organizacionais. É evidente que não se pode dispensá-la totalmente. Há certas circunstâncias em que ela é essencial, mas é, no máximo, uma frágil muleta para promover a colaboração.

Ao longo do curso da história houve dois importantes períodos de transição no que diz respeito aos meios fundamentais de controlar o comportamento humano em ambientes organizacionais. O primeiro foi a transição da pura força física para a dependência da autoridade formal. Levou séculos. Mesmo hoje, ainda tendemos a voltar a recorrer à força quando outras tentativas de influência fracassam. A transição está claramente mais adiantada nos Estados Unidos e na Europa Ocidental do que em algumas outras partes do mundo. No plano das relações internacionais, é evidente que estamos ainda muito precariamente firmados no degrau transicional entre a força bruta e as formas "mais elevadas" de influência.

A segunda transição está se processando há pelo menos um século, e está profundamente enraizada no passado. Mas ainda está longe de se completar. Na política nacional, o autoritarismo é suspeito; na educação das crianças houve algumas oscilações, mas hoje se reconhece, de modo geral, que o recurso exclusivo à autoridade mais cria problemas do que os resolve; nas organizações religiosas a autoridade já não tem a força que tinha; e os maridos, na nossa cultura, não podem mais recorrer à autoridade para controlar o comportamento de suas esposas.

A grande dificuldade é que não está muito claro *para onde* vamos caminhando. Está se tornando evidente, após algumas experiências de ensaio-e-erro, que a abdicação não é um substituto adequado para o autoritarismo, e que a resposta também não se encontra numa simples posição de compromisso entre os dois extremos. Só quando pudermos nos libertar da noção de que estamos limitados a uma única dimensão – a de maior ou menor autoridade – é que escaparemos do atual dilema. Há muitas alternativas para a autoridade, e não apenas uma. Cada uma delas é adequada a determinadas finalidades sob certas condições.

A autoridade é perfeitamente adequada como meio de influenciar comportamentos em certas circunstâncias. Não há nada de intrinsecamente errado ou mau em se dar uma ordem ou tomar uma decisão unilateral. Há, entretanto, inúmeras circunstâncias nas quais o exercício da autoridade deixa de alcançar os resultados desejados. Em tais circunstâncias, a solução não está em exercer mais autoridade ou menos autoridade; *está em usar outros meios de influência.*

Se a autoridade é a única ferramenta no equipamento do gerente, ele não pode esperar sair-se muito bem na consecução de seus objetivos; mas isso não quer dizer que deva jogar fora essa ferramenta. Haverá ocasiões em que precisará dela, quando outras ferramentas não serão apropriadas para os fins a serem alcançados.

O poder de influenciar os outros não depende do grau de autoridade que se pode exercer. Depende, antes, da seleção adequada dos meios de influência requeridos em determinadas circunstâncias. A teoria convencional de organização nos ensina que poder e autoridade são co-extensivos. Conseqüentemente, abrir mão da autoridade seria o mesmo que perder o poder de controlar. Essa concepção é totalmente falsa.

Temos hoje pelo menos o conhecimento básico que nos permite distinguir as diversas formas de influência e reconhecer algumas das condições sob as quais cada uma delas é mais adequada. Esse conhecimento – embora limitado – tem importantes implicações para a gerência industrial.

Referências

Argyris, Chris, *Personality and Organization.* Nova York, Harper & Brothers, 1957.

Bakke, E. Wight, *Bonds of Organization.* Nova York, Harper & Brothers, 1950. Yale Labor and Management Series.

Barnard, Chester I., *The Functions of the Executive.* Cambridge, Mass. Harvard University Press, 1938.

Boulding, Kenneth E., *The Organizational Revolution.* Nova York, Harper & Brothers, 1953.

Drucker, Peter F., *The New Society.* Nova York, Harper & Brothers, 1950.

———, *The Practice of Management.* Nova York, Harper & Brothers, 1954.

Haire, Mason (ed.), *Modern Organization Theory.* Nova York, John Wiley & Sons, Inc., 1959.

Harbison, Frederick e Myers, Charles A., *Management in the Industrial World.* Nova York, McGraw-Hill Book Company, Inc., 1959.

Jacobson, E. Charters, Jr., W. W. e Lieberman, S., "The Use of the Role Concept in the Study of Complex Organizations", *Journal of Social Issues*, vol. 7, nº 3, 1951.

Metcalf, Henry C. e Urwick, L. (ed.), *Dynamic Administration: The Collected Papers of Mary Parker Follet.* Nova York, Harper & Brothers, 1942.

Simon, Herbert A., *Administrative Behavior.* 2ª ed. Nova York, The Macmillan Company, 1959.

———, "Authority". In: *Research in Industrial Human Relations.* Nova York, Harper & Brothers, 1957.

Capítulo III

Teoria X: A concepção tradicional de direção e controle

Por trás de qualquer decisão ou ato gerencial, encontram-se pressuposições acerca da natureza e do comportamento humanos. Algumas delas são extraordinariamente difusas. Estão implícitas na maior parte da literatura sobre organização e em muita prática e política gerencial em curso. Eis algumas delas:

1. *O ser humano, de modo geral, tem uma aversão essencial ao trabalho e o evita sempre que possível.*

Essa pressuposição tem raízes profundas. O castigo de Adão e Eva, por terem comido a fruta da Árvore do conhecimento, foi a expulsão do Paraíso e a condenação a um mundo onde tinham que trabalhar para viver. A ênfase dada pela gerência à produtividade, ao conceito de "uma boa média de trabalho por dia", aos males da operação tartaruga e da sonegação do produto, aos prêmios para o melhor desempenho – conquanto tenha uma lógica em termos dos objetivos da empresa – reflete uma crença subjacente de que a gerência deve agir de forma que neutralize uma inerente tendência humana a fugir do trabalho. Para muitos gerentes, a evidência da verdade dessa pressuposição seria incontestável.

2. *Devido a essa característica humana de aversão ao trabalho, a maioria das pessoas precisa ser coagida, controlada, dirigida, ameaçada de punição para que se esforce no sentido da consecução dos objetivos organizacionais.*

A aversão ao trabalho é tão forte, que nem mesmo a promessa de recompensas é geralmente suficiente para vencê-la. As pessoas aceitam as recompensas e as exigem cada vez mais elevadas, mas isso não basta para produzir o esforço necessário. Só a ameaça de punição terá efeito.

A atual onda de crítica das "relações humanas", os comentários depreciativos sobre a "permissividade" e a "democracia" na indústria, as tendências, em algumas empresas, de recentralização, depois da onda de descentralização que vigorou no período pós-guerra – tudo isso são demonstrações da pressuposição básica de que as pessoas só trabalham sob coerção e controle externo. A recessão de 1957-8 marcou o fim de uma década de experiência da abordagem gerencial "suave", e essa pressuposição (que nunca foi realmente abandonada) está sendo abertamente defendida uma vez mais.

3. *O ser humano, de modo geral, prefere ser dirigido, quer evitar responsabilidade, tem relativamente pouca ambição, e quer garantia acima de tudo.*

Essa pressuposição da "mediocridade das massas" raramente é expressa de maneira assim tão rude. De fato, muito se louva o valor do ser humano. Nossos valores sociais e políticos exigem essas expressões públicas. Não obstante, um grande número de gerentes apóia, privadamente, essa pressuposição, que se pode facilmente ver refletida na política e na prática. Paternalismo passou a ser um palavrão, mas não é, de forma alguma, uma filosofia gerencial já morta e enterrada.

Sugeri, em outros escritos, que se desse o nome de Teoria X a esse conjunto de pressuposições. Mais adiante, nesse livro, tentarei mostrar que a Teoria X não é algo especialmente criado para ser refutado, mas é, de fato, uma teoria que influencia concretamente a estratégia gerencial num vasto setor da indústria americana dos nossos dias. Mais ainda, os princípios de organização que constituem o corpo da literatura sobre administração de empresas *só poderiam ter sido derivados de pressuposições tais como as da Teoria X.* Outras crenças sobre a natureza humana teriam inevitavelmente levado a princípios organizacionais completamente diferentes.

A Teoria X oferece uma explicação para alguns comportamentos humanos na indústria. Essa explicação não teria persistido se não houvesse um número considerável de indícios a seu favor. Todavia, há muitos fenômenos facilmente observáveis na indústria e alhures que não são conformes a essa visão da natureza humana.

Mas essa situação não é incomum. A história das ciências oferece muitos exemplos de explicações teóricas que persistem por muito tempo, apesar de serem apenas parcialmente adequadas. As leis do movimento, de Newton, são um exemplo. Só depois do desenvolvimento da teoria da relatividade, neste século, é que sérias incoerências e inadequações da teoria newtoniana puderam ser compreendidas e corrigidas.

A evolução do conhecimento das ciências sociais, no último quarto de século, tornou possível a reformulação de algumas pressuposições sobre a natureza humana e sobre o comportamento humano no ambiente organizacional, esclarecendo, assim, algumas das incoerências inerentes à Teoria X. Embora naturalmente ainda em fase experimental, essa reformulação oferece uma base mais segura para previsão e controle do comportamento humano na indústria.

Algumas pressuposições sobre a motivação

No âmago de qualquer teoria de administração de recursos humanos encontram-se pressuposições sobre a motivação humana. Houve muita confusão em torno do assunto por causa dos vários pontos de vista contraditórios que se manifestavam mesmo entre os cientistas sociais. Nos últimos anos, todavia, tem havido uma convergência dos resultados de pesquisas e uma crescente aceitação de algumas idéias básicas sobre motivação. Essas idéias parecem ter bastante força. Elas ajudam a explicar as inadequações da Teoria X, mostrando, também, até que ponto ela é correta. Além disso, oferecem fundamento para uma teoria de administração totalmente diferente.

As generalizações sobre motivação, feitas a seguir, são um tanto simplificadas demais. Se introduzíssemos todos os pormenores que seriam necessários para tratar do assunto de maneira realmente adequada, os pontos essenciais de especial importância para a administração ficariam obscurecidos. As generalizações não distorcem os fatos, mas realmente desprezam algumas complexidades do comportamento humano que são relativamente pouco importantes para os nossos fins aqui.

O homem é um animal carente – nem bem uma de suas necessidades é satisfeita surge logo outra. Esse processo não tem fim. Vai do nascimento à morte. O homem está continuamente se esforçando – em outras palavras, trabalhando – para satisfazer suas necessidades.

As necessidades humanas estão organizadas numa série de níveis – numa hierarquia de importância. No nível mais baixo, mas de importância predominante quando frustradas, estão as necessidades fisiológicas. Só de pão vive o homem, quando não há pão. A não ser em circunstâncias excepcionais, suas necessidades de amor, de *status*, de reconhecimento são inoperantes quando, seu estômago está vazio há algum tempo. Mas quando ele come regularmente e de maneira adequada, a fome deixa de ser uma necessidade importante. O homem saciado tem fome apenas no sentido em que uma garrafa cheia tem vacuidade. O mesmo se pode dizer das outras necessidades fisiológicas do homem – repouso, exercício, abrigo, proteção contra as intempéries.

Uma necessidade satisfeita não é um motivador de comportamentos! Eis aí um fato de profunda importância. Fato que não é reconhecido na Teoria X e que é, portanto, desprezado na abordagem convencional da administração de recursos humanos. Voltaremos a esse ponto mais tarde. Por ora, daremos um exemplo como prova. Consideremos a nossa própria necessidade de ar. Ela não tem um efeito motivador marcante no nosso comportamento, a menos que sejamos privados de ar.

Quando as necessidades fisiológicas estão razoavelmente satisfeitas, as necessidades do nível superior seguinte começam a dominar o comportamento do homem – a motivá-lo. São as necessidades de segurança física, de proteção contra o perigo, ameaça, privação. Algumas pessoas se referem a elas como necessidades de garantia. Entretanto, a menos que o homem viva numa relação de dependência em que se sinta ameaçado de privação arbitrária, ele não exige garantia. A sua necessidade é de ter "chances as mais justas possíveis". Quando tem certeza disso, não lhe falta disposição para se arriscar. Mas, quando se sente ameaçado ou dependente, sua maior necessidade é de proteção, de garantia.

Não é preciso enfatizar o fato de que, dada a relação pelo menos parcialmente dependente em que se encontra todo empregado na indústria, as necessidades de segurança podem assumir importância considerável. Atos administrativos arbitrários, comportamentos que suscitam incertezas em relação à continuidade do emprego, ou que refletem favoritismo ou discriminação, política administrativa imprevisível – podem ser poderosos motivadores das necessidades de segurança na relação de emprego em qualquer nível, desde o operário até o vice-presidente. Além disso, as necessidades de segurança dos gerentes são muitas vezes suscitadas pela sua dependência dos que lhes estão abaixo ou dos que estão no seu mesmo nível. Essa é uma razão importante para se dar ênfase às prerrogativas gerenciais e às atribuições claras de autoridade.

Quando as necessidades fisiológicas do homem estão satisfeitas e ele não mais teme pelo seu bem-estar físico, suas necessidades sociais se tornam importantes motivadores do seu comportamento. São as necessidades de pertencer, de se associar, de ser aceito pelos companheiros, de dar e receber amizade e amor.

A gerência sabe, hoje, da existência dessas necessidades, mas muitas vezes pensa, erroneamente, que elas representam uma ameaça para a organização. Muitos estudos já mostraram que um grupo de trabalho unido e coeso pode ser, sob condições adequadas, muito mais eficiente na consecução dos objetivos organizacionais do que igual número de indivíduos separados. Entretanto, a gerência, temendo a hostilidade do grupo contra os seus próprios objetivos, freqüentemente faz tudo o que pode para controlar e dirigir os esforços humanos sob formas contrárias à tendência natural dos seres humanos a se agruparem. Quando as necessidades sociais do homem – e talvez, também, suas necessidades de segurança – são assim frustradas, ele se comporta de maneira que tende a prejudicar os objetivos organizacionais. Oferece resistência, torna-se hostil, não coopera. Mas esse comportamento é conseqüência, não causa.

Acima das necessidades sociais – das que não se tornam normalmente motivadoras enquanto as necessidades inferiores não estiverem razoavelmente satisfeitas – encontram-se outras de suma importância para a administração e para o próprio homem. São as necessidades egoísticas que se apresentam sob dois tipos:

1. As relacionadas com a auto-estima: necessidade de auto-respeito e autoconfiança, de autonomia, de realização, de competência, de conhecimento.

2. As relacionadas com a própria reputação: necessidade de *status*, de reconhecimento, de aprovação, de merecido respeito da parte dos companheiros.

Ao contrário das necessidades inferiores, estas são raramente satisfeitas; o homem procura sempre mais satisfação dessas necessidades, uma vez que tenham se tornado importantes para ele. Todavia, elas não se manifestam de maneira significativa enquanto as necessidades fisiológicas, de segurança e sociais não estiverem razoavelmente satisfeitas. As exceções a essa generalização surgem especialmente quando, além da privação das necessidades fisiológicas, a dignidade humana é espezinhada. As revoluções políticas, muitas vezes, têm a sua origem na frustração tanto das necessidades sociais e egoísticas como das fisiológicas.

A organização industrial típica oferece poucas oportunidades de satisfação das necessidades egoísticas para as pessoas situadas nos níveis inferiores da hierarquia. Os métodos convencionais de organização do trabalho, especialmente nas indústrias de produção em massa, dão pouca atenção a esses aspectos da motivação humana. Se as práticas da "administração científica" fossem deliberadamente calculadas para frustrar essas necessidades – o que não é, naturalmente, o caso –, dificilmente poderiam ter melhores resultados.

Finalmente – no topo, por assim dizer, da hierarquia das necessidades humanas –, há as necessidades de auto-realização. São as necessidades de fazer atuar as próprias potencialidades, de se autodesenvolver continuamente, de ser criativo no sentido mais amplo do termo.

As condições da vida industrial moderna dão oportunidade limitada para a expressão dessas necessidades humanas relativamente adormecidas. A carência que a maioria das pessoas sente em relação às outras necessidades de nível inferior desvia as suas energias para a busca de satisfação *daquelas* necessidades, permanecendo as necessidades de auto-realização abaixo do nível da consciência.

Agora, rapidamente, alguns comentários gerais sobre motivação:

Todos concordam com a afirmação de que o homem que sofre de severa deficiência alimentar é doente. A privação da satisfação das necessidades fisiológicas tem conseqüências comportamentais. O mesmo se pode dizer, embora seja menos reconhecido, da privação da satisfação das necessidades de nível superior. O homem cujas necessidades de segurança, de associação, de independência ou de *status* são frustradas é tão doente quanto o que sofre de anemia. E sua doença terá conseqüências comportamentais. Estamos redondamente enganados se atribuímos a sua conseqüente passividade, ou hostilidade, ou recusa de aceitar responsabilidades, à sua "natureza humana". Essas formas de comportamento são *sintomas* de doença – de privação da satisfação de suas necessidades sociais e egoísticas.

O homem cujas necessidades de nível inferior estão satisfeitas não é motivado por *essas* necessidades. Praticamente, elas não mais existem. (Lembrem-se de meu exemplo sobre a sua necessidade de ar.) A direção muitas vezes pergunta: "Por que as pessoas não são mais produtivas? Pagamos bons salários, oferecemos boas condições de trabalho, damos excelentes benefícios complementares e emprego estável. No entanto, parece que as pessoas não querem fazer mais do que o esforço mínimo." Não é preciso ir muito longe para encontrar as razões disso.

O exame das compensações típicas oferecidas ao operário para a satisfação de suas necessidades através do emprego leva à interessante conclusão de que a maioria dessas compensações pode ser usada para a satisfação de suas necessidades *somente fora do local de trabalho.* Os salários, por exemplo, não podem ser gastos no trabalho. A única contribuição que podem dar para a sua satisfação no trabalho é em termos de diferenças de *status* resultantes das diferenças salariais. (Essa, aliás, é uma das razões pelas quais diferenças pequenas, e aparentemente insignificantes, nos índices salariais, podem ser motivo de tanta disputa acalorada. O que está em questão não são os centavos da diferença, mas sim o fato de que as diferenças de *status* que eles refletem são uma das poucas maneiras pelas quais os salários podem resultar em satisfação de necessidades na própria situação de trabalho.)

A maior parte dos benefícios complementares – pagamento de hora extra, adicional de salário para turno noturno, férias, assistência médica, 13º salário e os lucros dos planos de compra de ações ou os planos de participação nos lucros – oferecem a necessária satisfação apenas fora do trabalho. No entanto, são essas, juntamente com os salários, as principais compensações oferecidas pela direção ao esforço dos empregados. Não é de surpreender, portanto, que para muitos assalariados o *trabalho pareça uma forma de punição*, o preço a ser pago pelos vários tipos de satisfação obtida fora do trabalho. Na medida em que essa é a percepção que têm do trabalho, dificilmente se poderia esperar deles que se sujeitassem a uma punição maior do que a necessária.

Nas atuais condições, a direção propicia uma certa satisfação das necessidades fisiológicas e de segurança. O padrão de vida nos Estados Unidos é alto; as pessoas não sofrem grandes frustrações de suas necessidades fisiológicas, a não ser em períodos de desemprego em massa. Mesmo então, a legislação desenvolvida desde os anos 30 atenua o choque.

Mas o fato de a direção ter providenciado a satisfação dessas necessidades fisiológicas e de segurança fez com que a ênfase motivacional passasse para as necessidades sociais e egoísticas. A menos que haja, *no trabalho*, oportunidades de satisfazer essas necessidades mais elevadas, as pessoas se sentirão frustradas; e o seu comportamento refletirá essa frustração. Nessas condições, se a direção continuar a focalizar a sua atenção nas necessidades fisiológicas, a mera provisão de compensações está destinada a ser ineficaz, tornando-se inevitável o recurso à ameaça de punição. Dessa forma, uma das pressuposições da Teoria X parecerá ter validade, mas só porque confundimos efeitos com causas.

As pessoas, nessas condições, *hão* de exigir mais dinheiro. Torna-se mais importante do que nunca comprar serviços e bens materiais que possam propiciar alguma satisfação das necessidades frustradas. Embora o dinheiro tenha pouco valor para satisfazer muitas das necessidades de nível superior, ele pode se tornar o foco de interesse se for o único meio disponível.

A teoria da motivação por "estímulo"*, que é adotada na Teoria X, funciona razoavelmente bem em certas circunstâncias. Os *meios* para a satisfação das necessidades fisiológicas e – dentro de certos limites – de segurança das pessoas podem ser proporcionados ou negados pela direção. O próprio emprego é um desses meios, assim como os salários, as condições de trabalho e os benefícios. A pessoa pode ser controlada por esses meios enquanto estiver lutando pela subsistência. O homem tende a viver só de pão quando há pouco pão.

Mas essa teoria do "estímulo" deixa de funcionar assim que as pessoas atingem um nível adequado de subsistência e passam a ser motivadas principalmente por necessidades superiores. A gerência não pode prover as pessoas de auto-respeito, ou do respeito de seus companheiros, ou da satisfação de necessidades de auto-realização. O que pode fazer é criar condições tais que elas se sintam encorajadas e capazes de procurar essas satisfações para si mesmas, ou pode frustrá-las deixando de criar essas condições.

---

* No original *carrot and stick*. (N. do E.)

Mas essa criação de condições não é "controle" no sentido usual do termo; aparentemente, esse não é um dispositivo particularmente útil para dirigir o comportamento. Por isso a gerência se vê numa situação difícil. O alto padrão de vida criado pela tecnologia moderna provê de maneira bastante adequada a satisfação das necessidades fisiológicas e de segurança. A única exceção importante é quando as práticas gerenciais não incutem confiança na possibilidade de "chances justas" – e, portanto, quando as necessidades de segurança são frustradas. Mas ao tornar possível a satisfação das necessidades de nível inferior, a gerência se privou da capacidade de usar os dispositivos de controle recomendados pelas pressuposições convencionais da Teoria X: recompensas, promessas, incentivos, ou ameaças e outros recursos coercitivos.

A filosofia de gerência por direção e controle – *independentemente de ser dura ou suave* – é inadequada para motivar, porque as necessidades humanas focalizadas por essa abordagem são relativamente pouco importantes como motivadoras de comportamentos na nossa sociedade atual. Direção e controle têm um valor limitado para motivar pessoas cujas necessidades importantes são sociais e egoísticas.

As pessoas, quando privadas de oportunidades para satisfazer, no trabalho, as necessidades que lhes são mais importantes, comportam-se – exatamente como poderia ser previsto – com indolência, passividade, má vontade em aceitar responsabilidade, resistência à mudança, tendência a aderir aos demagogos, exigências exageradas de benefícios econômicos. Aparentemente acabamos presos nos laços que nós mesmos armamos.

A Teoria X explica as *conseqüências* de uma determinada estratégia administrativa; não explica nem descreve a natureza humana, embora pretenda fazê-lo. As suas pressuposições são tão limitadas que nos impedem de ver as possibilidades inerentes a outras estratégias administrativas. O que às vezes parece ser estratégias novas – descentralização, administração por objetivos, supervisão consultiva, liderança "democrática" – não passa, normalmente, de vinho velho em garrafas novas, porque os procedimentos desenvolvidos para implementá-las foram derivados das mesmas pressuposições inadequadas sobre a natureza humana. A gerência é constantemente enganada com as "novas abordagens" para o aspecto humano da empresa que lhe são habilmente impingidas. A verdadeira dificuldade está no fato de que essas novas abordagens não passam de táticas diferentes – programas, procedimentos, estratagemas – inseridas na mesma estratégia baseada na Teoria X.

Na educação das crianças se reconhece que as estratégias paternas de controle devem ser progressivamente modificadas para se adaptarem às novas capacidades e características da pessoa humana que vão surgindo à medida que ela se desenvolve da infância para a idade adulta. A gerência industrial reconhece, até certo ponto, que a pessoa humana *adulta* tem possibilidades para continuar aprendendo e crescendo. Basta ver as diversas atividades em curso no campo do desenvolvimento e treinamento de gerentes. Nas suas concepções *básicas* de administração de recursos humanos, porém, a direção parece ter concluído que o ser humano comum parou de se desenvolver no início da adolescência. A Teoria X foi construída sobre o mínimo denominador comum humano: o "trabalhador braçal" do início da era industrial. Conforme foi admiravelmente demonstrado por Chris Argyris, em seu livro *Personality and Organization*, as estratégias administrativas convencionais para a organização, direção e controle dos recursos humanos da empresa se ajustam maravilhosamente às capacidades e características da criança, não às do adulto.

Numa área limitada – a da administração de pesquisa – houve recentemente um certo reconhecimento da necessidade de adaptação seletiva na estratégia gerencial. Isso, contudo, foi percebido como um problema específico, não se tendo reconhecido as suas implicações mais amplas. Como foi mostrado neste capítulo e no precedente, as mudanças verificadas na população em geral – no campo educacional, nas atitudes e valores, na motivação, no grau de dependência – criaram ao mesmo tempo a oportunidade e a necessidade de outras formas de adaptação seletiva. Entretanto, enquanto as pressuposições da Teoria X continuarem influenciando a estratégia gerencial, deixaremos de descobrir, e muito menos utilizar, as potencialidades do ser humano comum.

Referências

Allen, Louis A., *Management and Organization.* Nova York, McGraw-Hill Book Company, Inc., 1958.

Bendix, Reinhard, *Work and Authority in Industry.* Nova York, John Wiley & Sons, Inc., 1956.

Brown, Alvin, *Organization of Industry.* Englewood Cliffs, N. J., Prentice-Hall, Inc., 1947.

Fayol, Henri, *General and Industrial Administration.* Nova York, Pitman Publishing Corporation, 1949.

Gouldner, Alvin W., *Patterns of Industrial Bureaucracy.* Glencoe, Ill., Free Press, 1954.

Koontz, Harold e O'Donnell, Cyril, *Principles of Management.* Nova York, McGraw-Hill Book Company, Inc., 1955.

Maslow, A. H., *Motivation and Personality.* Nova York, Harper & Brothers, 1954.

Urwick, Lyndall, *The Elements of Administration.* Nova York, Harper & Brothers, 1944.

Walker, Charles R., *Toward the Automatic Factory.* New Haven, Conn., Yale University Press, 1957.

Whyte, William F., *Money and Motivation.* Nova York, Harper & Brothers, 1955.

Zaleznik, A., Christensen, C. R. e Roethlisberger, F. J., *The Motivation, Productivity, and Satisfaction of Workers: A Prediction Study.* Boston, Division of Research, The Graduate School of Business Administration, Harvard University, 1958.

Capítulo IV

Teoria Y: A integração entre os objetivos individuais e os organizacionais

Para muitos, a análise precedente terá parecido excessivamente severa. Não houve já importantes modificações na administração dos recursos humanos da indústria no último quarto de século? Não reconhecemos já a importância das pessoas, e não fizemos, em conseqüência, mudanças de importância vital na estratégia administrativa? Então os progressos feitos, desde os anos 20, na administração do pessoal e nas relações de trabalho não significam nada?

Não há dúvida de que houve muito progresso nas últimas duas ou três décadas. O lado humano da empresa tornou-se, durante esse período, uma das maiores preocupações da administração. Um número enorme de diretrizes, programas e práticas que eram praticamente desconhecidos há trinta anos tornou-se corriqueiro. A sorte do empregado industrial – seja ele operário, profissional liberal ou executivo – melhorou de uma forma que dificilmente teria sido imaginada pelos seus companheiros de 1920. A administração adotou, de modo geral, um conjunto de valores muito mais humanos; esforçou-se, com sucesso, para tratar os seus empregados com mais eqüidade e maior generosidade. Reduziu de maneira significativa as dificuldades econômicas, eliminou as formas mais extremas de conflito industrial, providenciou um ambiente de trabalho de modo geral mais seguro e mais agradável, *mas fez tudo isso sem mudar a sua teoria fundamental de administração.* Há exceções importantes, aqui e ali; entretanto, as pressuposições da Teoria X continuam predominantes na nossa forma de administrar.

A administração foi sujeita a severas pressões durante a Grande Depressão dos anos 30. A onda de oposição pública, o conflito aberto que acompanhou a sindicalização das indústrias de produção em massa, a reação geral contra o autoritarismo, a legislação do *New Deal*, produziram um amplo movimento do pêndulo. Todavia, as mudanças de política e de prática que se verificaram nessa década e na seguinte visavam, acima de tudo, responder ao poder fortalecido do operariado organizado e às pressões da opinião pública.

Houve algum movimento de afastamento da administração "forte" em direção à "suave", mas foi de pouca duração, e por boas razões. Tornou-se claro que muitas das interpretações estratégicas iniciais que acompanhavam a "abordagem das relações humanas" eram tão ingênuas como as que caracterizaram os primeiros estágios da educação progressiva. Descobrimos, agora, que a solução não está na simples eliminação do controle – que a abdicação não é uma alternativa viável para o autoritarismo. Aprendemos que não há correlação direta entre satisfação do empregado e produtividade. Reconhecemos, hoje, que a "democracia industrial não pode consistir em permitir que todo o mundo decida sobre tudo, que a saúde industrial não decorre automaticamente da eliminação das insatisfações, dos desacordos, ou mesmo dos conflitos abertos. Paz não é sinônimo de saúde organizacional; administração socialmente responsável não se identifica com administração permissiva.

Agora que a administração reconquistou seu antigo prestígio e poder, tornou-se óbvio que a tendência para a administração "suave" foi uma reação passageira e relativamente superficial, e não uma modificação geral de pressuposições fundamentais ou estratégias básicas. Além disso, embora o progresso feito no último quarto de século tenha sido substancial, alcançou-se o ponto em que começa a deixar de render. As possibilidades táticas dentro das estratégias administrativas convencionais já foram quase que completamente exploradas, e é improvável que haja novos progressos importantes sem que haja maiores modificações na teoria.

As pressuposições da Teoria Y

A teoria das ciências sociais não apresenta descobertas espetaculares como as que ocorreram nas ciências físicas na última metade do século. Entretanto, o acúmulo de conhecimento sobre o comportamento humano em muitos campos especializados tornou possível a formulação de um certo número de generalizações que representam o modesto início de uma nova teoria relativa à administração de recursos humanos. Algumas dessas pressuposições foram descritas em linhas gerais no comentário sobre motivação, no capítulo III. Algumas outras, que daqui por diante serão mencionadas como Teoria Y, são as seguintes:

1. *O dispêndio de esforço físico e mental no trabalho é tão natural como o jogo ou o descanso.* O ser humano comum não detesta, por natureza, o trabalho. Dependendo de condições controláveis, o trabalho pode ser uma fonte de satisfação (e será voluntariamente realizado) ou uma fonte de punição (e será evitado, se possível).

2. *O controle externo e a ameaça de punição não são os únicos meios de estimular o trabalho em vista dos objetivos organizacionais. O homem está sempre disposto a se autodirigir e se autocontrolar a serviço de objetivos com os quais se compromete.*

3. *O compromisso com os objetivos é dependente das recompensas associadas à sua consecução.* A mais impor-

tante dessas recompensas, isto é, a satisfação do ego e das necessidades de auto-afirmação, pode ser produto direto do esforço feito em vista dos objetivos organizacionais.

4. *O ser humano comum aprende, sob condições adequadas, não só a aceitar responsabilidades como a procurá-las.* A recusa de responsabilidades, a falta de ambição e a busca de garantia são, geralmente, conseqüências da experiência, e não características humanas inatas.

5. *A capacidade de usar um grau relativamente alto de imaginação, de engenhosidade e de criatividade na solução de problemas organizacionais é mais amplamente distribuída na população do que geralmente se pensa.*

6. *Nas condições da vida industrial moderna, as potencialidades intelectuais do ser humano comum estão sendo parcialmente usadas.*

As implicações dessas pressuposições na estratégia gerencial são nitidamente diferentes das da Teoria X. São dinâmicas, e não estáticas: indicam a possibilidade de crescimento e desenvolvimento humano; acentuam a necessidade de adaptação seletiva e não de uma única forma absoluta de controle. Elas não se estruturam em termos do mínimo denominador comum da mão-de-obra da fábrica, mas em termos de um recurso que tem reais potencialidades.

Acima de tudo, as pressuposições da Teoria Y ressaltam o fato de que os limites da colaboração humana, no ambiente organizacional, não são limites da natureza humana, e sim da engenhosidade da direção em descobrir como fazer atuar o potencial representado pelos seus recursos humanos. A Teoria X oferece à direção uma desculpa fácil para um desempenho organizacional ineficiente, que seria devido à natureza dos recursos humanos com os quais temos de trabalhar. Para a Teoria Y, ao contrário, o problema está na direção. Se os empregados são preguiçosos, indiferentes, avessos a assumir responsabilidades, intransigentes, não-criativos e não querem cooperar, a Teoria Y sugere que as causas se encontram nos métodos de organização e de controle empregados na administração.

As pressuposições da Teoria Y não estão definitivamente provadas. Entretanto, são muito mais coerentes com o atual conhecimento das ciências sociais do que as pressuposições da Teoria X. Haverão de ser, certamente, corrigidas, aperfeiçoadas, modificadas à medida que se forem acumulando novas pesquisas, mas não é provável que sejam completamente desmentidas.

À primeira vista, essas pressuposições podem não parecer muito difíceis de serem aceitas. Mas não é fácil pôr em prática as suas implicações. Elas vão de encontro a um certo número de hábitos gerenciais de pensamento e de ação profundamente enraizados.

O princípio de integração

O princípio fundamental de organização derivado da Teoria X é o da direção e controle através do exercício da autoridade – o chamado "princípio escalar". O princípio fundamental derivado da Teoria Y é o da integração: a criação de condições tais que permitam aos membros da organização alcançar *melhor* os seus próprios objetivos dirigindo os seus esforços para o sucesso da empresa. Esses dois princípios têm implicações profundamente diferentes no que diz respeito à tarefa de administrar recursos humanos, mas o princípio escalar está tão firmemente implantado nas atitudes gerenciais que as implicações do princípio de integração não são facilmente percebidas.

Já se disse que o peixe é o último a descobrir a água. O "ambiente psicológico" da administração industrial – como a água para o peixe – é parte tão integral da vida organizacional que não temos conhecimento dele. Certas características de nossa sociedade, e da vida organizacional dentro dela, estão tão completamente implantadas e são tão difusas que não podemos imaginar que pudessem ser diferentes. Conseqüentemente, um grande número de políticas e práticas, de decisões e relações só poderiam – ao que parece – ser como são.

Entre essas características difusas da vida organizacional nos Estados Unidos, hoje, está uma atitude administrativa (oriunda da Teoria X) em relação à afiliação na organização industrial. Tem-se por certo, quase sem questionamento, que as exigências organizacionais estão acima das necessidades dos indivíduos membros da organização. Basicamente, o contrato de trabalho supõe que em troca das recompensas oferecidas o indivíduo aceite ser dirigido e controlado. A idéia de integração e autocontrole é completamente estranha à nossa maneira de imaginar a relação de emprego. A tendência, portanto, é de rejeitá-la imediatamente (como socialista, ou anarquista, ou incompatível com a natureza humana), ou de torcê-la inconscientemente até ajustá-la às concepções correntes.

O conceito de integração e autocontrole sugere, implicitamente, que a organização seria mais eficiente na consecução de seus objetivos econômicos se fossem feitos ajustamentos concretos às necessidades e aspirações de seus membros.

> Um gerente distrital de uma grande empresa, geograficamente descentralizada, é notificado de que foi promovido para um cargo político administrativo, no escritório central. É uma bela promoção, com um bom aumento de salário. Seu papel na organização será de muito maior poder, e ele estará associado aos principais executivos da firma.

O grupo que, no escritório central, o escolheu para esse cargo, estudara cuidadosamente um certo número de possíveis candidatos. Este homem se distinguiu entre todos de tal maneira que a sua escolha se impôs naturalmente. O seu desempenho vinha sendo observado havia algum tempo e, sem dúvida nenhuma, ele possui as qualidades necessárias não só para esse cargo como ainda para um cargo mais alto. Há verdadeira satisfação por se poder contar com um candidato assim tão extraordinário.

O homem fica apavorado. Não quer esse cargo. Sua aspiração, como diz ele, é o de ser "o melhor gerente distrital da firma". Agrada-lhe ter contatos diretos com o pessoal que está trabalhando nas bases, e não quer um cargo no nível político da empresa. Ele e a mulher apreciam o tipo de vida que levam numa pequena cidade e detestam as condições de vida e as obrigações sociais da cidade onde está o escritório central.

Embora manifeste francamente os seus sentimentos, as suas objeções não são levadas em conta. Diante das necessidades da organização, a sua recusa a aceitar a promoção seria impensável. Seus superiores acham que quando ele estiver instalado no seu novo cargo haverá naturalmente de reconhecer que esse é o seu lugar. E a mudança é feita.

Dois anos depois ele ocupa uma posição ainda mais alta no escritório central da empresa e fala-se que será, provavelmente, vice-presidente executivo dentro em breve. Na intimidade, ele se mostra consideravelmente insatisfeito e infeliz. Tanto ele como a esposa "dariam tudo" para voltar à situação que tinham dois anos antes.

No contexto das pressuposições difusas da Teoria X, promoções e transferências são geralmente feitas mediante decisão unilateral. Dá-se, automaticamente, prioridade às necessidades da organização, quase sem quaisquer outras considerações. Se as aspirações pessoais do indivíduo são lembradas, pensa-se que as recompensas de salário e de posição poderão satisfazê-lo. Se alguém realmente recusa uma mudança dessas sem apresentar razões convincentes, tais como problema de saúde ou grave crise de família, é acusado de prejudicar o seu futuro por causa dessa atitude "egoísta". É de fato muito raro que a direção dê ao indivíduo a oportunidade de participar ativa e realmente de uma decisão dessas, embora ela possa afetar as suas aspirações pessoais mais importantes. Entretanto, as implicações decorrentes da Teoria Y são de que a organização será provavelmente prejudicada se ignorar essas necessidades e aspirações pessoais. Ao tomar decisões unilaterais a respeito de promoções, a direção está deixando de utilizar de maneira mais eficaz os seus recursos humanos.

O princípio de integração exige que tanto as necessidades da organização como a dos indivíduos sejam reconhecidas. Naturalmente, quando há sincera união de esforços para encontrá-la, freqüentemente se chega a uma solução integradora que satisfaz às necessidades do indivíduo *e* da organização. Mas nem sempre – e é nesse ponto que a Teoria Y começa a parecer ilusória. Ela se choca frontalmente com as atitudes difusas associadas à administração por direção e controle.

Das pressuposições da Teoria Y decorre que *a organização será prejudicada* se não se conseguir integração. Os objetivos da organização *não* são melhor alcançados pela administração unilateral de promoções, porque essa forma de gerir por direção e controle não cria o compromisso que ativaria todos os recursos das pessoas afetadas. Menor motivação e, conseqüentemente, menor grau de autodireção e autocontrole são custos que, multiplicados inúmeras vezes no decorrer do tempo, ultrapassarão de muito as vantagens obtidas pelas decisões unilaterais "para o bem da organização".

Um outro exemplo talvez esclareça melhor as diferentes implicações da Teoria X e da Teoria Y.

> Poder-se-ia argumentar que a administração já dá muita atenção ao princípio de integração através de suas atividades no campo da educação econômica. Muitos milhões de dólares e muita engenhosidade têm sido gastos em tentativas de persuadir os empregados de que o seu bem-estar está intimamente relacionado com o sucesso do sistema da livre empresa e o das próprias firmas em que trabalham. A idéia de que podem atingir melhor os seus próprios objetivos se aplicarem os seus esforços na consecução dos objetivos da organização tem sido explorada, desenvolvida e comunicada de todas as maneiras possíveis. Não é isso uma prova de que a administração já adotou o princípio de integração?
>
> A resposta é um categórico não. Esses esforços gerenciais, com raras exceções, refletem claramente a influência das pressuposições da Teoria X. A mensagem central é uma exortação para o operário trabalhar arduamente e obedecer as ordens para proteger o seu emprego e o seu padrão de vida. O que é dito é que muita coisa se conseguiu pela nossa maneira tradicional de dirigir a indústria, e muito mais pode ser conseguido se os empregados se adaptarem às exigências *definidas pela administração.* Por trás dessas exortações está a expectativa de que naturalmente as exigências da organização e o seu sucesso econômico devem ter prioridade sobre as necessidades do indivíduo.

Naturalmente, integração significa todos trabalhando juntos para o sucesso da empresa a fim de que todos possam partilhar dos benefícios resultantes. Mas a administração supõe implicitamente que trabalhar junto significa se ajustar às exigências da organização *tais como são percebidas pela administração.* Segundo a opinião corrente, parece inconcebível que os indivíduos, ao procurarem alcançar os seus próprios objetivos, promovam os fins da empresa. Isso, ao contrário, levaria à anarquia, ao caos, a conflitos irreconciliáveis de interesses pessoais, falta de responsabilidade, incapacidade de tomar decisões e fracasso em levar a cabo as decisões tomadas.

Todas essas conseqüências, e outras piores ainda, *seriam* inevitáveis a menos que se criassem condições tais que os membros da organização percebessem que poderiam alcançar *melhor os* seus próprios objetivos dirigindo os seus esforços para o sucesso da empresa. Se as pressuposições da Teoria Y são válidas, a questão prática que se coloca é a de saber se essas condições podem ser criadas e em que medida. Este livro é todo dedicado a essa questão.

A aplicação da Teoria Y

Nas ciências físicas há muitos fenômenos teóricos que não podem ser obtidos na prática. Por exemplo, o zero absoluto e o vácuo perfeito. Outros, como a força nuclear, o avião a jato e as viagens espaciais, são reconhecidos teoricamente como possíveis muito antes de se tornarem viáveis. Nem por isso a teoria é menos útil. Se não fossem as nossas convicções teóricas não estaríamos hoje tentando desenvolver os meios para as viagens espaciais. De fato, não fosse o desenvolvimento da teoria da ciência física de há um século e meio para cá, ainda estaríamos dependendo, para transporte, da carroça puxada a cavalo e do barco a vela. Praticamente todos os grandes desenvolvimentos tecnológicos dependem da formulação da teoria correspondente.

Da mesma forma, na administração dos recursos humanos da indústria, as pressuposições e teorias acerca da natureza humana correntes numa determinada época limitam a inovação. Possibilidades não são reconhecidas e esforços inovadores não são empreendidos enquanto o terreno não for preparado por concepções teóricas. Pressuposições como as da Teoria X nos permitem conceber algumas maneiras possíveis de organizar e dirigir o esforço humano, *mas não outras*. Pressuposições como as da Teoria Y abrem uma série de possibilidades para novas políticas e práticas administrativas. Como no caso do desenvolvimento de uma nova teoria no campo da física, algumas dessas possibilidades não são imediatamente viáveis, e outras podem permanecer para sempre impraticáveis. Podem ser dispendiosas demais, ou pode acontecer simplesmente que não descubramos como criar a "ferramenta" necessária.

Há indícios importantes em favor da afirmação de que as potencialidades do ser humano comum estão muito acima das que normalmente são ativadas na indústria hoje. Se nossas pressuposições são as da Teoria X, nem mesmo reconheceremos a existência dessas potencialidades e não haverá razão para se dedicar tempo, esforço ou dinheiro para descobrir como fazê-las atuar. Se, porém, aceitarmos pressuposições como as da Teoria Y, nos sentiremos desafiados a inovar, a descobrir novas maneiras de organizar e dirigir o esforço humano, embora reconhecendo que a organização perfeita, como o vácuo perfeito, está praticamente fora de alcance.

Não devemos desanimar diante das dimensões da tarefa administrativa sugeridas pela Teoria Y. Não há dúvida de que a aplicação do princípio de integração numa grande fábrica de produção em massa, cujos operários foram organizados por um sindicato militante e hostil, apresenta à direção problemas que, atualmente, parecem insuperáveis. Só daqui a algumas dezenas de anos, talvez, teremos acumulado conhecimento suficiente para tornar praticável a aplicação desse princípio. As aplicações da Teoria Y terão de ser testadas, inicialmente, de forma mais limitada e em circunstâncias mais favoráveis. Entretanto, algumas aplicações da Teoria Y são possíveis hoje *no trato com gerentes e assessores*. No seio da hierarquia administrativa, pode-se testar as pressuposições e aprimorá-las, pode-se inventar técnicas e aprender a usá-las. Ao se adquirir maior conhecimento, alguns dos problemas de aplicação ao nível do operariado, nas grandes organizações, poderão se tornar menos desconcertantes do que hoje.

A perfeita integração entre as exigências organizacionais e as necessidades e aspirações individuais não é, naturalmente, um objetivo realista. Ao adotar esse princípio, procuramos aquele grau de integração no qual o indivíduo pode realizar *melhor* as suas aspirações orientando os seus esforços para o sucesso da organização. "Melhor" significa que essa alternativa será mais atraente do que as inúmeras outras ao seu alcance: indiferença, irresponsabilidade, mínima sujeição, hostilidade, sabotagem. Significa que ele se sentirá continuamente encorajado a desenvolver e empregar voluntariamente as suas capacidades, seu conhecimento, sua competência, sua engenhosidade, de forma que contribua para o sucesso da empresa[1].

---

1. Um estudo recente, altamente significativo, das fontes da satisfação e insatisfação no trabalho entre os gerentes e assessores, sugere que essas oportunidades de "auto-realização" são requisitos essenciais tanto para a satisfação no trabalho como para um bom desempenho. Os pesquisadores constataram que "as necessidades dos empregados se dividem em dois grupos. Um grupo gira em torno da necessidade de desenvolvimento no próprio trabalho como fonte de crescimento pessoal. O segundo grupo serve de base essencial para o primeiro e está relacionado com tratamento justo na remuneração, na supervisão, nas condições de trabalho e nas práticas administrativas. *A satisfação das necessidades do segundo grupo não motiva o indivíduo a aspirar a níveis altos de satisfação no trabalho e* [. . .] *a atingir um desempenho extra no trabalho.* Tudo o que se pode esperar da satisfação [desse segundo grupo de necessidade] é a prevenção da insatisfação e um desempenho fraco". Fre-

Aceitação da Teoria Y não implica abdicação, ou administração "fraca", ou "permissividade". Como já foi dito, essas noções brotam da aceitação da autoridade como o *único* meio de controle administrativo e das tentativas de minimizar as suas conseqüências negativas. A Teoria Y afirma que as pessoas exercerão autodireção e autocontrole na consecução dos objetivos organizacionais *na medida em que estiverem comprometidas com esses objetivos.* Se esse compromisso for pequeno, haverá provavelmente apenas um grau muito pequeno de autodireção e autocontrole e tornar-se-á necessária uma dose considerável de influência externa. Se for grande, muitos controles externos convencionais serão relativamente supérfluos e até certo ponto autofrustrantes. Políticas e práticas administrativas afetam consideravelmente esse grau de compromisso.

A autoridade é um meio impróprio para obter compromisso com objetivos. Outras formas de influência – ajuda para obter integração, por exemplo – são necessárias para esse fim. A Teoria Y acena com a possibilidade de se diminuir a ênfase nas formas externas de controle até ao ponto em que se possa obter aquele compromisso com os objetivos organizacionais. Suas pressuposições subjacentes enfatizam a capacidade de autocontrole dos seres humanos e a conseqüente possibilidade de a administração recorrer mais a outros meios de influência. Todavia, é claro que a autoridade *é* um meio adequado de controle em certas circunstâncias – especialmente quando não se pode obter verdadeiro compromisso com os objetivos. As pressuposições da Teoria Y não negam a adequação da autoridade, mas negam realmente que ela seja adequada a todos os fins e em todas as circunstâncias.

---

derick Herzberg, Bernard Mausner e Barbara Bloch Snyderman, *The Motivation to Work.* Nova York, John Wiley & Sons, Inc., 1959, pp. 114-5. (Os grifos são meus.)

Muitas são as afirmações que têm sido feitas no sentido de que já adquirimos o *know-how* para enfrentar praticamente qualquer problema tecnológico que possa surgir, e que os principais progressos industriais do próximo meio século ocorrerão no lado humano da empresa. Tais progressos, porém, serão improváveis enquanto a administração continuar a organizar, a dirigir e a controlar seus recursos humanos baseada em pressuposições – tácitas ou explícitas – como as da Teoria X. Renovação autêntica, e não apenas reforma e emenda das estratégias administrativas atuais, exige primeiro a aceitação de pressuposições menos limitadoras sobre a natureza dos recursos humanos que procuramos controlar e, segundo, a prontidão a se adaptar seletivamente às implicações contidas nessas novas pressuposições. A Teoria Y é um convite à inovação.

Referências

Brown, J. A., *The Social Psychology of Industry.* Baltimore, Penguin Books, Inc., 1954.

Cordiner, Ralph J., *New Frontiers for Professional Managers.* Nova York, McGraw-Hill Book Company, Inc., 1956.

Dubin, Robert, *The World of Work: Industrial Society and Human Relations.* Englewood Cliffs, N. J., Prentice-Hall, Inc., 1958.

Friedmann, Georges, *Industrial Society: The Emergency of the Human Problems of Automation.* Glencoe, Ill., Free Press, 1955.

Herzberg, Frederick, Mausner, Bernard e Snyderman, Barbara Bloch, *The Motivation to Work.* Nova York, John Wiley & Sons, Inc., 1959.

Krech, David e Crutchfield, Richard S., *Theory and Problems of Social Psychology.* Nova York, McGraw-Hill Book Company, Inc., 1948.

Leavitt, Harold J., *Managerial Psychology.* Chicago, University of Chicago Press, 1958.

McMurry, Robert N., "The Case for Benevolent Autocracy", *Harvard Business Review,* vol. 36, nº 1, jan.-fev. de 1958.

Rice, A. K., *Productivity and Social Organizations: The Ahmedabad Experiment.* Londres, Tavistock Publications, Ltd., 1958.

Stagner, Ross, *The Psychology of Industrial Conflict.* Nova York, John Wiley & Sons, Inc., 1956.

SEGUNDA PARTE

A Teoria Y na prática

Capítulo V

Administração por integração e autocontrole

Vamos agora examinar detalhadamente um exemplo específico do funcionamento de uma estratégia administrativa baseada na Teoria Y. O conceito de "administração por objetivos" tem despertado muita atenção, ultimamente, em parte devido aos escritos de Peter Drucker. Todavia, a administração por objetivos tem sido freqüentemente interpretada de forma que suscite nada mais do que uma nova série de táticas dentro da estratégia da administração por direção e controle.

A estratégia demonstrada nas páginas seguintes é uma aplicação da Teoria Y. Sua finalidade é estimular a integração, criar uma situação na qual o subordinado possa atingir *melhor* os seus próprios objetivos orientando os seus esforços para a consecução dos objetivos da empresa. É uma tentativa deliberada de ligar a melhoria na competência gerencial à satisfação de necessidades egoísticas, de auto-realização, mais elevadas. E, portanto, um caso especial, e não um caso típico, do conceito convencional de administração por objetivos.

Essa estratégia compõe-se de quatro passos ou fases:

1. Esclarecimento das exigências gerais do trabalho.
2. Estabelecimento de "metas" específicas por um período limitado de tempo.
3. O processo gerencial durante o período previsto.
4. Avaliação dos resultados.

Harry Evans é vice-presidente, serviços de assessoria, de uma companhia manufatureira que tem vinte fábricas espalhadas pelo Centro-Oeste e pelo Sul dos Estados Unidos. A companhia é administrada de maneira agressiva e é bem-sucedida financeiramente; está crescendo de maneira razoavelmente rápida através da aquisição de companhias menores e do desenvolvimento de novos mercados para os seus produtos.

Evans foi levado para a companhia, há três anos, pelo presidente, que achava que as funções de assessoria da organização precisavam ser fortalecidas. Uma das preocupações do presidente era o departamento de recursos humanos, que era considerado como uma espécie de primo pobre desde que foi instalado, no início da década de 40. Ele achava que a gerência necessitava de muita ajuda e orientação a fim de cumprir as suas responsabilidades nesse campo.

Tom Harrison é diretor da administração de recursos humanos há pouco menos de um ano. Evans o escolheu dentre um certo número de candidatos. Embora não tenha uma formação profissional tão boa quanto a de alguns de seus colegas, ele parecia promissor como administrador. Tem pouco mais de quarenta anos, é inteligente, ambicioso, simpático e muito trabalhador, com dez anos de experiência prática em administração de pessoal.

Alguns meses depois de Harrison ter assumido o cargo, Evans tinha dele as seguintes impressões:

1. Ele está ansioso demais em causar boa impressão à alta direção e isso interfere no seu desempenho. Preocupa-se demais em saber que música estão tocando lá em cima para dançar de acordo. Aceita as tarefas mais insignificantes solicitadas por qualquer membro da alta direção, o que causa boa impressão mas não ajuda a fortalecer a função do departamento de recursos humanos. Ele não faz nada

para mudar as expectativas um tanto quanto ingênuas da alta direção, para quem a administração de pessoal pode ser delegada a um departamento de assessoria ("Você cuida dos problemas de pessoal e nós fazemos a empresa funcionar.").

2. Harrison é um fraco administrador, para surpresa de Evans, pois parecia desempenhar-se bem quando tinha responsabilidades de supervisão mais limitadas. Usa seus subordinados como meninos de recado, em vez de aproveitar o que eles têm para dar como contribuição própria, e impõe-lhes simplesmente as suas opiniões baseadas na experiência e no bom senso, sem levar em conta o conhecimento profissional especializado deles. Está ansioso por reorganizar o departamento, colocando nos postos-chave homens que, como ele, têm experiência prática mas formação profissional limitada.

Tudo isso revelava, na opinião de Evans, uma concepção inadequada da natureza da função de recursos humanos e do próprio papel do departamento dentro da companhia. Embora reconhecesse o valor da aceitação, pela administração, da orientação prática de Harrison, sentia que as reais necessidades da companhia não seriam remediadas enquanto a direção não mudasse totalmente o seu ponto de vista a respeito da função. Não estava de forma alguma querendo substituir Harrison, pois acreditava que ele tinha capacidade de atuar com eficácia, mas reconhecia que ele não ia crescer no cargo se não fosse ajudado. Sua estratégia compunha-se dos quatro passos enumerados abaixo:

1. *Determinar as principais exigências do trabalho.* Evans insinuou a Harrison que gostaria que ele refletisse profundamente sobre a natureza do seu trabalho à luz da experiência que tinha tido até então. Pediu-lhe que fizesse uma lista de quais seriam, a seu ver, as suas principais responsabilida-

des, usando, se quisesse, a descrição formal do cargo já existente, mas sem se limitar a ela. Disse-lhe: "Gostaria de discutir com você, em profundidade, a *sua* visão do seu trabalho depois desses oito meses de experiência."

A lista de exigências que Harrison trouxe para discutir com Evans era a seguinte:

1. Organização do departamento
2. Serviços para a alta direção
   a. Consciência dos problemas da companhia e previsão de programas e políticas para resolvê-los
3. Produtividade do departamento
   a. Administração eficiente de programas e serviços de recursos humanos
   b. Atribuições claras de projetos à assessoria com datas de término e acompanhamento
   c. Avaliações periódicas do desempenho dos membros do departamento, seguidas de ação adequada
4. Relações com as bases
   a. Oferecer conselho, programas adequados e informação às unidades de base
   b. Visitas periódicas para garantir o bom funcionamento das unidades de base do departamento de recursos humanos

Harrison e Evans tiveram várias discussões demoradas sobre essa lista de responsabilidades. Evans começou dizendo: "Tom, pedi-lhe que trouxesse a esta reunião uma relação escrita das principais exigências do seu trabalho tal como você as percebe. Talvez você esperasse que eu definisse o seu trabalho para você, que eu lhe dissesse o que eu quero que você faça. Se eu tivesse que fazer isso, o trabalho não seria seu. Naturalmente, não espero estar inteiramente de acordo com você em tudo o que você escreveu. Tenho certeza, porém, de que nosso objetivo é o mesmo: nós dois queremos que o seu seja o melhor departamento de recursos humanos do mundo.

"A dificuldade que provavelmente vamos encontrar ao discutir as suas idéias é que, se eu discordar de você, você vai achar que tem que aceitar o que eu digo porque eu sou o seu chefe. Quero ajudá-lo a chegar a uma lista que satisfaça completamente a nós dois, mas não poderei ajudá-lo se você simplesmente se submeter às minhas idéias ou se eu não as expressar com medo de dominar você. Portanto, tente ver-me como colega cuja experiência e conhecimento estão à sua disposição – não como chefe. Estou certo de que podemos resolver quaisquer diferenças que possam surgir."

No decorrer da discussão, Evans expressou as suas preocupações, mas fez mais questão de estimular Harrison a examinar suas próprias idéias com espírito mais crítico. Evans falou francamente da realidade da companhia tal como a via, e discutiu o seu conceito do papel próprio de um departamento de recursos humanos. Ele tentou convencer Harrison de que sua concepção da função de recursos humanos era limitada demais e de que seus subordinados, devido à formação e à experiência que tinham, poderiam ajudá-lo a chegar a uma concepção mais adequada. Harrison fez várias reuniões com a assessoria do seu próprio departamento para discutir a questão e, depois de cada uma delas, conversou com Evans.

O fator decisivamente importante, nessas discussões, não foi o seu conteúdo, mas a redefinição de papéis que foi feita. Evans conseguiu, mais por sua atitude do que por suas palavras específicas, transmitir a Harrison a idéia essencial de que não queria ocupar o papel convencional de chefe, mas sim, e o mais possível, o papel de consultor que estava colocando todo o seu conhecimento e experiência à disposição de Harrison com a convicção de que ambos tinham um verdadeiro interesse comum em que Harrison desempenhasse um trabalho excepcional.

Quando começou a perceber isso, e a acreditar nisso, Harrison mudou toda a sua maneira de compreender o seu próprio papel. Em vez de procurar descobrir, como seria natural nas circunstâncias tradicionais, como é que Evans queria que ele definisse o seu trabalho, o que é que Evans queria que ele fizesse, o que é que Evans aprovava ou desaprovava, Harrison começou a pensar por si mesmo. Além disso, com essa sensação de maior liberdade em relação ao seu próprio papel (e com o claro estímulo de Evans), ele começou a ver os seus subordinados não como "serviçais", mas como recursos, e a empregá-los como tal.

O resultado, por mais irreal que possa parecer à primeira vista, foi uma mudança extraordinária na percepção de Harrison de si mesmo e do seu trabalho. A verdadeira natureza da mudança que ocorreu durante as suas discussões com Evans e com os seus subordinados se revelou na declaração final de suas responsabilidades tal como ele agora as percebia:

1. Organização do departamento
2. Levantamento permanente das necessidades da companhia a curto e a longo prazo através de:
   a. Investigação na base
   b. Consciência geral dos problemas da administração
   c. Investigação da maneira de ver dos membros do departamento
   d. Conhecimento das tendências externas
3. Assistência profissional a todos os níveis da administração
   a. Solução de problemas
   b. Planejamento de estratégias
   c. Estudo de pesquisas
   d. Programas e políticas de recursos humanos efetivos
   e. Administração eficiente de serviços

4. Desenvolvimento dos membros da assessoria
5. Desenvolvimento pessoal

O primeiro passo da estratégia administrativa de Evans em relação a Harrison foi, portanto, coerente com a sua adesão à Teoria Y. Ele acredita que cabe a Harrison a maior responsabilidade por seu próprio desenvolvimento, mas acredita, também, que pode ajudá-lo. Para ele, a integração é um processo ativo que envolve, inevitavelmente, diferenças de opinião e discussão. Reconhece a probabilidade de que Harrison se renda prontamente às suas opiniões sem verdadeira convicção, e não quer que isso aconteça. Conseqüentemente, tenta estabelecer uma relação na qual Harrison possa percebê-lo como verdadeira fonte de ajuda e não como um chefe no sentido tradicional. Sabe que o estabelecimento dessa relação leva tempo, mas para ele o que importa são os resultados a longo prazo. Como não espera que Harrison cresça no seu trabalho da noite para o dia, está preparado para aceitar que a definição que Harrison dá de seu trabalho ainda deixe muito a desejar. E acredita que, daqui a seis meses, quando voltarem a discuti-la de novo, a sua visão será outra.

Para que Harrison aprenda e cresça em competência, e para que ele encontre oportunidades de satisfazer suas necessidades de nível mais alto, no processo, é essencial que ele encontre um verdadeiro desafio no seu trabalho. Isso não é provável que aconteça se o trabalho lhe for definido por uma descrição formal ou por um superior que simplesmente lhe diz o que quer que seja feito. De modo que o princípio de integração é importante já desde o início. Ao aplicá-lo, não é necessário ignorar o trabalho da assessoria de planejamento da organização. A necessidade de uma divisão lógica de responsabilidades, dentro de qualquer organização, é óbvia. Todavia, uma descrição do cargo tende a se tornar uma camisa-de-força, a menos que seja reconhecida como uma série ampla de diretrizes no âmbito das quais a pessoa literalmente faz o seu próprio trabalho. A concepção de um plano de organização como uma série de "compartimentos", dentro dos quais são colocadas pessoas selecionadas, nega totalmente a idéia de integração.

O processo implícito nesta fase é semelhante, embora de âmbito mais limitado, ao que foi descrito por Drucker como o da descoberta de "em que negócio estamos metidos". No caso da alta direção que examina a organização como um todo, esta é freqüentemente uma experiência altamente instrutiva. E pode se dar mesmo num campo mais limitado, como este, especialmente se o superior puder, fazendo mais ou menos como Evans, estimular o subordinado a pensar criativamente sobre o seu trabalho.

2. *Estabelecer metas.* Quando Evans e Harrison terminaram de discutir as principais exigências do trabalho de Harrison, Evans sugeriu que Harrison pensasse sobre alguns objetivos específicos, ou metas, que ele pudesse fixar para si mesmo e para seu departamento durante os seis meses seguintes. Evans sugeriu que ele pensasse sobre a melhoria do desempenho global de sua unidade e sobre seus próprios objetivos pessoais. Pediu-lhe ainda que refletisse, em termos gerais, sobre os passos que proporia dar para atingir aquelas metas. Disse Evans: "Não quero lhe dizer como realizar o seu trabalho, mas gostaria que você pensasse cuidadosamente sobre como vai proceder. Talvez eu possa lhe ajudar quando discutirmos as suas idéias." Finalmente, Evans pediu a Harrison que refletisse sobre as informações de que iria precisar e como iria obtê-las, a fim de saber, no fim do período, de que forma conseguiu atingir as suas metas. Sugeriu que se encontrassem de novo para discutir quando Harrison tivesse acabado de refletir e de planejar nesse sentido.

Esta é a fase do planejamento, mas é de novo um processo no qual o subordinado é estimulado a assumir a responsabilidade pelo seu próprio desempenho. No processo tradicional, os objetivos são concebidos pelos níveis superiores e impostos aos níveis inferiores da organização. A explicação para esse procedimento é que somente os níveis superiores dispõem do conhecimento mais amplo necessário para o planejamento. Até certo ponto é verdade, mas há uma diferença importante entre o tipo de planejamento no qual um grupo central determina detalhadamente o que cada divisão ou departamento fará, e o planejamento no qual o grupo central comunica o que se acredita serem os objetivos globais desejados e *solicita* que cada unidade determine a sua contribuição.

Mesmo quando os objetivos gerais são predeterminados, podem normalmente se limitar a certos aspectos do desempenho, tais como os objetivos de produção, custos e margem de lucro. Há outros aspectos, como o planejamento a respeito dos objetivos pessoais, por exemplo, que se determinam localmente.

A consideração teórica importante, derivada da Teoria Y, é que aceitação de responsabilidade (pela autodireção e autocontrole) está correlacionada ao compromisso com os objetivos. Verdadeiro compromisso raramente é obtido quando os objetivos são impostos de fora. O mais que se pode esperar é uma aceitação passiva; as conseqüências mais prováveis são a indiferença e a resistência. Um aspecto necessário do planejamento administrativo baseado na Teoria Y é um certo grau de envolvimento *mútuo* na determinação dos objetivos. Isso é concretizado nas sugestões de Evans a Harrison.

Na discussão sobre as metas, o superior tenta, novamente, desempenhar um papel mais auxiliar do que autoritário. Seu principal interesse é ajudar o seu subordinado a planejar seu próprio trabalho de tal maneira que ambos os objetivos, pessoal e organizacional, sejam atingidos. Embora o superior tenha poder de veto em virtude de sua posição, ele só o exercerá se se tornar absolutamente necessário.

É verdade que, muitas vezes, os subordinados vão fixar metas irreais, principalmente na primeira vez que empreendem uma tarefa dessas. A experiência mostra que o problema mais comum é as metas fixadas serem altas demais, e não baixas demais. Embora o superior possa, mediante conselho judicioso, ajudar o subordinado a ajustar as metas irreais, pode ser mais vantajoso, a longo prazo, deixar que o subordinado aprenda por experiência em vez de simplesmente dizer-lhe em que ponto o seu planejamento é irreal ou inadequado.

A lista de metas que Harrison levou para discutir com Evans foi esta:

1. Determinação das principais necessidades da companhia, a longo e curto prazo, por meio de:
   a. Visita às bases e discussão com a administração local
   b. Discussões intensivas com a alta administração
   c. Investigação da maneira de ver da assessoria do departamento de recursos humanos.

   Para isso, será elaborado um plano, com atribuições de responsabilidades e cronograma. Espero podermos completar o estudo em seis meses, mas o relatório e os planos subseqüentes provavelmente não estarão prontos antes de setembro.
2. Determinação, junto com o pessoal do departamento, de projetos gerais.

   Isso envolverá planejamento igual ao que você e eu estamos fazendo.
3. Desenvolvimento dos membros da assessoria departamental. Os itens 1 e 2 podem servir de meio para isso. Preciso de auxílio para aprender como trabalhar melhor com os meus subordinados, e especialmente como eliminar os atritos entre os mais antigos e os mais jovens com formação universitária.

4. Autodesenvolvimento.
   a. Gostaria de ler para melhorar minhas concepções a respeito da administração de recursos humanos – ou talvez cursar uma faculdade. Gostaria de ouvir a sua opinião.
   b. Acho que não adquiri toda a capacidade de administrador de que preciso. Ouço rumores de que alguns dentre os meus assessores não estão contentes comigo como chefe. Gostaria de tomar alguma atitude, mas não sei qual seria a melhor maneira de proceder.
5. Desenvolvimento de um bom plano de organização para o departamento.
   Ao trabalhar alguns dos projetos acima acho que obterei algumas boas idéias acerca de como deveríamos nos situar como departamento.

Como a relação de trabalho entre os dois já tinha sido bem estabelecida durante as primeiras discussões, houve uma boa troca nessa fase. Evans considerou a primeira meta como decisiva, que poderia servir de base para uma concepção totalmente nova do papel do departamento. Achou também que ela poderia ser extremamente educativa para Harrison, desde que ele a atacasse com sensibilidade e mente aberta. Por isso gastou várias horas com Harrison ajudando-o a refletir sobre a sua estratégia para determinar as necessidades da companhia em relação à administração de recursos humanos. Harrison começou a ver esse projeto como um meio através do qual ele poderia atingir todas as outras metas da lista.

Depois das experiências anteriores de Harrison, Evans não teve quase nenhuma dificuldade em persuadi-lo a envolver os seus subordinados no desenvolvimento de planos para o projeto. Sugeriu que Harrison continuasse a se encontrar com ele para discutir e avaliar esse processo durante alguns meses. Ele achava – e disse – que esse poderia ser o melhor método para Harrison começar a melhorar as suas habilidades administrativas.

Concordaram em que Harrison procuraria possíveis programas universitários durante os meses seguintes, para ver se algum deles poderia responder às suas necessidades um pouco mais tarde. Enquanto isso, elaboraram uma lista de livros a serem lidos e um plano para um encontro ocasional em que Harrison poderia discutir as suas leituras.

Tendo em vista a natureza da função de recursos humanos, e os problemas específicos que Harrison tinha que enfrentar, as metas não se prestavam a uma medição quantitativa como poderia ter sido possível numa atividade de produção. Entretanto, Harrison elaborou, sob a supervisão de Evans, um plano bastante detalhado com fases específicas a serem realizadas no prazo de seis meses. A finalidade de Evans era que Harrison pudesse ter uma base para avaliação de suas próprias realizações ao fim do período.

Evans trouxe à baila a questão do relacionamento deles durante o período a seguir. Disse ele: "Não quero ficar na posição de quem esta fiscalizando você semanalmente. Estes planos são seus, e tenho plena certeza de que você fará tudo para alcançar as suas metas. Por outro lado, quero que você se sinta livre para pedir ajuda, se precisar. Acredito que em algumas coisas a minha experiência lhe poderá ser útil. Vamos combinar encontros, por sua própria iniciativa, sempre que você quiser – não para que você me faça um relatório de como vão caminhando as coisas, mas para discutir quaisquer problemas para os quais você gostaria de ter minha ajuda, ou para algumas revisões mais importantes no seus planos." Dessa forma, Evans ajudou ainda Harrison a perceber qual o papel que ele gostaria de desempenhar como superior, e também a esclarecer as suas próprias responsabilidades como subordinado.

3. *O período seguinte.* Dado que esta é mais uma estratégia administrativa do que uma técnica de recursos humanos, o período entre a fixação das metas e a avaliação do que foi realizado é tão importante como as duas primeiras fases.

O que acontece durante esse período dependerá das circunstâncias. A finalidade é favorecer o crescimento do subordinado: maior competência, plena aceitação da responsabilidade (autodireção e autocontrole), capacidade de alcançar a integração entre as exigências organizacionais e seus próprios objetivos pessoais.

Nesta situação específica, os interesses principais de Evans eram dois: (1) o surgimento, na companhia, de uma concepção mais adequada da função de recursos humanos, e (2) o desenvolvimento de um departamento competente que oferecesse liderança e assistência profissional a todos os níveis de administração no que diz respeito a esta função. Ele achava que, como resultado das fases 1 e 2 de sua estratégia, Harrison também tinha se comprometido com esses objetivos. Além do mais, estava convencido de que o projeto de Harrison de fazer um levantamento das necessidades da companhia no campo da administração de recursos humanos – tal como era concebida agora – era um meio altamente promissor para atingir aqueles fins. Tinha consciência, porém, de que devia ter cuidado em dois pontos. Primeiro, não deveria esperar demais em pouco tempo. A situação da companhia não era, de forma alguma, crítica, e não havia necessidade de um programa-relâmpago. O projeto de Harrison seria, sem dúvida, uma ótima experiência de aprendizagem para ele e para sua assessoria.

Em segundo lugar, Evans reconhecia que, para que a aprendizagem fosse a melhor possível, ele devia controlar a sua tendência natural de interferir e dirigir o projeto. Harrison cometeria enganos; com o grau de conhecimento que tinha então, provavelmente não avaliaria toda a dimensão da tarefa. Entretanto, Evans decidiu que seria mais vantajoso limitar a sua influência às ocasiões em que Harrison solicitasse a sua ajuda.

Foi isso que fez. Sua confiança em Harrison foi justificada. Ele e sua assessoria enfrentaram o projeto com mais engenhosidade e mais sensibilidade do que Evans imaginara possível, e começaram logo a compreender as verdadeiras dimensões do problema. Harrison procurou-o, um dia, para dizer que tinham resolvido estender as suas investigações para incluir visitas a diversos centros universitários a fim de aproveitar o ponto de vista de alguns teóricos de alto nível. Tinham também planejado testar algumas das suas novas idéias em confronto com a experiência de várias outras companhias.

Depois dessa discussão, em que ficou provado que Harrison alargara os seus horizontes intelectuais e que estava utilizando os recursos representados pelos seus subordinados, Evans parou de se preocupar. Haveria de socorrê-los, se os visse em apuros, mas não achava que isso viesse a ocorrer.

4. *Auto-avaliação.* No fim de agosto, Harrison lembrou Evans (e não vice-versa!) que os seis meses tinham passado. "Para quando você quer o relatório?", perguntou. Evans respondeu que não era um relatório que ele queria, mas que Harrison avaliasse ele mesmo o que tinha sido realizado em relação às metas que tinha fixado seis meses antes. "Isso pode lhe servir de base para o planejamento dos próximos seis meses", disse Evans.

Uma semana depois, Harrison levou as seguintes notas para discutir com Evans:

Avaliação, 1º de setembro

1. Determinação das principais necessidades da companhia:
   a. O trabalho na base foi completado.
   b. Minha assessoria e eu estamos elaborando uma proposta que envolverá uma nova concepção da administração de recursos humanos nesta companhia. Teremos um rascunho pronto, dentro de trinta dias, para discutir com você, e queremos que nos dê um dia inteiro para lhe apresentar as nossas conclusões e nossas propostas.

c. Os resultados do nosso trabalho deixaram claro que temos que fazer um trabalho educativo junto à alta direção. Quero incluir um plano nesse sentido, na minha próxima série de metas.

2. Determinação, junto com a assessoria, de projetos gerais. Estou realizando, agora, uma série de reuniões com a assessoria do meu departamento com o fim de estabelecer metas e fazer nossos planos para o próximo ano. Todos os principais projetos – individuais ou de grupo – estão sendo discutidos detalhadamente nessas reuniões. Essas reuniões do departamento serão seguidas de sessões individuais de planejamento.
3. Desenvolvimento dos membros da assessoria departamental:

   a. O principal projeto que estamos desenvolvendo modificou as minhas idéias a respeito de vários dos meus subordinados. Estou aprendendo a trabalhar com eles, e é evidente que estão crescendo. A apresentação que lhe faremos no próximo mês vai lhe mostrar o que quero dizer.

   b. Percebi o quanto o seu método de estabelecer metas ajudou o meu desenvolvimento, e estou tentando usá-lo com cada um dos meus subordinados. Acho, também, que o plano para o departamento mencionado no item 2 acima é um instrumento de desenvolvimento. Estive conversando com algumas pessoas da Companhia B... que fazem isso e estou entusiasmado com as suas possibilidades na nossa companhia.
4. Autodesenvolvimento:
   Aprendi mais nos últimos seis meses do que nos cinco anos anteriores.
5. Organização do departamento:
   Não fiz nada em relação a isso. Não parece muito importante no momento. Parece que somos capazes de planejar muito bem o nosso trabalho, como departamento, sem criar uma nova organização. Talvez tenhamos que voltar a esse

ponto nos próximos seis meses, mas há coisas mais importantes para serem feitas primeiro.

6. Comentário geral:
Eu me classificaria hoje muito mais abaixo do que o faria há seis meses, quanto à maneira como estou dando conta das responsabilidades do meu trabalho. Vai levar ainda uns dois anos para eu atingir a medida que você tem o direito de esperar de alguém neste cargo, mas acho que chegarei lá.

A discussão dessa auto-avaliação abrangeu muitos pontos. Evans achou que Harrison tinha adquirido alguma percepção de suas próprias forças e fraquezas e eles puderam discutir objetivamente quais os pontos que ele precisaria cuidar para aumentar a sua competência. Harrison, por exemplo, levantou o problema da sua atitude servil ao tratar com a alta direção e comentou que suas entrevistas de investigação com alguns daqueles homens tinham resultado em maior autoconfiança. Disse ele: "Acho que talvez possa aprender a defender melhor as minhas idéias no futuro. Você me ajudou a perceber que posso pensar por mim mesmo, e que posso me defender numa discussão."

Eles concordaram em adiar a discussão sobre os planos para os seis meses seguintes, marcando-a para depois da reunião de dia inteiro na qual Evans iria se encontrar com todo o departamento. "Aí", disse Harrison, "eu quero refletir com você sobre a nova descrição de minhas responsabilidades que estou elaborando."

Estratégia administrativa *versus* técnicas de recursos humanos

O mais importante a respeito da administração por integração e autocontrole é que ela é uma estratégia – uma maneira de dirigir pessoas. As táticas são elaboradas à luz das circunstâncias. Formulários e procedimentos são, relativamente, de muito pouco valor. Chamo a atenção para isso porque desde que alguns de meus colegas e eu começamos a falar publicamente do estabelecimento de metas, é freqüente nos enviarem ou trazerem *formulários* (muitas vezes com o cabeçalho "auto-avaliação") para que eu diga se "isso está certo" como meio de implantar um novo programa.

"Vender" à administração um programa de estabelecimento de metas e fornecer formulários e procedimentos padronizados é a maneira mais segura de *impedir* o desenvolvimento de administração por integração e autocontrole. O gerente que se sente de acordo com as pressuposições fundamentais da Teoria Y inventará as suas próprias táticas desde que tenha uma idéia da estratégia em jogo. O gerente cujas pressuposições fundamentais são as da Teoria X não pode administrar por integração e autocontrole, sejam quais forem as técnicas e formulários que lhe forem fornecidos.

Se um departamento de assessoria estiver interessado em implantar a estratégia do estabelecimento de metas, o que deverá fazer primeiro é descobrir um meio de conseguir que a administração examine as suas pressuposições, considere as conseqüências da sua estratégia atual e a compare com outras. Os instrumentos para estruturar essa filosofia administrativa são atitudes e crenças relativas a pessoas e ao papel gerencial, e não manuais e formulários.

Muitas vezes, o desenvolvimento de administração por integração e autocontrole começa com uma pessoa que desenvolve a sua própria estratégia e descobre o seu valor. Logo seus subordinados estão seguindo o seu exemplo e, em pouco tempo, outros à sua volta estão fazendo perguntas e pensando em aplicar, eles mesmos, a idéia. Se os primeiros passos forem dados por um gerente situado mais no alto da organização, o crescimento da idéia pode ser mais rápido, mas o processo pode começar em qualquer ponto. Quando outros começam a demonstrar interesse, a assessoria terá muitas vezes de enfrentar o problema de convencer a administração de que não se trata de um truque novo, recusando pedidos de instrumentação formal que, para muitos, é só o que é necessário para a instalação de um novo programa de recursos humanos.

Os gerentes que se dispuseram a administrar por integração e autocontrole comentam que a estratégia consome tempo. Não é em alguns minutos que se esclarecem papéis, ou se chega a um acordo sobre as responsabilidades do trabalho de um subordinado; nem metas adequadas podem ser estabelecidas sem muita discussão. É muito mais rápido entregar a um subordinado a descrição do cargo e informá-lo de seus objetivos para o período seguinte. Se, todavia, a estratégia é compreendida como uma maneira de dirigir que exige menos fiscalização dos subordinados e que é acompanhada de crescimento em competência administrativa, a perda de tempo é aceita como natural.

Essa abordagem não acrescenta uma nova série de deveres além da carga administrativa já existente. É, antes, uma maneira diferente de dar conta das responsabilidades existentes – de "fazer funcionar o cargo". Estou ainda para encontrar o gerente que tenha feito uso efetivo dessa estratégia administrativa e que se queixe do tempo perdido. O que dizem é: "Não é esse o trabalho primordial do gerente?"

Capítulo VI

Crítica da avaliação de desempenho

Será proveitoso comparar a estratégia da administração por integração e autocontrole com a estratégia mais comum que se baseia em avaliações do desempenho. A avaliação do desempenho é, muitas vezes, considerada simplesmente como uma técnica de administração de recursos humanos; mas quando é usada com finalidades administrativas, torna-se parte de uma estratégia gerencial cuja lógica implícita é que para se conseguir que as pessoas orientem seus esforços no sentido dos objetivos organizacionais, a direção deve lhes dizer o que fazer, julgar a qualidade do que foi feito e recompensar ou punir de acordo com o julgamento. Essa estratégia varia nos detalhes de uma empresa para outra, mas de modo geral inclui as seguintes etapas:

1. Descrição formal do cargo, normalmente preparada por órgãos de assessoria, especificando as responsabilidades da função, determinando os limites de autoridade, dando assim, a cada um, uma noção clara do que se espera que ele faça.
2. Direção e controle diários feitos pelo superior dentro dos limites da descrição formal do cargo. O superior atribui tarefas, supervisiona o desempenho delas, e dele se espera, naturalmente, que elogie o bom desempenho e critique o desempenho fraco, corrija os erros e resolva as dificuldades que surgem no dia-a-dia.

3. Resumo formal, periódico, do desempenho do subordinado feito pelo superior através de um tipo qualquer de formulário padronizado de classificação. Tipicamente, a classificação inclui juízos relativos à quantidade e qualidade do trabalho do subordinado; suas atitudes em relação ao trabalho e em relação à empresa (lealdade, cooperação, etc.); traços de personalidade tais como capacidade de se relacionar com os outros, julgamento e suas reações sob tensão; e juízos globais sobre o seu "potencial" e suas possibilidades de promoção.

4. Entrevista na qual o superior comunica os seus julgamentos ao subordinado, discute o motivo deles e lhe aponta os aspectos em que precisa melhorar.

5 . Uso subseqüente de avaliação formal, por outros, na administração de salários, promoções, programas de desenvolvimento de gerentes, etc.

Utilizam-se variações desses procedimentos para melhorar a objetividade dos julgamentos do superior, aumentar a possibilidade de comparação entre diversos superiores e melhorar a precisão do discernimento. Alguns planos, por exemplo, utilizam julgamentos múltiplos obtidos de vários superiores independentemente ou formulados em grupo; outros utilizam o método de "escolha forçada" no qual uma série de julgamentos bem específicos é traduzida por pontos (o superior não conhece o peso de cada item e presumivelmente não sabe como avaliou o subordinado enquanto os itens não forem calculados). Muitas empresas realizam programas de treinamento de superiores em procedimentos de classificação e em técnicas de aconselhamento.

Os programas de avaliação têm por fim não só prover uma forma mais sistemática de controle dos subordinados, mas também controlar o comportamento dos superiores. Acredita-se, por exemplo, que o programa de avaliação obriga o superior a enfrentar os problemas de desempenho fraco e lidar com eles, que o obriga a comunicar aos seus subordinados os seus julgamentos sobre os seus desempenhos, etc.

Há muita experiência já acumulada sobre a maneira como essa estratégia geral tende a funcionar na prática. Até que ponto ela atinge as suas finalidades? Vamos ver.

A descrição do cargo

As descrições formais de cargo proporcionam à administração um quadro bem ordenado da organização e a confortável convicção de que as pessoas sabem o que é que se espera que elas façam. Estabelecem cadeias formais de comando e delimitam a autoridade de modo a que as pessoas não interfiram umas com as outras. As descrições de cargo servem de base para um esquema justo de classificação salarial, desde que se reconheça que elas fornecem, no máximo, um esboço tosco da realidade. Entretanto, elas não são um instrumento muito realista para dizer às pessoas o que fazer. Dentro da hierarquia gerencial é de duvidar que qualquer função seja desempenhada da mesma forma por dois titulares sucessivos, ou pelo mesmo titular durante um longo período de tempo. Não só as condições mudam, como também mudam as capacidades e competências e as percepções de prioridades. As empresas aproveitariam menos os seus recursos humanos do que o fazem agora se os gerentes tivessem de se ajustar às descrições de seus cargos em vez de fazerem o inverso.

Os gerentes nos níveis médio e inferior usam muito pouco as descrições de cargo. Elas são lidas rapidamente, quando recebidas, para ver se coincidem com as noções já ditadas pelo bom senso, e depois são arquivadas e esquecidas. Muitas pesquisas revelam consideráveis diferenças nas percepções dos subordinados e dos superiores quanto às necessidades e prioridades dos cargos dos primeiros. As descrições de cargo nem sempre propiciam a clareza de compreensão que elas têm por fim favorecer.

As organizações que realmente tentam usar as descrições de cargo para fins de controle (órgãos governamentais, por exemplo) estimulam um grau considerável de comportamento gerencial cuja principal finalidade é a de frustrar o sistema. Nessas organizações, é comum que os gerentes joguem com as descrições de cargo para poderem fazer o que quiserem – empregar alguém que não preencha os requisitos, fazer um reajuste salarial, legitimar uma promoção. Os sistemas perfeitos se tornam freqüentemente ineficientes por causa dessas contramedidas.

Grupos de planejamento da organização às vezes tentam eliminar essas dificuldades mediante uma abordagem de participação em que os titulares dos cargos são convidados a ajudar o órgão de assessoria, contribuindo com o seu próprio conhecimento para a redação da descrição do cargo. Embora esse processo, sem dúvida nenhuma, reduza a resistência à proposta geral, não é certo que resulte em maior utilização das próprias descrições de cargo para direção e controle de comportamento.

As dimensões de um cargo gerencial só podem ser precisamente definidas por um determinado titular, num determinado conjunto de circunstâncias, num dado momento. Entre as variáveis que afetam "a forma" do cargo, incluem-se as seguintes:

1. A maneira pela qual os superiores, subordinados e colegas estão desempenhando as suas funções. O cargo de subgerente de vendas, por exemplo, será muito diferente se a principal experiência do presidente da organização tiver sido em pesquisa ou produção, e não em vendas.

2. As qualidades da pessoa. Incluem-se aqui a sua experiência e competência, que mudam com o tempo e a levam a perceber de modo diferente as exigências do cargo e a desincumbir-se dele também de modo diferente.

3. Os interesses pessoais de quem ocupa o cargo. Estão relacionados com as suas qualidades, mas não se identificam com elas.

4. As noções da pessoa sobre o seu papel como gerente. Sua posição será diferente, dependendo do grau em que delega responsabilidade, por exemplo.

5. As exigências da situação externa, em constante mutação. Condições econômicas, peculiaridades do mercado, circunstâncias políticas, condições de competição, e uma infinidade de outras variáveis exigem mudanças no desempenho, que afetam a natureza da função.

Em dois momentos diferentes, talvez à distância de um ano, determinado cargo pode mudar deixando de ser como na Figura 1 para ser como na Figura 2.

Enquanto isso, a descrição formal do cargo provavelmente continua sendo como os retângulos nas figuras. Mesmo

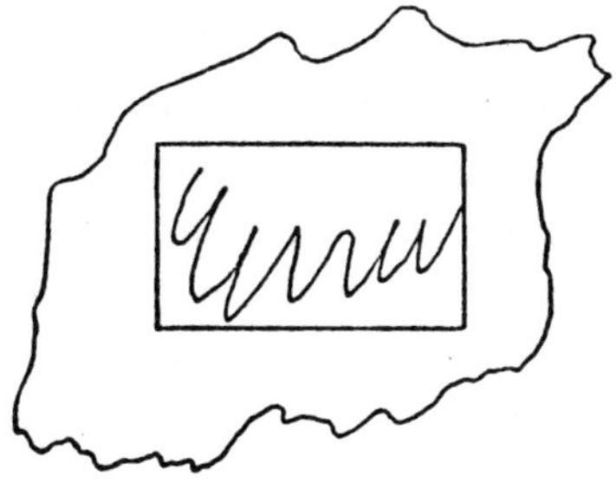

Fig. 1

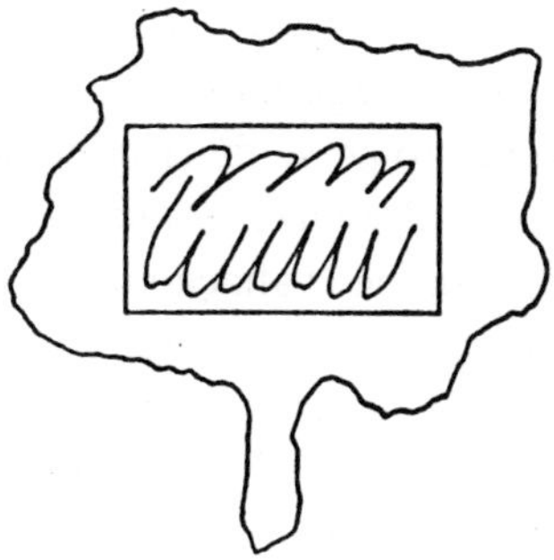

Fig. 2

quando se tenta manter atualizadas as descrições de cargo e relacioná-las intimamente com a visão que o titular tem das suas responsabilidades, as variações nas dimensões reais das funções são raramente capturadas.

Afora o fato de servir de guias para administração de salários e ajudar um pouco na contratação e colocação de empregados, as principais vantagens das descrições de cargo são: 1) satisfazer as necessidades de ordem e sistematização dos planejadores da organização e 2) assegurar a alta administração de que todo o mundo tem um pedaço de papel que lhes diz o que fazer. O perigo é de que ambos os grupos cometam o engano de pensar que as descrições representam a realidade.

Avaliação com finalidade administrativa

Vejamos agora até que ponto o processo de avaliação atinge as suas finalidades. Uma dessas finalidades é administrativa: os resultados da avaliação são usados para administração de salário, promoção, transferência, rebaixamento de posto e demissão. Há dificuldades aqui também.

Em primeiro lugar, o problema de variação nos padrões de diversos juízes não foi ainda completamente resolvido, nem conseguimos eliminar os efeitos da parcialidade e preconceito ao se fazer julgamentos de avaliação. Essas variações entre juízes serão maiores ou menores, dependendo do método de avaliação usado (envolvendo, ou não, julgamentos múltiplos, por exemplo) e do grau de treinamento dado para seu uso, mas permanecem consideráveis, apesar de tudo. A resposta dada num formulário de avaliação à pergunta: "Como é que A tem se desempenhado?" depende tanto da estrutura psicológica do superior como do desempenho do subordinado.

Se, depois, tomamos esses dados questionáveis e tentamos usá-los para fins de administração de salário e promoção, podemos criar um belo quadro, mas um quadro que tem pouca relação com a realidade. Usando procedimentos muito simples, e algumas salvaguardas contra parcialidade e preconceito exagerados, talvez se possa dizer que podemos discriminar desempenhos extraordinariamente bons, satisfatórios e insatisfatórios. Quando, porém, tentamos usar os resultados da avaliação para fazer discriminações mais delicadas do que essa, estamos, provavelmente, enganando a nós mesmos. O fato é que muitos planos de administração de salário e promoção usam resultados de avaliação para fazer discriminações muito menores do que a margem de erro dos julgamentos originais.

O problema do julgamento de desempenho para finalidades administrativas torna-se ainda mais complicado pelo fato de o desempenho de qualquer pessoa depender, em grau bastante considerável, de como ela está sendo dirigida. Por exemplo, uma pessoa que funciona melhor quando se lhe dá bastante liberdade, pode se encontrar sujeita a um superior que a supervisiona de perto e minuciosamente. Sob essas condições, mesmo as medidas mais objetivas do seu desempenho servirão melhor para julgar o seu chefe do que a ela!

Finalmente, é relativamente fácil encontrar provas de que os julgamentos que os gerentes fazem de seus subordinados diferem, conforme sejam usados ou não para finalidades administrativas.

> Uma companhia usou, durante anos, avaliações formais simplesmente como base para entrevista do superior com os seus subordinados. Os formulários de avaliação eram guardados num arquivo central, subentendendo-se que não seriam usados para qualquer finalidade administrativa.

Em conseqüência de certas mudanças na alta direção, surgiu a preocupação com o fato de haver muito "peso morto" na organização administrativa dessa companhia. A assessoria recebeu instruções de rever os formulários de avaliação guardados no arquivo central a fim de localizar os indivíduos que, durante um certo período de tempo, não apresentaram nenhuma melhoria no desempenho; e os gerentes desses indivíduos receberam instruções no sentido de fazer alguma coisa para mudar esse comportamento ou demiti-los. Anunciou-se, ainda, que daí em diante as avaliações periódicas seriam usadas para fins administrativos.

A série seguinte de avaliações apresentou uma drástica revisão para melhor. A maioria dos "pesos mortos" tinha desaparecido da distribuição, mas não da organização. Dessa forma, a tentativa da alta direção, no sentido de controlar através de avaliações, provocou uma mudança, mas não exatamente a mudança pretendida.

Parece que se pode generalizar corretamente dizendo que as avaliações de desempenho são algo menos do que um instrumento perfeito para administração de salários, promoções, transferências e demissões. E o que dizer do seu valor como instrumento de informação? Serão elas o meio adequado para o subordinado ficar sabendo qual é a sua situação?

Avaliação com finalidade informativa

É característica dos seres humanos a dificuldade que têm de ouvir e aceitar críticas. Julgamentos positivos talvez possam ser comunicados realmente, mas é muito difícil comunicar julgamentos críticos sem gerar atitudes de defesa.

Essa dificuldade da entrevista de avaliação é bem ilustrada por um dilema muito comum. Se o superior tenta comunicar a sua crítica sob forma de abstrações e generalidades, será provavelmente solicitado a ser mais específico, a dar exemplos. O subordinado acha que as generalizações não lhe oferecem base suficiente para corrigir o seu comportamento. Se, por outro lado, o superior tenta comunicá-la em termos de exemplos concretos, acabará provavelmente ficando na defensiva quando o subordinado tentar mostrar-lhe que havia circunstâncias atenuantes para qualquer exemplo citado.

Ao tentar comunicar suas críticas ao subordinado, o superior normalmente descobre que a eficácia da comunicação está inversamente relacionada com a necessidade que o subordinado tem de ouvi-la. Quanto mais grave a crítica, menos probabilidade há de o subordinado aceitá-la. Se o superior insistir bastante, poderá transmitir os seus julgamentos negativos ao subordinado, mas quando isso acontece a relação entre os dois fica, freqüentemente, prejudicada. Sendo a entrevista de avaliação uma ocasião importante na qual se tenta dar ao subordinado uma avaliação bastante completa, ela é carregada de conotações para ele. Acentua a sua dependência e, por isso, desperta ansiedades e hostilidades latentes. Os juízos críticos, nessas circunstâncias, têm uma significação maior do que quando são feitos a respeito de incidentes específicos nas relações do dia-a-dia. A crítica deste último tipo não ameaça a pessoa tanto como os julgamentos de avaliação mais geral que são comunicados sob a forma de avaliação formal e, por isso, é mais fácil de ser ouvida e atendida.

Será que os subordinados em geral querem mesmo saber qual é a sua situação? É verdade que, quando a pergunta lhes é feita, a grande maioria insiste em afirmar que quer saber. Todavia, pode-se interpretar esse desejo expresso de várias maneiras. Ele pode significar, por exemplo: "Não sei se meu chefe acha que estou trabalhando adequadamente, porque ele se manifesta pouco sobre o meu desempenho no nosso relacionamento diário. Eu acho que estou me saindo bem, e gostaria, certamente, de saber se ele acha o mesmo." Esse não é, necessariamente, um desejo de uma avaliação fria, objetiva. Pode ser a expressão de ansiedade ou de necessidade de confirmação. Se, de fato, o indivíduo está se saindo bem, e a avaliação envolve apenas algumas críticas pouco importantes, a entrevista de avaliação pode corresponder à necessidade. Se o indivíduo não está se saindo bem, a entrevista intensificará a ansiedade e tornará extremamente difícil para ele reagir de maneira sensata.

O desejo expresso de saber qual é a sua situação pode, para outro indivíduo, significar: "Sei que estou trabalhando mal em alguns aspectos, mas espero que o chefe não esteja percebendo. Gostaria de ter certeza disso." Ainda outro significado poderia ser: "Sei que estou trabalhando muito bem, e gostaria que o chefe o reconhecesse. Parece que ele não percebe como trabalho bem."

Essas e muitas outras atitudes são a conseqüência natural da situação em que a responsabilidade da avaliação pertence não ao próprio indivíduo, mas ao chefe. Se a nossa estratégia gerencial enfatiza essa dependência infantil, essa atitude de menino de escola que precisa da nota do professor, não devíamos nos admirar de que as reações a uma avaliação objetiva sejam, às vezes, imaturas.

Há ainda um outro aspecto da entrevista de avaliação usada como instrumento de comunicação. Como a maioria das avaliações envolve avaliação de atitudes e de traços de personalidade, além do desempenho objetivo, a situação convida implicitamente o superior a invadir a personalidade do subordinado. Reconhecendo a delicadeza da situação, muitas administrações encorajam o superior a usar a entrevista para finalidades de "aconselhamento".

Deve-se afirmar categoricamente que pouquíssimos gerentes são competentes para praticar psicoterapia. Além do mais, a situação da entrevista de avaliação, na qual o superior está no papel de juiz, é a pior possível para se fazer aconselhamento. Na verdadeira relação de aconselhamento, o aconselhador assume um papel neutro, de quem não critica nem elogia, e cuja única preocupação é pela saúde e bem-estar do cliente. Tentar fazer aconselhamento numa entrevista de avaliação é uma palhaçada tão grande como tentar subornar a vítima durante um assalto. Quando o gerente faz juízo sobre o subordinado, está implícito que este precisa mudar o seu comportamento em alguns aspectos e ambos sabem claramente que o superior está em posição de puni-lo se ele não mudar. Evidentemente, esta não é uma situação própria para aconselhamento eficaz, mesmo que o superior seja especialista em psicoterapia. O papel de juiz e o papel de aconselhador são incompatíveis.

Avaliação com finalidade de motivação

Finalmente, vejamos a avaliação utilizada com a finalidade de motivar. A pressuposição do senso comum é que dizendo ao indivíduo em que é que ele está falhando, lhe damos motivação eficaz para mudar. Mas ele não mudará, evidentemente, a menos que aceite o julgamento negativo e concorde com ele. Já vimos que essa não é a possibilidade mais provável. Compare a situação em que o subordinado avalia seu próprio desempenho relativo a metas específicas fixadas por ele alguns meses antes, com a situação na qual ele ouve o seu superior avaliar o seu desempenho a partir de critérios e objetivos próprios do superior. Neste último caso, o cenário está montado para racionalizações, atitudes defensivas, incapacidade de compreender, sentimentos de que o superior está sendo injusto ou arbitrário. Essas condições não são propícias a uma motivação eficaz.

A avaliação anual ou semestral não é um estímulo particularmente eficaz para a aprendizagem por uma outra razão ainda: ela oferece *feedback* sobre o comportamento depois de muito tempo de ele ter ocorrido As pessoas de fato aprendem e mudam em conseqüência do *feedback*. Na realidade, é a única maneira pela qual aprendem. Entretanto, o *feedback* mais eficaz ocorre imediatamente após o comportamento. O subordinado pode aprender muito com um erro, ou uma determinada falha no desempenho, desde que seja analisado enquanto o fato esteja ainda presente. Depois de três ou quatro meses, há pouca probabilidade de se aprender com essa experiência. E essa probabilidade é menor ainda se as críticas generalizadas do superior se baseiam em vários incidentes dispersos num período de alguns meses.

Finalmente, sabe-se que os gerentes tendem a resistir à tarefa de fazer avaliações formais, evitando-a o mais possível, especialmente quando se trata de entrevistas de avaliação que envolvem julgamentos críticos. É uma tarefa bastante desagradável. Muitos gerentes reconhecem as dificuldades descritas acima, e sua resistência se deve a um ceticismo realista em relação ao processo todo. Sejam quais forem as razões, é muito improvável que o superior cumpra uma tarefa detestada de maneira que motive e estimule o subordinado a se tornar mais eficiente. Uma vez mais, parece que o meio de controle – neste caso, controle do superior – através do procedimento de avaliação formal e entrevista é inadequado. Não representa uma adaptação seletiva à natureza humana.

Deve-se salientar que muitos gerentes, guiados por pressuposições como as da Teoria Y, inventaram adaptações dos procedimentos convencionais de avaliação que evitam algumas das dificuldades discutidas acima.

> Exemplo simples e relativamente eficaz é o do engenheiro-chefe de uma grande organização manufatureira que tem um programa de avaliação típico. Ele distribui aos seus subordinados, a cada seis meses, cópias do formulário de avaliação com o seguinte comentário:

> "Por que não preenche você mesmo este formulário com o conhecimento que você tem do seu desempenho durante estes meses? Eu preencherei um outro sobre você, independentemente do seu. Se estivermos de acordo, não precisaremos nos preocupar muito com a entrevista de avaliação. Se estivermos em desacordo, podemos nos encontrar e esclarecer as diferenças."

Naturalmente, este "dispositivo" nas mãos de um partidário da Teoria X poderia ser uma arma destrutiva! Porém, usado por esse homem, à luz de sua filosofia de administração, ele é uma contramedida eficaz ao impacto da aparelhagem de avaliação tal como é usada nessa companhia.

As pressuposições teóricas da Teoria X levam naturalmente à estratégia de dizer às pessoas o que devem fazer, a julgar o seu desempenho, a recompensá-las ou puni-las, e a procedimentos tais como os utilizados na avaliação de desempenho. O fato de esses procedimentos funcionarem de alguma forma chega a ser assim como que um tributo à adaptabilidade dos seres humanos. A questão principal, porém, é que a estratégia gerencial subjacente a eles não é especialmente adequada para controlar o comportamento humano no ambiente da indústria hoje. Sem dúvida nenhuma, a estratégia de administração por integração e autocontrole é mais adequada a adultos inteligentes e mais apta a propiciar crescimento, aprendizagem e melhor desempenho.

Referências

Drucker, Peter F., "Integration of People and Planning", *Harvard Business Review*, vol. 33, nº 6, nov.-dez. de 1955.

Foundation for Research on Human Behavior, *Performance Appraisal and Review.* Ann Arbor, Mich., 1958.

Kelly, Philip R., "Reappraisal of Appraisals", *Harvard Business Review*, vol. 36, nº 3, maio-jun. de 1958.

Mahler, Walter R., e Frazier, Guyot, "Appraisal of Executive Performance: The 'Achilles Heel' of Management Development", *Personnel*, vol. 31, nº 5, 1955.

Maier, Norman R. F., *The Appraisal Interview.* Nova York, John Wiley & Sons, Inc., 1958.

Rowland, Virgil K., "From the Thoughtful Businessman", *Harvard Business Review*, vol. 35, nº 5, set.-out. de 1957.

Whisler, Thomas L., "Performance Appraisal and the Organization Man", *The Journal of Business*, vol. 31, nº 1, jan. de 1958.

Capítulo VII

Administração de salários e promoções

Não será de surpreender se o leitor, a esta altura, estiver perguntando: "Muito bem, mas como ficam os problemas ligados à administração de salários e promoções? É muito bonito isso de ser informal e estimular os gerentes a evitar a difícil tarefa de avaliar os seus subordinados. Como serão tomadas as decisões relativas a problemas, transferências e demissões? Como vamos decidir quem recebe aumento de salário, ou gratificações de executivo e quanto? Auto-avaliação significa autodeterminação de salário e autoposicionamento?"

São questões legítimas. Para se ver que têm respostas pelo menos parciais, será preciso examinar a abordagem tradicional da administração de salários e ordenados e das promoções e posicionamento.

Administração de salários e ordenados

Dentro do quadro da Teoria X, a capacidade de dar ou negar recompensas econômicas é o principal meio através do qual a gerência exerce autoridade na indústria. O dinheiro é visto como o principal e maior motivador do comportamento humano no ambiente organizacional. Dinheiro é um meio de satisfazer muitas necessidades. Esse fato permite que a gerência o use para obter aceitação de direção e controle. O contrato de emprego é visto como um acordo de aceitar ser mandado em troca de recompensas econômicas.

Como já vimos, a existência de uma situação de pleno emprego, o padrão de vida relativamente alto, a considerável mobilidade da população e a vigência de várias formas de legislação social, tudo isso tende a diminuir um pouco o grau de dependência dos empregados hoje. Dinheiro *é* essencial para a satisfação de muitas necessidades, mas para obtê-lo o indivíduo é hoje menos dependente de um único empregador do que antes.

A questão mais importante, entretanto, é a de saber *quanto* dinheiro é necessário para dar eficácia ao contrato de trabalho. Essa questão, naturalmente, é muito relativa sob diversos aspectos. A quantia necessária depende, em primeiro lugar, da competição do mercado de trabalho e das condições econômicas gerais, que incluem o custo de vida, o sistema tributário, etc. Em segundo lugar, depende da importância da função em questão dentro da hierarquia de funções na organização. Em terceiro lugar, depende da contribuição do indivíduo, porque a "produtividade" dos indivíduos numa mesma função varia.

Para estabelecer a estrutura de salários e ordenados. Duas considerações principais determinam a natureza da política e prática gerencial com relação à administração de salários e ordenados. A primeira diz respeito à eqüidade: se a quantia de dinheiro oferecida é vista como justa em relação ao mercado, às condições econômicas, à importância da função e à contribuição do indivíduo. Se não for, ou o indivíduo não aceita o cargo ou, se o aceita, não se desincumbe dele de maneira satisfatória (restringe a produção, é indiferente ou antagônico aos objetivos organizacionais, engaja-se em contramedidas que interferem com as tentativas gerenciais de dirigir e controlar o seu comportamento).

A segunda consideração diz respeito aos incentivos (em sentido lato, incluindo todos os tipos de recompensas econômicas): o uso de diferentes acréscimos de dinheiro para produzir diferentes acréscimos de esforço.

Nesse campo de administração de salários e ordenados dá-se muita ênfase à mensuração porque se reconhece que a determinação sistemática de recompensas econômicas é mais justa do que a baseada em decisões arbitrárias, em considerações pessoais, em pressões ("quem não chora não mama") e em opinião individual. Argumentos, atritos e contramedidas diminuem na medida em que as recompensas econômicas podem ser determinadas através de métodos impessoais e objetivos. A mensuração, portanto, é a chave para a eqüidade na administração de recompensas econômicas.

O êxito da administração em conseguir eqüidade através do uso de mensuração varia conforme a natureza dos problemas nela envolvidos. Na determinação de níveis gerais de salários e ordenados relativos às condições econômicas, encontramos alguns problemas difíceis que são atenuados, mas não resolvidos, pelas abordagens sistemáticas. Pesquisas de mercado, índices de custo de vida, e políticas tais como a de oferecer benefícios econômicos "iguais ou maiores do que" a média, sem dúvida nenhuma aumentam o grau de aceitação. Entretanto, questões como a "capacidade de pagar" da companhia e a "justa participação do empregado nos lucros da empresa" não se prestam à determinação por uma fórmula. Quando o referencial é a mensuração, a negociação individual e coletiva se torna o fator determinante decisivo.

Dentro da organização, a determinação de diferenças de salários e de ordenados para determinados cargos é feita hoje através de planos de classificação de salários e ordenados que se baseiam em tentativas sistemáticas de medir a importância do cargo. A administração tem tido êxito razoável nessa área. Há, porém, algumas injustiças aparentemente impossíveis de serem eliminadas com os atuais métodos de classificação. Por exemplo, a diferença de classificação entre os operários de alto padrão e as funções de supervisão de níveis mais baixos é uma constante fonte de problemas. Certos tipos de cargos, tais como os do pesquisador cientista ou do executivo de alto nível, são difíceis de serem avaliados As condições do mercado criam, às vezes, injustiças insuperáveis (a atual inflação do preço de mercado para os que têm formação técnica universitária é causa de grave distorção na estrutura salarial).

De modo geral, porém, provou-se que é possível alcançar razoável eqüidade por meio de planos de avaliação de cargo e classificação de salários. Ficou claro que as tentativas de obter medidas cada vez mais precisas nesse campo não são particularmente compensadoras. Os especialistas se apaixonam tanto pelas complexidades da própria mensuração, que os planos tendem a se tornar ininteligíveis, gerando suspeitas sobre a sua adequação. A eqüidade depende de aceitação, e os planos de classificação relativamente simples parecem ser mais facilmente aceitos do que os planos mais elaboradamente "científicos".

A recompensa de diferenças individuais na produtividade. Os problemas mais difíceis da administração de salários e ordenados surgem quando se trata de medir as contribuições individuais dentro do sistema de níveis gerais de salários e de classificação de salários e ordenados. São consideráveis as variações de desempenho dos indivíduos em qualquer cargo, e a administração procura sempre relacionar recompensas econômicas com essas variações. A preocupação maior é, naturalmente, com a motivação, mas os problemas de eqüidade estão inextricavelmente emaranhados nessa questão.

O campo de incentivo salarial oferece alguns *insights* instrutivos para quem quiser percebê-los. Esforço enorme e muita engenhosidade têm sido aplicados na solução do problema de medir a produção do operário a fim de relacioná-la com recompensas econômicas. No entanto, os planos de incentivo individual nunca forneceram a motivação que logicamente se poderia esperar. A administração está continuamente às voltas com problemas de eqüidade, e os custos a serem pagos para atenuá-los são tão altos que muitas administrações abandonaram os planos de incentivo, preferindo medir o dia de trabalho. Até agora não foi possível provar de maneira conclusiva qual é a melhor abordagem, mas é claro que, para a organização, as vantagens dos planos de incentivo individual são muito poucas, mesmo nas condições mais favoráveis.

Para os assalariados (gerentes inclusive), os planos de classificação de mérito substituem os planos de incentivo como método de oferecer recompensas econômicas diferentes para as contribuições individuais. A mensuração, aqui, se torna um problema ainda mais difícil. A não ser em número muito limitado de casos, onde se podem usar medidas diretas de lucros e perdas, o critério para medir a contribuição do indivíduo é incerto.

As tentativas sistemáticas mais cuidadosamente planejadas de medir a contribuição individual (e são muito raras!) são usualmente baseadas em classificações ou escalonamentos globais, subjetivas de desempenho, que são depois correlacionados com características específicas de desempenho passíveis de serem julgadas; um formulário de classificação é elaborado, então, utilizando-se os itens que melhor se correlacionam com os escalonamentos globais. As correlações raramente são suficientemente altas para justificar mais do que a metade das variações no desempenho, mesmo quando muitos itens são combinados. Além disso, mesmo que as correlações sejam altas, são correlações com um critério subjetivo de desempenho (o escalonamento original).

Poucos planos de classificação por mérito chegam a tentar esse grau de precisão científica. Normalmente, o formulário de classificação é uma série de variáveis que são simplesmente adotadas sem qualquer verificação para correcioná-las com a contribuição global para a empresa. São classificadas pelo superior do indivíduo, ponderadas (ou não) de acordo com regras arbitrárias, e combinadas de modo a dar uma "medida" geral de desempenho. Não é necessário mais do que um exame rápido da maioria desses planos para se levantarem sérias questões acerca da sua validade.

> Como exemplo, veja-se um formulário de classificação que inclua o fator "lealdade". Embora provavelmente seja verdade que a deslealdade ativa se correlaciona negativamente com contribuição para a empresa, segue-se daí que o máximo de lealdade representa uma contribuição positiva? Não é possível que o indivíduo cegamente leal nunca nem mesmo perceba políticas, práticas ou decisões ineficientes que precisam ser urgentemente corrigidas? A administração valoriza mais o indivíduo que coloca a lealdade para com a organização acima da lealdade para com os seus mais altos princípios?
>
> Idéias igualmente ingênuas se apresentam quando, por exemplo, "qualidade" e "controle de custos" são classificados como fatores independentes sem percepção de que, em certo sentido, são recíprocos.

Aos problemas apresentados pelos planos de classificação por mérito se acrescenta uma outra questão, a saber, política muito comum de estrito segredo a respeito dos salários gerenciais individuais. Eqüidade – isto é, aceitação da justiça das decisões – não pode se basear *somente* na confiança num sistema de mensuração. Ela repousa também na percepção do grau de correção com que o sistema é administrado. Mas temos aqui uma situação na qual o próprio plano é comumente sujeito a sério questionamento acerca da adequação da mensuração, ao que se acrescenta uma exigência de segredo quanto aos resultados de sua administração.

Uma última complicação resulta do fato de os planos de mérito serem usados para se fazerem diferenciações delicadas entre indivíduos. Um pode receber aumento de 3%, outro de 6%, um outro de 10%. Como já foi sugerido, é muito possível que o erro provável de mensuração da maioria dos planos de classificação por mérito seja muitas vezes maior do que as diferenciações feitas na sua aplicação. Talvez seja até bom que a administração procure manter segredo acerca dos resultados da aplicação de tais planos!

À luz dessas considerações, façamos algumas perguntas: supondo-se que haja uma base adequada de estrutura salarial, será de fato provável que pequenos aumentos de salário ofereçam verdadeira motivação para um esforço maior? Tendo em vista as nossas considerações anteriores sobre motivação, será provável que esse tipo de recompensas econômicas limitadas tenham uma fração do valor de incentivo que teriam as oportunidades de maior satisfação das necessidades sociais, egoísticas e de auto-realização? Dentro da atual estrutura de imposto de renda, qual é a importância real, do ponto de vista da motivação, de um aumento de 5% ou mesmo 10% do salário para um indivíduo que recebe US$ 15 000 ou US$ 20 000 por ano? Será possível que as pressuposições da Teoria X tenham levado à valorização do menos adequado dentre os vários métodos de exercer influência? Sem dúvida, a direção pode dar ou negar aumentos de salário arbitrariamente, ao passo que só pode criar condições (ou deixar de criá-las) para os indivíduos obterem satisfação para as suas necessidades de nível superior. Entretanto, será que não valeria a pena examinar as possibilidades do princípio de integração em contraste com o controle autoritário de aumentos relativamente insignificantes de recompensa econômica?

Conclusões. Parece-me que as seguintes conclusões a respeito de administração salarial são razoáveis:

1. Os problemas de eqüidade em relação às recompensas econômicas podem ser razoavelmente resolvidos pela pesquisa sistemática do mercado, pela atenção ao custo de vida, por políticas tais como pagar salários "iguais ou melhores do que" a média, por planos bem elaborados de classificação de cargos e pelos processos de negociação individual e coletiva. Dessa maneira assegura-se ao indivíduo um plano de recompensas econômicas que ele aceitará como justas.

2. Os problemas de motivação serão resolvidos em parte pela provisão de recompensas eqüitativas sob a forma de salários-base e, em parte, pela provisão de oportunidades de obter satisfação de necessidades de nível superior através de esforços dirigidos para os objetivos organizacionais (o princípio de integração).

3. Quatro categorias de aumentos da recompensa econômica, acima dos salários-base, são realistas:

a. Os que podem ser diretamente ligados a critérios objetivos de realização tais como lucros e perdas. Esses serão necessariamente limitados a poucas pessoas na população total, se forem administrados em base individual. Além do mais, deverão ser potencialmente bastante grandes para terem real valor como motivação.

b. Os que são administrados como adicionais por "tempo de serviço", recebidos automaticamente a certos intervalos desde que o desempenho não seja insatisfatório. Tais incrementos serão pequenos e o seu maior valor será o de manter a eqüidade (na suposição de que o tempo passado num cargo traz algum aumento de competência e maior contribuição).

c. Aumentos, por mérito, dados a uma pequena proporção de indivíduos em determinada classificação salarial cujo desempenho seja claramente *excepcional.* Para isso, bastam flagrantes diferenças no desempenho nas quais o erro provável de mensuração será pequeno; os incrementos salariais deverão ser suficientemente grandes para terem real valor como motivação.

d. Recompensas grupais pela obtenção, em nível de departamento, de divisão ou da empresa em geral, de resultados econômicos objetivamente mensuráveis. Esses aumentos seriam distribuídos dentro do grupo segundo uma porcentagem igual do salário-base. (O Plano Scanlon, do qual trataremos no capítulo VIII, utiliza esse método para motivação do desempenho.)

4. Tendo em vista a nossa atual capacidade de medir as contribuições gerenciais para a empresa, os programas tradicionais para dar, a um grande número de pessoas, aumentos diferentes e relativamente pequenos de salário por mérito não são realistas. Devido à falta de critérios objetivos de avaliação do desempenho e aos problemas inerentes à mensuração, não se pode conseguir eqüidade através desses métodos. Além do mais, há razões para se duvidar que essas recompensas tenham muito valor como motivação em comparação com outras oportunidades que podem ser oferecidas através da aplicação do princípio de integração[1].

Fica assim respondida a questão levantada no início do capítulo sobre a administração salarial: *Para a administração*

---

1. O estudo, já mencionado, feito por Herzberg, Mausner e Snyderman corrobora a conclusão acima. Os autores mostram que quando o salário era um fator causador de insatisfação, estava associado com "a injustiça do sistema de ordenados dentro da companhia, e isso quase sempre se referia mais aos aumentos dos salários do que aos níveis absolutos. Era o sistema de administração salarial que estava sendo descrito, um sistema no qual os aumentos de salário eram obtidos com relutância, ou dados tarde demais, ou no qual as diferenças entre os empregados recém-admitidos e os que tinham anos de experiência no cargo eram pequenas demais". Por outro lado, os aumentos de salário eram uma fonte de satisfação, principalmente quando acompanhavam realizações no cargo. Concluem eles: "Como fator que afeta as atitudes no trabalho, parece que o salário tem potencial maior como causa de insatisfação no trabalho, do que como causa de satisfação." Herzberg, Mausner e Snyderman, *The Motivation to Work*, pp. 82-3.

de recompensas econômicas, os julgamentos do superior, dos quais temos dependido, não são necessários (exceto, talvez, no caso de alguns poucos indivíduos cujo desempenho seja excepcional). Essas conclusões parecerão derrotistas para alguns. De fato o são para os que estão presos ao quadro de referências da Teoria X. Do ponto de vista da Teoria Y, elas simplesmente sugerem que estamos acostumados a métodos inadequados de controle. Os planos convencionais de administração salarial por mérito não representam uma seleção adaptativa às condições atuais. O desafio é para encontrar outras maneiras de motivar as pessoas. O método de administração por integração e autocontrole seria uma delas.

Não há nenhuma implicação, nesta conclusão, de que as recompensas econômicas não sejam importantes. A implicação é que uma estrutura salarial eqüitativa fornece as maiores recompensas econômicas, mas que as nossas tentativas de obter maior "produtividade" *mediante o uso de pequenos incrementos de recompensa econômica dentro dessa estrutura* não têm sido particularmente eficazes.

A administração de promoções e de posicionamento interno do pessoal

Infelizmente, a eliminação da necessidade de julgamentos subjetivos dos subordinados pelos seus superiores parece que não resolve os problemas inerentes às promoções. Além disso, acrescenta-se às considerações sobre eqüidade e motivação a questão das habilitações exigidas. Que experiência e formação, que capacidades e habilidades são necessárias para desempenhar uma determinada função, e como podemos determinar qual, dentre os vários candidatos, possui essas qualidades em grau maior?

É uma tentação supor que esses problemas seriam resolvidos se pudéssemos elaborar métodos adequados para medir (1) funções e (2) habilitações individuais (em contraposição com as contribuições individuais para a empresa). Muito tempo e esforço têm sido e estão sendo dedicados à busca desse objetivo. Muitos especialistas, na assessoria, sonham com um sistema em que se teria uma série de cartões perfurados com todos os requisitos de cada uma das funções e outra série com as habilitações de todos os membros da organização. Então, para o preenchimento de vagas, bastaria apenas um processo mecânico de combinação. Entretanto, como no caso da mensuração de mérito, os obstáculos aqui são enormes.

Já observamos no capítulo anterior que cargos – e especialmente cargos gerenciais – não são receptáculos fixos cujas dimensões possam ser precisamente medidas. Eles estão encaixados em relações organizacionais e externas complexas que mudam consideravelmente com o tempo. Além disso, simplesmente não é verdade que um só padrão de habilitações do titular propiciará o melhor desempenho de uma dada função. Variações nas habilitações pessoais farão com que a função seja desempenhada *de maneira diferente*, mas vários desses padrões poderiam levar a resultados equivalentes no que tange à realização dos objetivos organizacionais.

Os teóricos da organização tradicional usualmente preocupam-se muito em definir o cargo e depois em ajustar o indivíduo a ele. Querem evitar que se coloque "pino quadrado em buraco redondo". A idéia pode ter o mérito de uma simplicidade lógica, mas o fato de essa regra tão raramente funcionar na prática deveria nos fazer desconfiar que o problema é bem mais complexo do que parece. Além do mais, o princípio de integração opõe-se frontalmente à concepção segundo a qual o indivíduo tem de ser adaptado e moldado conforme as exigências da organização.

Além disso, embora esteja havendo progressos, estamos ainda muito longe de saber quais seriam as habilitações necessárias para o êxito gerencial e muito mais longe ainda de sermos capazes de medi-las. Finalmente, uma vez que as características de personalidade e os fatores de ajustamento emocional são considerados tão importantes como os fatores de experiência, formação, habilidade e capacidade intelectual, temos de enfrentar o problema ético que foi rapidamente mencionado no Capítulo I. Existe um problema real relativo à ética do uso de dados pessoais e particulares (em oposição aos dados "públicos" sobre desempenho, instrução, etc.) na administração de promoções e posicionamento.

Certamente o sonho de combinar mecanicamente as características do cargo com as habilitações pessoais tem muito pouca possibilidade de se concretizar. Num futuro previsível, os julgamentos gerenciais de tipo subjetivo continuarão a desempenhar um papel importante na administração de promoções e posicionamentos.

O papel da mensuração. Grupos de pesquisa de diversas companhias elaboraram métodos de mensuração para a seleção e para a promoção, referentes a um número limitado de cargos, que têm auxiliado consideravelmente a administração. É necessário um procedimento bastante elaborado para cada cargo, de modo que o método só é útil quando há constante necessidade de muitos candidatos. Não se presta para os casos em que as substituições num dado cargo são raras, ou quando o número de titulares é pequeno.

A pesquisa envolve a determinação, por meio de estatística, de um grande número de "itens" (aspectos da experiência, atitude, capacidade, personalidade) que discriminam entre os atuais titulares do cargo e que são classificados pela direção segundo o seu valor global para a companhia. Esses itens são combinados num teste (com pesos determinados pelo seu valor discriminatório) que é depois usado para ajudar na escolha dos candidatos.

Há indícios de que esse procedimento pode melhorar substancialmente as práticas de seleção e promoção *desde que*:

1. A direção se envolva ativamente na pesquisa que leva ao desenvolvimento dos testes (e adquira, assim, real compreensão tanto do valor como das limitações do instrumento).
2. Os testes sejam usados como um auxílio para a seleção e não como a única base para julgamento. (É fácil obter a adesão verbal a esse princípio, mas difícil mantê-lo na prática porque a tendência é a de confiar nos pontos obtidos no teste. Esse é um dos motivos por que a participação da direção na pesquisa é importante.)
3. Os conceitos de "bom" e "fraco" permaneçam imutáveis. (Como toda a abordagem depende da classificação original dos titulares feita pela direção, os testes discriminam *apenas em termos desse critério.* Se mudam as exigências do cargo, ou se a direção adquire uma idéia diferente do que seria um "bom" desempenho, os testes se tornam inúteis e é preciso repetir a pesquisa.)

Mesmo esse método de pesquisa bastante elaborado não elimina o julgamento gerencial na administração de promoções e posicionamentos. Entretanto, o uso de procedimentos e testes padronizados (sem os métodos talhados sob medida), como base principal para a seleção no preenchimento de cargos gerenciais complexos, não é raro hoje. Muitas firmas comerciais oferecem serviços desse tipo. O mínimo que se pode dizer é que a prova da validade desses métodos é duvidosa. (Esse é mais um motivo de preocupação com a ética das práticas gerenciais nesse campo. O gerente tende a sentir-se um tanto responsável ao fazer julgamentos subjetivos que afetam a carreira de um ser humano seu semelhante. Muitos de nós hesitamos um pouco em "representar o papel de

Deus". Porém, deixar a decisão a cargo de uma determinação "científica" é uma maneira fácil demais de se livrar da responsabilidade.)

Quer os testes sejam utilizados, ou não, há salvaguardas sob forma de procedimentos que podem ajudar a melhorar a validade dos julgamentos gerenciais e que ajudarão a proteger o indivíduo contra as conseqüências do preconceito, do julgamento inepto e coisas semelhantes. Métodos cuidadosamente elaborados para utilizar os julgamentos de grupo são os melhores dentre esses procedimentos.

O papel do indivíduo. Talvez a maior mudança que se faz necessária nas atuais práticas relativas a promoções e posicionamentos – se quisermos empregar o princípio de integração – diz respeito à relação do candidato com o processo. Atualmente ele tende a ser um peão no xadrez organizacional. Freqüentemente fazem-se planos relativos à sua carreira que podem ter profundos efeitos sobre os seus objetivos e necessidades mais importantes. No entanto, ele normalmente não tem voz nenhuma nesses planos, permanecendo em completa ignorância deles até que a decisão seja tomada. Além do mais, dá-se prioridade às necessidades organizacionais, quase sem levar em consideração as suas necessidades pessoais. Se seus objetivos e necessidades são, por acaso, levados em consideração, será provavelmente no sentido paternalista de decidir "o que é bom para ele".

> Um assistente de engenheiro-chefe, de trinta e oito anos de idade, que trabalhava numa grande organização, desejava havia vários anos ter alguma experiência de trabalho na linha. Expressou vivo interesse por uma função em que pudesse ter autonomia razoável e ser julgado pelo critério de lucros e perdas. Demonstrou considerável capacidade administrativa nos vários cargos de engenharia que ocupou. É considerado como excepcional pelos que lhe

estão acima e visto como possível candidato, um dia, ao cargo de vice-presidente de engenharia.

Em conversa com um gerente que está dois níveis acima dele e que tem interesse e influência na carreira desse homem, perguntei se já se pensara em dar-lhe uma função na linha. A resposta foi enfática: "Imagine, não! Seu forte é engenharia."

O princípio de integração exige a participação ativa e responsável do indivíduo nas decisões que afetam a sua carreira. Por mais radical que possa ser, por mais impraticável que possa parecer à luz da prática tradicional, é um requisito necessário para a criação de condições que permitam ao indivíduo atingir melhor seus objetivos mediante a aplicação de seus esforços na consecução dos objetivos organizacionais. Nenhuma quantidade de testes de avaliação de habilitações, nenhuma salvaguarda para assegurar julgamentos sólidos e imparciais, nenhuma racionalização acerca do desapontamento dos candidatos preteridos pode justificar a exclusão do indivíduo de um processo tão importante para ele.

Pode-se começar essa integração pelas sessões de estabelecimento de metas. Nessa ocasião é possível discutir os interesses do indivíduo na carreira, refletir sobre a experiência e formação necessárias, os tipos de oportunidades que seriam relevantes, e questões relativas à escolha do momento oportuno. Podem-se discutir também as considerações pessoais que poderiam afetar o seu desejo de deixar o cargo em que está ou de permanecer nele.

Uma empresa adotou, há vários anos, a prática de, periodicamente, perguntar a cada membro da administração: "Você se candidata a algum cargo?" Se a resposta é sim, seu nome é considerado para qualquer vaga importante que possa ocorrer. Se é não, ele é excluído dessas considerações, *sem perda de seus direitos.* Naturalmente, a pergunta é feita de novo depois de um ou dois anos, e talvez, então, ele pense diferente. Mas a decisão, de qualquer forma, é dele.

Dados sobre os interesses do indivíduo, a sua experiência, e até mesmo suas capacidades medidas por testes podem, com seu pleno conhecimento e acordo, ser incluídos no arquivo central de recursos humanos para possível referência quando ocorrerem vagas. Os resultados de testes de personalidade e de exames clínicos, *desde que sejam mantidos em segredo, conhecidos apenas pelo psicólogo e pelo indivíduo*, podem servir de base para ele planejar a sua carreira e decidir se candidatar ou não a certas vagas.

Algumas empresas criaram procedimentos que tornam possível aos indivíduos submeter os seus nomes como candidatos a certas vagas. Isso permite ao indivíduo assumir um papel responsável em relação ao desenvolvimento de sua própria carreira. Esse método também apresenta problemas, naturalmente, mas é possível encontrar um meio-termo entre as práticas administrativas que tratam o indivíduo como peão e as que, às vezes, envolvem, em nível de trabalhador, disputa direta pelos cargos.

No contexto da administração por integração e autocontrole, tanto o superior como o subordinado podem fornecer dados para a administração de promoções. Se os julgamentos do superior diferem demais dos apresentados pelas auto-avaliações do subordinado, haverá necessidade de discussão para resolver as diferenças. Há razão, porém, para se esperar que tais diferenças possam ser normalmente resolvidas no decorrer de uma série de encontros para discutir estabelecimento de metas e auto-avaliações.

Quando eu era presidente da Faculdade de Antioch, elaboramos um procedimento de estudo no qual qualquer decisão de promoção, feita por mim, que fosse julgada injusta pelo corpo docente, poderia ser discutida em conselho para se chegar a uma decisão final. Como eu não era membro do conselho, isso significava que minha decisão poderia ser revogada.

Durante cerca de quatro anos em que esse sistema funcionou, apenas dois casos foram para conselho. Num deles minha decisão foi sustentada, noutro revogada. A meu ver, esse mecanismo era um ótimo instrumento contra a falibilidade dos julgamentos administrativos; por estranho que pareça, a decisão que foi contra mim serviu mais para fortalecer do que para enfraquecer a minha posição perante o corpo docente. Sem dúvida nenhuma, só a existência desse procedimento, embora fosse raramente usado, já diminuía os sentimentos de dependência nas relações e tornava mais fácil, para mim, lidar com situações difíceis.

Conclusões. Eis algumas conclusões gerais relativas à administração de promoções e cargos no contexto da Teoria Y:

1. A escolha dos indivíduos para os cargos – pelo menos nos níveis gerenciais – não pode ser um processo mecânico porque:

a. As exigências do cargo são dinâmicas e não estáticas; mudam em função de muitas variáveis da situação.

b. Indivíduos com diferentes padrões de habilitação, embora possam desempenhar a função de modo diferente, podem atingir os objetivos organizacionais igualmente bem.

c. Não temos conhecimento adequado das características associadas ao êxito gerencial, nem métodos muito precisos para medir as que são consideradas importantes.

2. Portanto, permanece um elemento considerável de julgamento subjetivo – independentemente do uso que se faça da mensuração – nas decisões relativas ao posicionamento de

indivíduos. Pesquisa sistemática cuidadosa pode fornecer instrumentos que ajudem o julgamento, mas esses instrumentos não podem substituir o julgamento. No atual estágio de desenvolvimento dos testes, não se justifica, de forma alguma, a dependência exclusiva do resultado deles.

3. O princípio de integração exige um papel mais ativo do que passivo, da parte do indivíduo, na administração de promoções e cargos. Ele pode, no mínimo, fornecer dados relativos aos seus interesses, objetivos, habilitações, como forma ativa de se candidatar às oportunidades promocionais. Seus objetivos e necessidades – tais como são percebidos por ele e não por outros – podem influenciar as decisões que afetam a sua carreira.

4. Os julgamentos do superior sobre os seus subordinados, desenvolvidos dentro da estratégia da administração por integração e autocontrole, tendem a ser baseados em dados e experiência que melhorarão a sua qualidade.

Na administração de promoções, portanto, deparamos com uma situação na qual não seria razoável abrir mão do uso da autoridade. As decisões não devem ser completamente unilaterais, mas devem ser tomadas. Na falta de critérios realmente objetivos para avaliação do desempenho, há um grau considerável de dependência do indivíduo em relação aos que lhe estão acima. Dada essa dependência, o exercício da autoridade é um meio adequado de controle *desde que estejamos conscientes das conseqüências negativas quando a eqüidade não é preservada.* Sob certas condições talvez se possam estabelecer procedimentos para revisão das decisões, como meio de proteção contra decisões arbitrárias, aumentando, assim, as probabilidades de se obter eqüidade.

A resposta às questões levantadas no início do capítulo é que a direção e o controle unilaterais relativos à administração de salários e promoções podem ser reduzidos, mas não eliminados, (1) pelo uso de mensuração *nos casos em que seja adequada*, (2) pela eliminação de diferenças entre indivíduos quando o erro de medida é grande e o valor de motivação das diferenças é pequeno, e (3) dando aos indivíduos maiores oportunidades de desempenhar um papel ativo nas decisões que afetam as suas carreiras.

Adendo

Não posso oferecer nenhuma solução fácil para os problemas éticos envolvidos no uso de dados de teste e de diagnósticos clínicos de personalidade para fins administrativos. São questões excessivamente complexas, mas talvez caibam aqui alguns comentários.

Em primeiro lugar, parece-me que se pode fazer uma distinção entre dados que dizem respeito às capacidades e aptidões intelectuais, de um lado, e, de outro, os que dizem respeito às características de personalidade. Não há dúvida de que a mensuração destes últimos é ainda muito primitiva, mas a questão crucial é saber se a direção tem qualquer direito moral de invadir a personalidade. A preocupação legítima da administração é com o desempenho. Obviamente, o desempenho é afetado pelas características de personalidade e de ajustamento, mas a questão é saber se a direção tem o direito de ir além do desempenho até o diagnóstico de suas causas, *quando essas causas são pessoais e íntimas.*

A dificuldade, naturalmente, está em que a restrição imposta por essa proteção do indivíduo limita seriamente os dados que podem ser usados para a previsão de sucesso ou fracasso no cargo. A verdadeira razão do interesse da direção pela informação sobre a personalidade é a possibilidade de melhorar essas previsões. Estamos interessados nos sentimentos de inferioridade, ou nas angústias ou tendências neuróticas do indivíduo para ter uma previsão do seu desempenho em determinadas situações. Pode-se até argumentar que esse conhecimento nos permitiria protegê-lo de fracassos e infelicidade e proteger outros das conseqüências prejudiciais de seu ajustamento pessoal.

Entretanto, o uso desse conhecimento dessa forma me parece ser manipulativo no pior sentido da palavra. E permitir que a organização invada o domínio privado da pessoa e tome, por ela, decisões que só ela tem o direito de tomar. (Observem que, a não ser em condições extremas, o cirurgião não toma a decisão final de operar, mesmo para salvar a vida do paciente. Essa decisão é tida como um direito inviolável da pessoa.)

Para o psicólogo clínico, não há problema em comunicar o seu diagnóstico ao indivíduo, *em base confidencial*, aconselhando-o em relação às possíveis conseqüências, para ele e para outros, caso ele tente certos tipos de responsabilidades. Se a decisão sobre o uso a ser feito dos testes e diagnósticos da personalidade fosse deixada a cargo do indivíduo em consulta com o psicólogo, teríamos uma situação comparável à que prevalece hoje entre gerentes e departamentos médicos em muitas grandes empresas. Passaríamos a aceitar a idéia de que é uma responsabilidade própria do indivíduo, e não dos seus superiores, decidir de que forma as considerações de saúde devem afetar as suas decisões relativas à carreira, exceto em casos como o do piloto de avião ou maquinista de locomotiva, em que a segurança pública está diretamente envolvida. Esse paralelo com "saúde mental" me parece bastante justo.

Os testes de capacidade – testes de inteligência, por exemplo – me parecem de natureza um pouco diferente, e as implicações relativas ao seu uso não apresentam as mesmas dificuldades. A medida de inteligência é menos pessoal e íntima do que o diagnóstico sobre ajustamento emocional. É mais semelhante a uma medida de altura ou de conhecimento da função. O teste não se compõe de questões relativas a hábitos pessoais e atitudes privadas, mas de problemas impessoais a serem resolvidos. É uma medida baseada no *desempenho.*

Muitas características de personalidade e aspectos de ajustamento são passíveis de modificação através de esforço individual, de certos tipos de educação, e da psicoterapia. Parece injusto prever-se o comportamento a partir de medidas e diagnósticos de tais características, negando-se ao indivíduo, portanto, a oportunidade de mudar. Se nos limitamos à afirmação de que uma determinada forma de comportamento, ou certo aspecto de seu desempenho é insatisfatório, deixamos-lhe aberta a possibilidade de fazer alguma coisa em relação a isso.

Finalmente, só posso confessar um certo grau de inquietação acerca das possibilidades de manipulação e de exploração dos seres humanos meus semelhantes, inerentes ao uso administrativo dos testes de personalidade e dos diagnósticos clínicos de ajustamento, para fins de posicionamento. Vejo com preocupação ainda maior a probabilidade de que o valor de previsão desses instrumentos aumente consideravelmente nos próximos dez ou vinte anos. Os problemas envolvidos no processo se intensificarão. Todo esse campo de seleção, promoção e posicionamento apresenta um formidável desafio aos valores éticos da administração profissional. Não podemos nos permitir pôr de lado a questão defendendo unilateralmente as necessidades da organização, ou deixar de enfrentá-la na esperança de que ela desapareça. Se fizermos uma coisa ou outra, correremos o risco de que a preocupação crescente da opinião pública leve um dia a restrições legais que venham a diminuir ainda mais a liberdade de ação da administração. E o que é mais importante, situamos as considerações econômicas materialistas acima das considerações éticas, colocando-nos, assim, como gerentes, numa posição que poucos de nós fariam questão de defender.

Referências

American Management Association, *Handbook of Wage and Salary Administration*, Nova York, 1950.

Belcher, David W., *Wage and Salary Administration*, Englewood Cliffs, N. J., Prentice-Hall, Inc., 1955.

Employee Relations Department, Esso Standard Oil Company, *Made to Measure*, Nova York, 1953.

Foundation for Research on Human Behavior, *Assessing Managerial Potential*, Ann Arbor, Mich., 1958.

Jacques, Elliot, *Measurement of Responsibility*, Londres, Tavistock Publications, Ltd., 1956.

National Industrial Conference Board, Inc., *Employee Salary Plans in Operation*, Studies in Personnel Policy, nº 100, 1949.

Whyte, Jr., Williarn H., *The Organization Man*, Nova York, Simon & Schuster, Inc., 1956.

Capítulo VIII

O Plano Scanlon

A administração por integração e autocontrole pode assumir diversas formas. O Plano Scanlon é uma das mais notáveis dentre elas. Movido pelo seu profundo interesse na cooperação entre a direção e os sindicatos, Joseph Scanlon criou uma estratégia de colaboração que alcançou bons resultados, tanto em termos econômicos como humanos, em várias empresas industriais. Scanlon morreu em 1956. Seu trabalho tem sido habilmente levado adiante no MIT pelo seu amigo íntimo e sucessor, Frederick Lesieur.

O Plano Scanlon não é uma fórmula, um programa, ou um conjunto de procedimentos. E um estilo de vida industrial – uma filosofia da administração – fundamentada em pressuposições teóricas inteiramente compatíveis com a Teoria Y. O Plano Scanlon difere do estabelecimento de metas porque é aplicado à organização toda e não aos pares de superior-subordinado, ou a pequenos grupos. Todavia, as razões estratégicas básicas são muito semelhantes.

O Plano inclui dois aspectos centrais cujo funcionamento provoca profundas mudanças nas relações, atitudes e práticas organizacionais. A descoberta de Scanlon de que esses dois aspectos estimulariam o desenvolvimento de um conjunto diferente de pressuposições gerenciais acerca do esforço humano organizado representa uma invenção social de extraordinária importância. Nenhum desses aspectos, por si só, tenderia a provocar uma mudança significativa; combinados, contudo, representam um sistema poderoso de "controle" organizacional.

Participação na redução de custos

O primeiro aspecto é um meio de participar das vantagens econômicas oriundas dos aperfeiçoamentos obtidos no desempenho organizacional. Não é uma participação nos lucros, no sentido convencional, mas um tipo único de participação na redução de custos. Não substitui a estrutura normal, competitiva, de salários e ordenados; assenta-se sobre ela.

Esse método de participação das economias por redução de custos utiliza um coeficiente entre os custos totais da mão-de-obra da organização e uma medida de produção, como as vendas totais ou o valor adicionado pela manufatura. O último índice do coeficiente só pode ser derivado depois de muito estudo e análise da empresa, e é relativamente indissociável da situação. Leva-se em conta, naturalmente, o "mix" do produto, o balanço de estoque, o trabalho em processo, etc. Em muitas empresas pode se desenvolver um coeficiente que se revela estável por considerável período de tempo. As flutuações acentuadas têm por causa, normalmente, mudanças econômicas ou tecnológicas de monta.

Esse coeficiente não é considerado uma medida exata, infalível, permanente. Para a sua determinação recorre-se ao estudo cuidadoso dos registros financeiros da empresa, a muito bom senso e a muitas discussões. É sujeito a mudanças de tempos em tempos, justificadas pelas circunstâncias; a história das empresas Scanlon mostra que essas mudanças se fazem sem dificuldade, quando necessárias.

O aumento do coeficiente representa uma vantagem econômica global para a organização. Uma porcentagem da economia obtida (às vezes 50%, freqüentemente 75%, ocasionalmente 100%) é paga aos participantes do Plano, mensalmente, em forma de porcentagem de seus salários ou ordenados-base. Normalmente, todos os membros da organização, exceto, talvez, o grupo de cúpula da administração, participam dessa recompensa econômica dada em função da melhoria obtida. Essa recompensa, bem calculada, é bem aceita (é percebida como justa) e, além disso, fornece real motivação. É um meio de promover a colaboração dentro de um sistema interdependente. A competição é minimizada dentro da organização e maximizada em relação a outras firmas na indústria.

Uma característica importante desse método de mensuração é a de ser diretamente relacionada ao sucesso dos membros em melhorar o êxito econômico global da organização. Ao plano comum de participação nos lucros falta essa relação direta. Os lucros podem refletir circunstâncias e fatores que não tenham nada a ver com os esforços dos membros da organização. Soube de um caso há alguns anos, por exemplo, em que quase três quartos dos lucros da empresa, por um período de vários anos, eram resultado das manipulações do tesoureiro no mercado de matéria-prima. Os bônus de participação nos lucros pagos aos empregados dessa companhia não tinham nada a ver com a sua contribuição para o sucesso da empresa.

Os empregados, no Plano Scanlon, por outro lado, podem ligar diretamente os bônus aos resultados de várias mudanças e inovações estimuladas pelos seus esforços, vendo assim a conexão entre o seu comportamento e o progresso organizacional. A conseqüência é uma compreensão muito real e bastante sofisticada da economia da firma, obtida através da experiência direta. A educação econômica da força de trabalho absolutamente não é problema, numa fábrica Scanlon.

> Há inúmeros exemplos, nas companhias Scanlon, de encomendas lucrativas de produtos obtidas depois que

os empregados conseguiram persuadir a direção a entrar no mercado com preços que pareciam, inicialmente, ridiculamente baixos. Dada a plena compreensão da situação competitiva e o conhecimento dos custos em vigor, os membros da organização estavam dispostos a exercer todo o seu engenho para ajudar a direção a se colocar em posição competitiva. O compromisso com os objetivos econômicos da empresa é claramente evidente em todos os níveis e em todas as funções dessas companhias.

Um terceiro aspecto da recompensa econômica é o de ser razoavelmente bem relacionada no tempo com o comportamento que a produziu. Um bônus anual de participação no lucro é uma recompensa que tem pouca relação com o comportamento diário. O pagamento mensal traz consigo uma conexão de causa-e-efeito psicologicamente significativa porque o comportamento e a recompensa estão razoavelmente unidos no tempo.

Participação efetiva

Se o Plano Scanlon consistisse apenas nessa medida de eficácia organizacional e o bônus correspondente, haveria certa razão de se lhe dar atenção especial por causa dos aspectos mencionados acima, mas basicamente ele seria simplesmente mais um exemplo das inúmeras variedades de planos de incentivo e participação nos lucros que se encontram na indústria hoje. A característica distintiva do Plano Scanlon é a combinação desse incentivo com um segundo aspecto: um método formal de oferecer a todos os membros da organização a oportunidade de contribuir com a sua inteligência e a sua criatividade, tanto quanto com o seu esforço físico, para a melhoria da eficiência organizacional. É o princípio de integração em funcionamento. É o meio pelo qual se oferecem a todos os membros da organização valiosas oportunidades de satisfazerem as suas necessidades de nível superior através dos esforços dirigidos para os objetivos da empresa.

Até mesmo o operário desqualificado que se situa no degrau mais baixo da hierarquia é potencialmente mais do que um par de braços. É um recurso humano. Seu conhecimento e criatividade, adequadamente usados, podem fazer uma diferença muito maior para o sucesso da empresa do que qualquer melhoria no seu esforço físico, embora, naturalmente, o seu esforço físico seja importante. Além do mais, ele obtém reconhecimento e outras importantes satisfações egoísticas e sociais com essa utilização de suas capacidades.

Ouvimos falar muito de aumento de produtividade e sua importância para o nosso quadro econômico total. Muitos dos que mais falam disso concebem a produtividade apenas em termos do produto físico dos operários da produção e do escritório. Se essas pessoas fizessem mais do que lhes é mandado fazer, a produtividade aumentaria e a economia estaria em melhor situação. Essa mensagem é ouvida por toda a parte hoje. O Plano Scanlon tem o verdadeiro mérito de rejeitar completamente essa concepção mesquinha e insultuosa do valor do ser humano na empresa industrial. A produtividade é vista em termos da eficiência global da organização, e tudo o que contribui para isso é valorizado. A contribuição potencial característica do ser humano, em contraste com a máquina, *em qualquer nível da organização*, provém da sua capacidade de pensar, planejar, julgar, ser criativo, dirigir e controlar o próprio comportamento. Contrastando com a filosofia dos planos tradicionais de incentivo e as práticas convencionais de engenharia industrial, o Plano Scanlon estimula *e recompensa* a contribuição caracteristicamente humana.

A engrenagem do segundo aspecto do Plano Scanlon consiste numa série de comitês cuja finalidade é a de receber, discutir e avaliar todas as sugestões apresentadas por quem quer que seja, para melhorar o coeficiente e pôr em prática as que forem consideradas viáveis. Esses comitês se compõem de representantes de todos os grupos e funções da organização. Comitês de departamentos constituídos de operários e supervisores de nível inferior são autorizados a pôr em prática as idéias apropriadas ao seu nível. As sugestões que têm maiores implicações são encaminhadas a um "comitê de triagem" composto de representantes da força de trabalho e da cúpula administrativa.

Embora esse mecanismo forneça canais para avaliação e ação, as formalidades de sua operação são mínimas. Os comitês podem se encontrar a intervalos regulares; no nível de departamento, pelo menos, uma "reunião" de comitê pode consistir de cinco minutos de discussão entre três ou quatro pessoas, na própria fábrica, a que se segue a adoção de uma idéia. Redigem-se atas das reuniões formais para assegurar que nenhuma idéia se perca e para que o comitê de triagem fique ciente de todas as iniciativas empreendidas em qualquer parte da organização.

Dessa maneira o conceito de participação tem um sentido que todo o mundo pode compreender. Aceita-se o fato da interdependência; confia-se no conhecimento, na engenhosidade, na capacidade de inovação de todos os recursos humanos da organização. A engrenagem da participação é relativamente pouco importante; as pressuposições básicas acerca dos seres humanos refletidas nela é que são decisivas.

A participação nas companhias Scanlon é inteiramente diferente da que se obtém com os planos convencionais de sugestão. Não há formulários a serem preenchidos, nem "caixas de sugestões" impessoais, nem comitês desconhecidos para avaliar, em segredo, os méritos de uma idéia nova. O indivíduo em seu próprio ambiente de trabalho, ou numa reunião do comitê de triagem, discute a sua idéia, participa da avaliação dela, é aplaudido se a idéia for boa, ou estimulado a elaborá-la mais se for promissora mas ainda impraticável. Além disso, ele se vê numa situação que o anima a procurar e obter auxílio em qualquer lugar, na organização, para desenvolver a idéia, em vez de estimular o segredo a fim de impedir que alguém a roube, espoliando-o da recompensa. O enfoque não está na competição em vista de recompensas, mas na melhoria da eficiência da empresa. As vantagens econômicas são partilhadas, mas a satisfação egoística e social é só dele.

A evidência da importância dessas diferenças é facilmente observável em qualquer companhia Scanlon. Não há necessidade de campanhas periódicas para suscitar a apresentação de sugestões. Companhias que mantiveram, durante anos, programas para suscitar sugestões vêem-se agora, depois da adoção do Plano Scanlon, inundadas por idéias economicamente importantes que nunca apareciam antes. A proporção de sugestões que recebem o equivalente a US$ 5,00 de prêmio não porque contribuem para o êxito da empresa, mas porque ninguém sabe o que fazer com elas, desceu a zero. São comuns os estudos de problemas organizacionais bem elaborados e desenvolvidos em grupos de trabalho.

> Numa companhia, por ocasião de uma reunião de departamento, surgiu em discussão a possibilidade de se fazer economia mediante o uso de empilhadeiras. Dessa discussão surgiu, três meses depois, um estudo completo da economia que poderia ser feita, realizado por um grupo voluntário de empregados, que recomendava a compra a partir de um exame meticuloso dos custos iniciais e de manutenção dos vários tipos de empilhadeiras existentes. O presidente da companhia comentou que teria

tido que pagar uns dois mil dólares para um especialista de fora fazer uma análise tão completa e tão bem-feita como essa.

Efeitos sobre as relações

Há literalmente centenas de exemplos, nas companhias que empregam o Plano Scanlon, de melhorias nas relações entre grupos funcionais ocorridas depois que o Plano começou a funcionar. Basta um exemplo para mostrar o tipo de coisas que acontecem.

> Numa companhia havia constante atrito e uma boa dose de antagonismo entre os operários e o departamento de engenharia. Quando os operários descobriam o que acreditavam ser um erro no desenho e chamavam a atenção dos engenheiros para o fato, a resposta infalível era: "Sigam a planta."
>
> Visto que os engenheiros, como todos os outros seres humanos, são falíveis, ocorriam, de fato, enganos. Os operários tinham um prazer maldoso em seguir exatamente a planta, embora soubessem que estavam cometendo um erro que custaria caro à companhia. Quando uma peça de equipamento era embarcada com destino ao comprador, os operários comentavam: "Lá vai ela; mas voltará." A total falta de confiança, de ambos os lados, entre operários e engenheiros, levava a uma série de comportamentos adversos à organização como um todo.
>
> A partir da adoção do Plano Scanlon, essa relação mudou. Ambos os grupos estão interessados em um objetivo comum; e reconhecem que a colaboração em vista desse objetivo é vantajosa para ambos. Em conseqüência, qualquer dúvida suscitada por um operário acer-

ca da correção de um detalhe na planta faz com que o engenheiro vá imediatamente à oficina. Os engenheiros passaram a respeitar muito mais o conhecimento prático dos operários, e estes passaram a ver nos engenheiros uma verdadeira fonte de auxílio.

A nova relação foi provada uns dois anos depois que o plano entrou em funcionamento. Os negócios da companhia iam mal, as condições econômicas gerais eram desfavoráveis e tinha havido algumas dispensas. No fim da primavera chegou uma encomenda bastante grande, mas a elaboração do projeto levaria vários meses. Se a prática normal da companhia de fechar a fábrica para as férias de verão fosse obedecida, haveria uma perda de tempo adicional para os operários enquanto não se terminasse o projeto da encomenda. Por isso, foi sugerido ao comitê de triagem que se mudassem as férias dos engenheiros (o que, naturalmente, incluía reservas de passagens, contratos de aluguel de casas de campo, etc.) para que eles trabalhassem no projeto durante esse período. O comitê de triagem respondeu que a idéia era boa, mas que os engenheiros não haveriam de concordar em terem os seus planos prejudicados. A resposta do grupo de operários que tinha apresentado a idéia foi simples e direta: "Nós já falamos com os engenheiros e eles concordaram em mudar os seus planos se vocês aprovarem a idéia."

O clima numa companhia que adota o Plano Scanlon nem sempre é tranqüilo. Há desacordos, discussões calorosas, brigas. O que os distingue, porém, é que quase sempre giram em torno de problemas relativos à melhoria do desempenho. As pessoas em todos os níveis têm interesse no sucesso da empresa, e é um interesse que vai muito além das simples recompensas econômicas que o acompanham. Há uma verdadeira integração, verdadeiro compromisso com os objetivos organizacionais, porque isso representa a melhor maneira de os membros atingirem os seus objetivos individuais, sejam os relacionados com as necessidades biológicas básicas, ou com as necessidades sociais, egoísticas ou de auto-realização. A ligação dos dois aspectos centrais do Plano Scanlon oferece uma infinidade de oportunidades para se obter satisfação de todos os tipos de necessidades humanas. Mas como os seres humanos diferem quanto aos seus objetivos e quanto à percepção da melhor maneira de atingi-los, existe um desacordo saudável, normal, em relação à forma e aos meios. O aspecto de participação do Plano ajuda os gerentes a descobrirem o verdadeiro valor dos recursos humanos da organização e, com o tempo, gera um grau de confiança "de cima para baixo", que é extraordinariamente diferente do que se encontra nas companhias em geral.

Essas mudanças de atitude gerencial nem sempre ocorrem com facilidade. Há freqüentemente uma aprendizagem difícil a ser feita, principalmente para os que estão nos níveis inferiores da gerência de linha. Não é fácil para o capataz ou o supervisor ajustar-se ao que lhe pode parecer como séria perda de poder. Ele se vê diretamente dependente dos que lhe estão abaixo e ao lado.

Como foi mostrado acima, o Plano em funcionamento tende a resolver muitos dos problemas típicos das relações entre a linha e a assessoria. Embora haja, freqüentemente, muito desgaste inicial, acaba por se desenvolver confiança e colaboração mútuas entre a linha e a assessoria. Os grupos de assessoria passam a ser recursos para a organização em vez de órgãos de policiamento. O Plano não faz distinção alguma entre grupos "produtivos" e grupos "estorvo".

O Plano Scanlon não pode ser posto em funcionamento a partir de fórmulas, truques ou programas em pacote. Ele é realmente uma maneira de viver, com infinitas variações adequadas às circunstâncias de cada companhia. As companhias que o adotam revelam a presença de pressuposições básicas acerca do comportamento humano semelhantes às da Teoria Y. O princípio de integração recebe confirmação diária na prática.

Algumas questões

Há várias questões ainda não respondidas, e dignas de reflexão, relativas à aplicabilidade mais ampla dessa filosofia de administração. Em primeiro lugar, o Plano, até agora, tem sido aplicado quase que inteiramente em companhias relativamente pequenas de algumas centenas de empregados. O exemplo maior é o de uma companhia com 8 000 empregados. A observação da maneira como o Plano funciona indica que haveria algumas dificuldades óbvias na sua aplicação em uma grande organização. Existe, porém, a possibilidade de se utilizar a abordagem Scanlon no contexto dos "centros de lucro" que são comuns hoje entre as grandes companhias descentralizadas.

Uma questão mais difícil se refere à aplicabilidade da filosofia Scanlon em situações de alta automação, e onde a tecnologia é de um tipo que deixa pouca margem para melhorias e mudanças que não tenham origem na engenharia ou na pesquisa. Alguns de nós, que acompanhamos o desenvolvimento do Plano Scanlon, somos otimistas em relação à sua aplicabilidade, mesmo sob essas condições. A influência do comportamento humano no sucesso da organização – na manutenção, na construção, nos serviços de escritório, na gerência de modo geral –, embora a operação seja altamente automatizada, é mais considerável do que muitas pessoas pensam. Mais cedo ou mais tarde haverá oportunidade de testar este otimismo numa situação real. Por enquanto, as direções dessas companhias ou divisões são céticas demais para experimentar a idéia.

Uma outra questão diz respeito à relação do Plano Scanlon com as condições econômicas gerais. Algumas das primeiras aplicações das idéias de Scanlon foram feitas em plena Depressão em companhias em falência ou à beira da falência. Os críticos da filosofia imediatamente ressaltaram que os esforços extraordinários de colaboração que foram observados eram conseqüência da forte motivação dos empregados para proteger os seus empregos. A conclusão que tiraram foi a de que o Plano Scanlon poderia funcionar em condições econômicas de grande depressão, mas que certamente não teria êxito em tempos de grande desenvolvimento. Desde a guerra, o Plano tem dado ótimos resultados em companhias que experimentam grande surto de desenvolvimento. Os críticos argumentam que, naturalmente, era de esperar que o Plano funcionasse com êxito quando as recompensas financeiras são grandes, mas que não funcionaria bem numa depressão!

A questão, naturalmente, é que a motivação é diferente, em condições econômicas diferentes. Essa experiência das companhias Scanlon fornece provas interessantes a favor das idéias sobre motivação apresentadas no capítulo III. Há vantagens psicológicas a serem obtidas, independentemente da situação econômica da companhia. Há ainda, aqui, um contraste importante entre o Plano Scanlon e o plano típico de participação nos lucros. Muitos planos de participação nos lucros foram por água abaixo quando as condições econômicas chegaram a um ponto em que os bônus de participação no lucro ficaram materialmente reduzidos ou foram eliminados. Em contraste, certo número de companhias Scanlon atravessou tanto os períodos favoráveis como os de depressão sem perder o seu compromisso básico. Uma vez que o Plano Scanlon é mais uma maneira de viver do que uma forma determinada de plano de incentivo financeiro, o resultado a se esperar é exatamente esse.

Muitas vezes se argumenta que as companhias que são eficientemente administradas e bem-sucedidas não deveriam adotar o Plano Scanlon porque a possibilidade de aumentar um coeficiente, já bastante desenvolvido, seria infinitesimal. Para a alta direção de algumas dessas companhias que adotaram o Plano tem sido verdadeira surpresa verificar a ocorrência de melhorias consideráveis, e não insignificantes como se previa. Num caso desses, o presidente simplesmente se recusava a acreditar que houvesse ocorrido uma melhoria de 20% enquanto não reexaminou cuidadosamente todos os dados nos quais o coeficiente tinha sido baseado. Ele estava seguro de que a empresa era tão eficientemente administrada, que uma melhoria de dois ou três por cento seria o máximo que podia imaginar.

Uma outra questão se refere ao problema de "vender" esta filosofia para uma organização. Muitas pessoas acreditam que o sucesso do Plano deve ser atribuído diretamente à extraordinária personalidade de Joseph Scanlon e que a filosofia não teria sido passada adiante e não teria sido viável se não fosse a sua influência direta. Há, hoje em dia, inúmeras companhias que adotam o plano, cujos membros nunca encontraram Joe Scanlon. Os planos foram instalados durante a última doença de Joe, ou depois da sua morte. Fred Lesieur é realmente uma personalidade notável, também, mas é diferente de Joe, e age à sua própria maneira.

Há, de fato, necessidade da presença de uma personalidade forte em algum lugar, na situação, para ajudar a despertar a disposição inicial para correr os riscos envolvidos no estabelecimento dessa nova filosofia gerencial. Evidentemente, uma mudança tão grande na filosofia gerencial não há de ocorrer sem uma liderança hábil. A experiência mostra que havia sempre uma personalidade dessas na organização, que entrava com a liderança, enquanto Scanlon ou Lesieur desempenhavam o papel de catalisadores, professores, assessores e, às vezes, de críticos severos.

A filosofia Scanlon tem sido bem-sucedida tanto na fábrica sindicalizada como na que não é sindicalizada. A presença de um sindicato eficiente parece ser um fator ativo no sucesso do Plano. O sindicato representa um meio formal de comunicação e discussão durante os primeiros estágios, particularmente no cálculo do coeficiente. E representa uma pressão mais organizada para manter a gerência atenta enquanto o Plano é posto em funcionamento. Garante que não haverá tendência a substituir uma estrutura salarial competitiva pelos rendimentos do bônus. Embora tenha havido quem pensasse que talvez o bom funcionamento de um plano como esse viesse a afastar a necessidade de negociação coletiva, a experiência não confirmou essa previsão. Ao contrário, os gerentes de empresas sindicalizadas que adotam o Plano Scanlon tendem a ser mais positivos em relação às vantagens de uma sadia relação de negociação coletiva do que muitos gerentes em outras firmas sindicalizadas.

Bastante significativa é a completa ausência de preocupação dos gerentes, onde se aplica o Plano Scanlon, com o problema das prerrogativas gerenciais. A proteção de sua autoridade não é uma preocupação fundamental. A confiança nos seus empregados é tal que não se colocam na defensiva em relação ao seu "direito de dirigir o negócio". Devido ao tipo de integração que é característica dessas companhias, a questão de controle, em sentido tradicional, deixa de ser um problema importante.

Durante as discussões que surgem nas conferências sobre o Plano Scanlon, no MIT, os gerentes das companhias que estudam a possibilidade de adoção do Plano geralmente levantam questões a respeito dos possíveis desastres que ocorreriam *se* mudanças econômicas ou tecnológicas obrigassem a uma mudança no coeficiente e os empregados não concordassem com ela, ou *se* os empregados se aproveitassem do seu acesso à informação sobre a situação econômica da companhia, ou *se* uma variedade de outras possibilidades de violação, por parte dos empregados, das prerrogativas gerenciais, viesse a ocorrer.

O aspecto fascinante dessas discussões é a absoluta incapacidade dos gerentes das companhias Scanlon de entenderem o que é que está preocupando os questionadores. *É claro* que eles dirigem o negócio, *é claro* que eles tomam as decisões gerenciais essenciais. De onde tiraram a idéia de que o Plano Scanlon enfraquece a gerência? Ao mesmo tempo, eles revelam pelo seu exemplo, bem como pelas suas atitudes, que autoridade no sentido convencional não é o método de controle em que se apóiam. Persuasão, argumento lógico, ajuda profissional, o reconhecimento em comum das necessidades objetivas da situação – são essas as influências que determinam o seu comportamento e o dos membros de suas organizações.

Concluindo, é interessante notar que a questão das diferenças individuais nas recompensas econômicas ligadas a contribuições individuais para o sucesso da companhia não se coloca, simplesmente, nessas organizações. Muitas delas abandonaram os planos de incentivo individual ao adotarem a filosofia Scanlon. Em alguns casos, houve quem expressasse receio de que os que produzem mais baixassem o seu nível de desempenho no novo sistema. Não só isso não se verificou, como o nível geral de produtividade, tal como é medida pelo engenheiro industrial, quase sempre cresceu. A proverbial tarefa de vender geladeiras ao esquimós seria fácil em comparação com a tarefa de vender o plano tradicional de incentivo ou um plano de classificação por mérito em muitas companhias Scanlon. Eqüidade e motivação se promovem através de meios mais apropriados.

Referências

Krulee, Gilbert K., "The Scanlon Plan: Cooperation Through Participation", *The Journal of Business*, vol. 28, nº 2, 1955.

Lesieur, Frederick G. (ed.), *The Scanlon Plan.* Cambridge, Mass., e Nova York, Technology Press e John Wiley & Sons, Inc., 1958.

Capítulo IX

Participação em perspectiva

Dentre as idéias vindas do campo de relações humanas, uma das mais mal compreendidas é a de participação. Louvada por alguns, condenada por outros, e usada com bastante sucesso por outros ainda. As diferenças de ponto de vista entre os seus proponentes e os seus críticos são quase tão grandes como a que existe entre os líderes dos países da Cortina de Ferro e os do Mundo Livre quando usam a palavra "democracia".

Alguns defensores da participação dão a impressão de que ela é uma fórmula mágica que vai eliminar os conflitos e desacordos e resolver quase que todos os problemas administrativos. Esses entusiastas parecem crer que o que as pessoas mais desejam no mundo é participar. Eles dão a impressão de que a participação é uma fórmula que pode ser aplicada por qualquer gerente, independentemente da sua qualificação; que não há necessidade, praticamente, de qualquer preparação para seu uso, e que ela pode brotar totalmente desabrochada e transformar as relações industriais da noite para o dia.

Alguns críticos da participação, por outro lado, a vêem como um forma de abdicação gerencial; uma idéia perigosa que solapará as prerrogativas gerenciais e escapará, quase que certamente, ao controle. Para eles, o conceito de participação se encaixa exclusivamente no padrão da administração "suave". Leva à perda de tempo, diminui a eficiência e enfraquece a efetividade da administração.

Um terceiro grupo de gerentes encara a participação como um item útil na sua caixa de ferramentas gerenciais. Para eles, ela é um instrumento de manipulação para conseguir que as pessoas façam o que eles querem, a ser usado de forma a iludir os "participantes", fazendo-os pensar que tiveram voz numa tomada de decisão. A idéia é a de lidar tão habilmente com eles de modo que cheguem à resposta que o gerente já tinha pronta, mas pensem que foram eles que a deram. Essa é uma maneira de "fazer com que as pessoas se sintam importantes", que esses gerentes se aprestam a enfatizar como uma importante ferramenta da gerência para motivar os subordinados. (É importante notar a distinção entre fazer com que as pessoas *se sintam* importantes e fazer com que elas *sejam* importantes.)

Naturalmente, há muitos críticos que condenam severamente essa abordagem manipuladora da participação, tendendo a conceber toda participação sob essa forma.

Um quarto grupo de gerentes usa com êxito a participação, mas não a concebe como uma panacéia ou fórmula mágica. Não compartilha nem do entusiasmo irrestrito dos novidadeiros, nem dos receios dos críticos. E se recusaria categoricamente a empregar a participação como um instrumento manipulador de vendas.

Entre todos esses grupos existe um acordo geral, mas tácito – a meu ver incorreto –, em supor que a participação se aplique a grupos e não a indivíduos. Parece que nenhum deles a vê como tendo qualquer relação com delegação. Afinal de contas, o nome é diferente! Muitos dos entusiastas defensores da delegação não sabem o que fazer com a participação.

Em vista disso tudo, não é de surpreender que um bom número de gerentes prudentes encare o assunto com algum ceticismo.

O uso eficaz da participação é conseqüência de um ponto de vista gerencial que inclui confiança nas potencialidades dos subordinados, consciência de que o gerente depende dos que lhe estão abaixo, e desejo de evitar algumas das conseqüências negativas da ênfase na autoridade pessoal. A participação é coerente com a Teoria Y – com a administração por integração e autocontrole. Ela consiste basicamente em criar oportunidades, sob condições adequadas, para que as pessoas tenham influência nas decisões que as afetam. Essa influência pode variar de pouca a muita.

Seria talvez útil considerar a participação em termos de uma série de atos administrativos. Numa extremidade da série o exercício de autoridade no processo de tomada de decisão é quase total e a participação é insignificante. Na outra extremidade da série, o exercício de autoridade é relativamente pequeno e a participação é máxima. Não há implicação de que mais participação é melhor do que menos. O grau conveniente de participação depende de uma variedade de fatores, entre os quais se incluem o problema ou questão em pauta, as atitudes e a experiência dos subordinados, a habilitação do gerente e o ponto de vista mencionado acima.

> Suponhamos que um gerente tenha tomado uma decisão que afetará os seus subordinados. As circunstâncias são tais que ele não pode permitir-lhes participar na tomada de decisão, mas está preocupado em conseguir que eles a aceitem com a maior boa vontade possível. Ele poderia convocar uma reunião na qual lhes comunicaria a decisão e as razões dela, e lhes daria oportunidade para questioná-la. Sua intenção seria testar a decisão para ver se ela seria aceita. Se perceber que há forte ressentimento contra ela, poderia sentir-se tentado a modificá-la em vez de arriscar as possibilidades de vir a ser sabotada. Se não houver forte resistência contra, seus subordinados terão tido ao menos a oportunidade de compreender por que ele tomou aquela decisão e de verem esclarecidos alguns aspectos obscuros. Uma discussão

dessas – quando realizada sob condições que permitam verdadeira interação – envolve um grau limitado de participação.

Uma situação ligeiramente diferente pode surgir quando um superior, depois de ter tomado uma decisão, discute com os seus subordinados a melhor maneira de implementá-la. Muitas vezes a implementação de uma decisão pode ser feita de várias maneiras e, para o superior, pode ser relativamente indiferente qual das alternativas é escolhida, desde que a decisão seja levada a cabo. Os subordinados podem ter voz nessa questão que, em certas circunstâncias, pode ser muito importante para eles. Uma situação dessas envolve um pouco mais de participação.

Um terceiro exemplo, que envolve mais participação ainda, seria uma situação na qual o superior discute, com os seus subordinados, uma decisão pendente antes de torná-la final. Nessas circunstâncias ele estaria pronto a modificar a decisão proposta, ou a substituí-la por outra, conforme as considerações feitas na discussão. A decisão seria sua, mas seria tomada à luz das discussões.

Um grau ainda maior de participação estaria envolvido se o superior apresentasse aos seus subordinados um problema que ele tem de resolver, pedindo-lhes que o ajudem a encontrar a melhor solução. Ele não teria, necessariamente, de se comprometer de antemão a aceitar qualquer solução que lhes agradasse, ficando subentendido que só seria aceita a solução apresentada que lhe parecesse viável.

Finalmente, há algumas situações nas quais uma questão relativamente pouco importante para o superior é: qual das várias decisões possíveis é tomada. Seriam decisões de pouco interesse para a gerência, mas de muito interesse para os subordinados. Nessas circunstâncias, o superior poderia dizer aos seus subordinados: "Aceitarei qualquer decisão que lhes agrade".

Qualquer desses exemplos poderia ocorrer em qualquer nível de uma organização. A participação não está confinada à relação entre um supervisor de primeira linha e os seus operários. Pode ocorrer entre o presidente e seu comitê executivo. Além disso, como há muitas decisões gerenciais que afetam um único subordinado, ela pode se aplicar igualmente tanto ao indivíduo como ao grupo. O tipo de participação a ser utilizada há de variar conforme o nível da organização e conforme os outros fatores mencionados acima.

O superior que estiver pensando em usar a participação deve examinar primeiro a sua estratégia e os motivos dela. Se seus subordinados não estão acostumados a ter qualquer influência nas decisões que os afetam, não convém lhes apresentar, logo da primeira vez, uma questão importante, nem dar-lhes total liberdade de escolha. É preciso ter o cuidado de indicar claramente os limites dentro dos quais ele está pronto a permitir que eles influenciem a decisão. Ao se utilizar da participação dessa forma ele sabe que está começando algo que poderá ser um longo processo de crescimento e de aprendizagem, tanto para seus subordinados como para ele mesmo. E planeja de forma a levá-los a aprender a engatinhar primeiro, antes de tentar andar ou correr.

Já que uma das principais finalidades do uso da participação é a de estimular o crescimento dos subordinados e a sua capacidade de aceitar responsabilidades, o superior se preocupará em escolher problemas ou questões adequadas para serem discutidas e decididas. Deverão ser questões de alguma importância para os subordinados, pois do contrário eles não verão motivo para se envolverem. Alguns gerentes se limitam a usar a participação em assuntos de tão pouco interesse para os subordinados que não oferecem oportunidade de crescimento. Talvez fosse bom começar uma abordagem de participação nos níveis inferiores da organização, solicitando aos empregados que resolvam questões de seu interesse imediato e exclusivo. Se o processo pára por aí, porém, os subordinados logo verão que a administração não tem nenhuma intenção de lhes permitir influência em decisões de algum peso, embora essas decisões tenham importantes conseqüências para eles. A reação, nesse caso, será provavelmente contra a idéia toda, e a gerência concluirá, corretamente, que os empregados não estão interessados em aceitar responsabilidades.

Há, é claro, riscos associados ao uso da participação. Todas as atividades gerenciais significativas envolvem risco, e esta não é exceção. O receio comumente expresso é o de que se for dada aos empregados a oportunidade de influenciar as decisões que os afetam, eles vão logo querer participar em questões que não são da sua conta. Os gerentes que exprimem esse receio devem ser muito inclinados a ter uma concepção acanhada das questões que deveriam interessar aos empregados. Se a preocupação da gerência é com o crescimento dos empregados e o aumento da sua capacidade de assumir responsabilidade, é de esperar, naturalmente, que os empregados se envolvam numa faixa cada vez mais larga de atividades que impliquem tomada de decisão.

Como foi dito no capítulo VIII, a experiência das companhias que adotaram o ponto de vista favorável à participação descrita acima – algumas das companhias do Plano Scanlon, por exemplo – não confirma esse receio. Talvez a chave do problema esteja no fato de a própria administração mudar a sua atitude e se tornar cada vez mais disposta a permitir que os empregados influenciem decisões de maior importância. Como já foi mencionado antes, os gerentes das companhias Scanlon parecem totalmente incapazes de compreender a ansiedade dos outros em relação à perda de prerrogativas gerenciais. Eles acham que têm total controle da direção do negócio e, no entanto, ao mesmo tempo, estão inteiramente dispostos a permitir que seus empregados discutam e influenciem quase que qualquer decisão gerencial. Muitos gerentes que não adotam o Plano Scanlon, por outro lado, não podem imaginar semelhante situação, a não ser em termos de grave enfraquecimento do controle gerencial.

Fico imaginando o que seria causa e o que seria efeito nessa questão. Esses gerentes que estão mais preocupados com as suas prerrogativas parecem, em geral, ter as maiores dificuldades em protegê-las. Pelo menos é possível que essa atitude desconfiada, quase paranóica, da gerência tenda de fato a *promover* interferência nas prerrogativas gerenciais, a criar alvos contra os quais os empregados estão prontos a investir. A cadeia de acontecimentos em algumas companhias se resume numa profecia autocumprida: a gerência espera que certas coisas aconteçam e se comporta de tal forma que elas, de fato, acontecem. Depois, a gerência inverte a ordem de causa e efeito ao interpretar o que aconteceu.

De qualquer forma, há agora tantos exemplos do êxito no uso da participação, sem enfraquecer, de forma alguma, a capacidade de controle da gerência, que não vejo motivo de ansiedade acerca da questão das prerrogativas gerenciais. A única conclusão que posso tirar é que os gerentes que estão acima de tudo preocupados em proteger o seu poder e autoridade fariam bem em não tentar a experiência de participação.

É patente que a participação, nos termos em que foi discutida acima, é bastante coerente com a abordagem teórica geral deste livro. Tendo em vista a interdependência, que é característica das organizações industriais, há motivo para modificar a natureza unilateral típica do processo de tomada de decisão. A participação, usada judiciosamente, e de várias maneiras diferentes, conforme as circunstâncias, oferece auxílio nesse sentido. É um processo que difere muito pouco da delegação no seu caráter essencial. De fato, a participação é um caso especial de delegação. Nesta, o subordinado ganha maior controle, maior liberdade de ação quanto à sua própria responsabilidade. O termo participação é comumente aplicado à influência maior do subordinado sobre assuntos que se situam na esfera das responsabilidades de seu superior. Quando essas questões afetam o subordinado e o seu trabalho – quando a interdependência está envolvida –, parece razoável que ele tenha oportunidade de exercer alguma influência. Assim, por exemplo, a abordagem de estabelecimento de metas, discutida no capítulo V, envolve tanto delegação como participação. As idéias implícitas nesses dois conceitos não são mutuamente exclusivas, mas complementares.

A participação que brota das pressuposições da Teoria Y oferece oportunidades concretas para a satisfação do ego do subordinado e pode, assim, afetar a motivação no sentido dos objetivos organizacionais. Ela é um auxílio para se obter integração. Em primeiro lugar, o subordinado pode descobrir a satisfação que advém de enfrentar problemas e resolvê-los com êxito. Essa não é, de forma alguma, um tipo insignificante de satisfação. É uma das razões pelas quais todo o movimento "faça-o você mesmo" cresceu tanto nos últimos anos. Além disso, há um senso maior de independência e de obtenção de um certo controle sobre o próprio destino. Finalmente, há as satisfações proporcionadas pela aprovação dos colegas e dos superiores por se ter dado uma contribuição de valor para a solução de um problema organizacional. Nos níveis inferiores da organização, onde as oportunidades para satisfações desse tipo são claramente limitadas, a participação na solução de problemas do departamento pode ter significação considerável, demonstrando às pessoas como podem satisfazer melhor as suas próprias necessidades trabalhando para os objetivos organizacionais.

Vista dessa forma, a participação não é uma panacéia, um instrumento de manipulação, um estratagema, uma ameaça. Usada prudentemente, e com compreensão, a participação acompanha, naturalmente, a administração por integração e autocontrole.

Referências

Argyris, Chris, "Organizational Leadership and Participation in Management", *The Journal of Business*, vol. 28, nº 1, 1955.

Coch, Lester e French, Jr., John R. P. "Overcoming Resistance to Change", *Human Relations*, vol. 1, nº 4, 1948, pp. 512-32.

Maier, Norman R. F., *Psychology in Industry*, 2ª ed., Nova York, Houghton Mifflin Company, 1955.

Tannenbaum, Robert e Schmidt, Warren H., "How to Choose a Leadership Pattern", *Harvard Business Review*, vol. 36, nº 2, mar.-abr. de 1958.

Capítulo X

O clima gerencial

A Teoria X leva naturalmente à ênfase nas táticas de controle – nos procedimentos e técnicas para dizer o que as pessoas têm de fazer, para determinar se estão fazendo, ou não, o que lhes foi dito, e para administrar recompensas e punições. Como uma de suas pressuposições básicas é que as pessoas têm de ser obrigadas a fazer o que é necessário para o sucesso da empresa, a atenção se dirige, naturalmente, para as técnicas de direção e controle.

A Teoria Y, por outro lado, leva a uma preocupação com a *natureza das relações*, com a criação de um ambiente que estimule o compromisso com os objetivos organizacionais e que proporcione oportunidades para o exercício máximo da iniciativa, da engenhosidade e da autodireção no esforço para atingi-los.

Até aqui estivemos discutindo principalmente as estratégias e táticas de administração – métodos de influência e controle, estabelecimento de metas, avaliação de desempenho, administração de salários e promoções, e o Plano Scanlon. Vamos refletir, agora, sobre as relações no trabalho e sua importância.

Ao considerar o ambiente psicológico das pessoas no trabalho, pensamos logo na relação entre superior e subordinado. Após várias décadas de pesquisa intensa, há hoje um bom conhecimento sobre o assunto.

Como já vimos, a principal característica dessa relação é a interdependência das partes. Visto que, numa relação interdependente, cada uma das partes afeta, de alguma forma, a capacidade de a outra atingir os seus objetivos ou satisfazer suas necessidades, se ambas as partes não acreditarem, positivamente, que a relação favorecerá essas finalidades, muitos problemas sérios poderão surgir. Colocando-nos, primeiro, no ponto de vista do subordinado, indaguemos: o que é que determina as suas expectativas?

De imediato a resposta seria: políticas e procedimentos da companhia, tais como as que são normalmente descritas num manual para os empregados novos. As normas são importantes, naturalmente, mas a correlação entre a qualidade da relação e qualquer conjunto de normas relativas à administração do pessoal é relativamente baixa. As companhias que dispõem de todos os programas e práticas recomendados podem ter excelentes relações, ou péssimas. Determinados programas e práticas podem ser, em algumas companhias, constantes alvos de ataque e contínua fonte de atrito enquanto que os mesmos procedimentos, em outras companhias, podem ser totalmente aceitos.

Sendo dependente do superior, o subordinado é sensível a uma série de indícios que influenciam a sua expectativa de sucesso na obtenção de seus objetivos. Mais importantes do que a existência de determinadas políticas ou as declarações formais a respeito delas são os sinais da maneira como são administradas. O comportamento no dia-a-dia, do superior imediato e de outras pessoas importantes na organização gerencial, revela alguma coisa de suas pressuposições acerca da administração que é profundamente significativa.

O clima da relação

A atitude gerencial que se revela, sutilmente, através do comportamento cria o chamado "clima" psicológico da relação. Durante a infância, em que todos vivemos relações de extrema dependência, adquirimos uma extraordinária capacidade de perceber aspectos do comportamento de nossos pais que nos revelavam se tudo "estava bem", ou não, na relação com eles. Mesmo as crianças muito pequenas são altamente sensíveis às manifestações, inteiramente inconscientes, das atitudes de aceitação ou rejeição dos pais. É compreensível isso, dada a extrema dependência da infância. Em sentido psicológico, está em jogo a sobrevivência.

Embora a dependência do subordinado seja muito menor na relação de emprego, a verdade é que a sua capacidade de atingir os seus objetivos é consideravelmente afetada pelas atitudes de seus superiores. Ele recorrerá constantemente à sua capacidade de perceber o clima da relação para julgar as oportunidades de atingir os seus objetivos. O clima é mais importante do que o tipo de liderança ou o "estilo" pessoal do superior. O chefe pode ser autocrático ou democrático, simpático e comunicativo ou distante e introvertido, indulgente ou inflexível: essas características pessoais são menos importantes do que as atitudes mais profundas às quais seus subordinados são sensíveis.

> O superintendente mecânico de uma pequena companhia manufatureira era o protótipo da "fera" como gerente. Xingava seus subordinados, fazia-os trabalhar, corrigia-os, comportava-se superficialmente como um Napoleão. Era o desespero de um grupo da assessoria que estava desenvolvendo um programa de treinamento em relações humanas na supervisão. Entretanto, surpreendentemente, os seus subordinados pareciam ter grande estima por ele. Diziam: "Ele late mas não morde." O moral e a produtividade, em seu departamento, eram ambos altos.
>
> Uma investigação mais profunda revelou fatos significativos. Ele era tido como pessoa correta que lidava

com seus subordinados com escrupulosa justiça. A despeito de sua rudeza superficial, preocupava-se, sincera e francamente, com os seus subordinados. Quando estavam em dificuldades – fosse questão de alguns dólares para resolver o problema até o dia do pagamento, ou fosse um problema de família –, ele os ajudava de maneira tão natural que não suscitava nenhum sentimento de inferioridade.

Mais importante ainda, sabia-se que ele estava pronto a defender os seus subordinados caso achasse que não estavam sendo tratados com justiça pela gerência de nível superior. Os operários citavam com admiração duas ocasiões, num período de dez anos, em que ele irrompeu no escritório do chefão exigindo que se modificasse uma decisão porque era injusta para com "os seus rapazes". Diante de uma resposta negativa, numa dessas vezes, pediu demissão na hora, pôs o chapéu e saiu. Seu superior foi atrás dele até o portão e concedeu o que ele queria.

Embora talvez esse homem deixasse alguma coisa a desejar em relação às concepções atuais da boa gerência, ele conseguia, no entanto, despertar e conservar a confiança dos seus subordinados. Sua atitude gerencial passava através do autoritarismo, da permissividade, do paternalismo, da firmeza e da justiça e de todos os outros "estilos" de gerência para criar uma certeza emocional profunda e satisfatória de tratamento justo.

Certeza de chances justas

Os estudos de pesquisa da relação entre superior e subordinado revelaram um número de variáveis no comportamento e na atitude do superior que se correlacionam tanto com a produtividade como com o moral dos subordinados. Muitas delas estão ligadas à expectativa do subordinado de que se lhe dê chance de tentar alcançar os seus próprios objetivos. O estudo realizado pelo pessoal do Instituto de Pesquisa Social da Universidade de Michigan, por exemplo, enfatizou a "supervisão centrada no empregado". Eles encontraram uma relação positiva entre essa atitude gerencial de verdadeiro interesse pelo bem-estar dos subordinados, de um lado, e moral e produtividade, do outro.

Essa atitude, como afirmaram os pesquisadores de Michigan, é necessária mas não suficiente. É importante, também, que o superior tenha influência sobre os que lhe estão acima na organização. Não basta querer bem aos seus subordinados, é preciso fazer alguma coisa por eles. Se o chefe não tiver bastante influência em relação às decisões sobre aumentos de salário, promoção, ou condições de trabalho, seus subordinados terão pouca confiança nele, seja qual for a sua atitude.

É preciso também que o chefe seja competente – não que seja, necessariamente, familiarizado com os detalhes de todas as funções sob a sua supervisão, mas que seja um gerente capaz. Os subordinados não podem esperar, de um gerente incompetente, que lhes dê chance.

Às vezes se pensa que *segurança* é mais importante do que a expectativa de contar com a chance mais justa possível. Entretanto, nessas relações adultas, não parece que as garantias implícitas no sentido corrente da palavra segurança sejam necessárias. De fato, há relações boas – caracterizadas por moral alto e alta produtividade – nas quais a segurança é literalmente zero. Essas condições se encontram, por exemplo, em certas unidades militares no campo de batalha

Os subordinados exigem segurança, garantias, quando se sentem ameaçados, quando receiam atos arbitrários, favoritismo, discriminação. Quando têm verdadeira confiança em seus superiores, só querem uma boa chance.

Uma ilustração interessante desse ponto ocorreu numa fábrica durante a II Grande Guerra. O presidente dessa companhia estava ausente, a serviço em Washington. O sindicato, durante as negociações anuais, exigiu que o princípio de contagem de tempo de serviço fosse aplicado a todas as promoções dentro das categorias de operário. O presidente, não querendo enfrentar uma greve, ordenou à gerência que aceitasse a exigência, e assim foi feito.

A assessoria de relações industriais dessa companhia estava persuadida de que a razão fundamental da intensidade da exigência de contagem de tempo de serviço era uma falta de confiança, por parte dos operários, na maneira como eram administradas as promoções. Acreditavam os operários – e com alguma razão – que muitos supervisores estavam favorecendo uns e discriminando outros ao sabor de suas simpatias e antipatias.

A assessoria convenceu a direção a empreender uma série de medidas destinadas a melhorar a liderança da supervisão. Essas medidas foram aplicadas durante cerca de três anos. Havia indícios de que eram razoavelmente eficazes.

No fim da guerra, o presidente voltou e se dispôs a realizar ele mesmo as negociações com o sindicato para o primeiro contrato pós-guerra. O gerente de relações industriais sugeriu que, já que ele estava preparado para fazer consideráveis concessões econômicas, deveria esperar alguma coisa em troca. E insistiu com o presidente para que procurasse modificar a cláusula sobre tempo de serviço.

O presidente não estava convencido. Acreditava que, uma vez feita uma concessão desse tipo, seria impossível retirá-la. Mas foi persuadido a tentar. Quando mencionou o assunto, no final das negociações, ficou bastante surpreendido ao ver que o sindicato concordou quase sem discutir. Foi negociada uma nova cláusula que atribuía ao mérito um peso de 100% na determinação de promoções. O tempo de serviço permaneceu como um fator, ao lado do mérito, somente na administração de dispensas. Essa cláusula, negociada em 1946, permanece em vigor no acordo do sindicato até hoje.

Uma possível interpretação dessa situação é que os operários, ameaçados pela administração injusta e arbitrária da política de promoção, exigiram a única forma de proteção que fazia sentido para eles: contagem estrita do tempo de serviço (medida puramente objetiva que não está sujeita a julgamento pessoal). Todavia, quando as condições foram modificadas, de modo que esses mesmos operários passaram a ter certeza de que teriam chances justas com os seus chefes, se dispuseram inteiramente a aceitar uma política da qual aquela forma de segurança foi eliminada.

A confiança, portanto, depende bastante da fé dos subordinados na integridade do superior. Quando se é dependente, qualquer suspeita de que o superior não merece inteira confiança desperta ansiedade. É evidente que nem técnicas, nem fórmulas, nem estilo nenhum de liderança preencherá, *por si mesmos*, esse requisito. Técnicas usadas como "estratagema" podem, por outro lado, destruir imediatamente a confiança.

O superior, por exemplo, que utiliza a "participação" como um instrumento de manipulação para levar os subordinados a aceitarem suas decisões ou soluções de problemas já prontas de antemão corre um grande risco de minar a confiança deles na sua integridade. Se sua tática for reconhecida, como provavelmente será, ele sairá perdendo muito mais do que pensava ganhar "fazendo-os sentirem-se importantes".

Uma outra fórmula é a de exibir "interesse pessoal" pelo operário. Alguns gerentes se orgulham de sua habilidade nessa técnica, simplesmente como técnica, quando na realidade o seu interesse é mínimo.

Lembro-me de uma vez, há alguns anos, em que percorri uma fábrica com o seu gerente de produção e observei como ele exibia a sua memória cumprimentando várias dezenas de operários, chamando-os pelo primeiro nome e perguntando pelas suas famílias. Apesar da cordialidade, a atitude toda tinha um ar de insinceridade, e a corroboração de minhas suspeitas veio uma semana mais tarde, quando a fábrica elegeu, por esmagadora maioria, um militante sindical para ser seu representante e eu soube, por um organizador do sindicato, que o principal fator que pesou na votação foi a violenta hostilidade contra aquele gerente.

Confiança de cima para baixo

Essas características do comportamento e atitudes do dia-a-dia às quais os subordinados reagem com tanta sensibilidade não brotam do nada. São manifestações da maneira de pensar do superior sobre a função de gerência e de suas pressuposições sobre a natureza humana. Pensem num gerente que dá pouco valor às pessoas. Ele vê a si mesmo como membro de uma pequena elite dotada de capacidades incomuns e atribui capacidade limitada ao resto da raça humana. Acredita também que a maioria das pessoas é naturalmente preguiçosa, prefere que cuidem dela, deseja uma liderança forte. Na sua opinião, elas estão prontas a só tirar vantagens da relação de emprego, a menos que sejam controladas de perto e firmemente dirigidas. Em resumo, ele defende a Teoria X.

É óbvio que essa orientação teórica se refletirá de várias maneiras no comportamento diário desse gerente na relação com os seus subordinados. É igualmente óbvio que, percebendo as suas atitudes, eles terão expectativas relativamente limitadas quanto às possibilidades de atingirem os seus objetivos numa relação em que dependem dele.

> Por um período de vários meses, um grupo de operários de uma fábrica apresentou uma longa série de reclamações à administração, todas elas envolvendo salários, condições de trabalho e normas da fábrica. A intensidade e a freqüência com que essas reclamações eram feitas levaram o gerente de pessoal a desconfiar de que fossem sintomas de um problema mais profundo. Conseguiu, finalmente, criar uma situação na qual esses empregados se sentiram livres para expressar seus sentimentos pessoais, que confirmaram as suas suspeitas. O verdadeiro problema não tinha nada a ver com o assunto concreto das reclamações, mas sim com o fato de que o comportamento do supervisor daqueles operários dava-lhes a impressão de considerá-los todos uns "idiotas" que não valiam nada. Reconheciam que de nada adiantaria reclamar das características intangíveis de seu comportamento, por isso manifestavam a sua reação violenta criando problemas em torno de questões tangíveis, mas irrelevantes.
>
> Quando o gerente de pessoal discutiu a questão com o supervisor, este finalmente confessou: "Acho que é assim mesmo que me sinto em relação a eles, mas não posso imaginar o que é que fiz para revelar isso. Eu sabia que isso tornaria mais difícil a minha função. Por isso escondi os meus sentimentos mesmo quando estavam criando problemas com todas essas reclamações."

Pensem agora num gerente com um conjunto de atitudes opostas. Ele tem melhor opinião a respeito da inteligência e da capacidade do ser humano comum. Poderá ter consciência de ser dotado de muita capacidade, mas não se julga membro de uma elite limitada. A seu ver, a maioria dos seres humanos tem real capacidade de crescimento e desenvolvimento, de assumir responsabilidades, de agir criativamente. Considera os seus subordinados como verdadeiros valores para ajudá-lo a cumprir a sua própria responsabilidade, e está interessado em criar condições que lhe permitam fazer atuar esses valores. Não pensa que as pessoas, em geral, sejam estúpidas, preguiçosas, irresponsáveis, desonestas ou hostis. Tem consciência de que existem pessoas assim, mas espera encontrá-las muito raramente no seu caminho. Em resumo, ele defende a Teoria Y.

O clima da relação criada por um gerente assim será totalmente diferente. Entre outras coisas, ele provavelmente porá em prática, efetivamente, o princípio da delegação, dando aos seus subordinados, assim, oportunidade de desenvolver suas próprias capacidades sob a sua liderança. Também recorrerá a eles para o ajudarem a resolver os problemas do departamento. A maneira como ele usa a participação demonstrará a sua confiança neles.

Lawrence Appley, presidente da American Management Association, disse uma vez que, para ele, participação significava:

1. Analisar o problema e chegar à melhor solução que pudesse encontrar.
2. Reunir os seus subordinados para discutir o problema.
3. Sair da reunião com uma solução melhor do que a que tinha no início.

Esse comentário indica o sentido da participação e a condição essencial da sua eficácia, que é a confiança nos subordinados.

Talvez tenha ficado claro, agora, que o clima absolutamente importante da relação entre superior e subordinado não é determinado nem pela política e pelos procedimentos, nem pelo estilo pessoal do superior, mas pela manifestação sutil e inteiramente inconsciente do seu conceito básico de administração e suas pressuposições sobre as pessoas em geral. As políticas e procedimentos de administração de pessoal mais cuidadosos e mais bem-elaborados, o mais minucioso treinamento em técnicas de supervisão, o conhecimento de todos os truques para conquistar amigos e influenciar pessoas, serão interpretados pelos subordinados como estratagemas manipuladores e exploradores, a menos que o clima seja bom. É por isso que as mesmas políticas e os mesmos procedimentos produzem resultados diferentes de uma organização para outra.

Quem determina o clima?

A implicação, ao longo dessa discussão, é que, na relação interdependente entre superior e subordinado, é o superior quem realmente determina a qualidade da relação. Será razoável perguntar se as atitudes dos subordinados não têm também muito a ver com os resultados. É claro que têm. Atitudes pessoais, preconceitos e convicções teóricas sobre os seres humanos à parte, o superior não pode confiar num subordinado realmente incompetente, ou desonesto, ou neuroticamente hostil. Além disso, algumas personalidades são simplesmente incompatíveis por motivos que escapam ao controle de ambas as partes. Mesmo com os melhores procedimentos para seleção e posicionamento, os gerentes às vezes se defrontam com situações dessas.

Nessas circunstâncias, é tolice falar em criar expectativas positivas, confiança mútua e clima saudável. A única solução verdadeira é terminar a relação, mediante transferência, em algumas circunstâncias, ou rescindindo o contrato de emprego, em outras. Se isso não for possível, resta reconhecer que é impossível uma gerência eficaz numa relação dessas, e contentar-se em fazer o que puder ser feito.

Falando de modo geral da relação entre superior e subordinado, a dependência é maior de baixo para cima do que de cima para baixo. Isso significa que o superior tem maior controle do que o subordinado sobre a natureza da relação. Às vezes, situações que parecem irremediáveis mudam quando um novo superior, por causa de suas atitudes diferentes, modifica o clima psicológico.

> Há alguns anos, visitei uma grande companhia onde as relações entre o sindicato e a administração tinham sido, por muito tempo, notoriamente más, até que, cerca de dois anos antes da minha visita, melhoraram espetacularmente. O motivo da minha visita foi o fato de a companhia ter sido indicada, por alguns altos funcionários do sindicato internacional e por cidadãos da região, como digna de ser incluída numa série de estudos sobre relações construtivas entre sindicato e administração.
>
> A história contada pela direção dessa companhia era tão simples que seria inacreditável, não fosse a prova de sua veracidade. A companhia tinha sido perseguida por um sindicato violentamente hostil. Os líderes sindicais locais, eleitos pela minoria de membros que se davam ao trabalho de votar nas eleições, eram os piores "criadores de caso" da companhia. As negociações eram uma farsa, as reclamações eram apresentadas às centenas e levadas até o fim, independentemente do seu mérito, as greves ilegítimas eram freqüentes e a restrição de produção era generalizada.
>
> Um membro influente da alta direção convenceu os seus colegas, depois de muitas discussões calorosas, a

adotarem uma nova abordagem. Acreditando que a maioria dos empregados eram seres humanos decentes que reagiriam com sensibilidade a um tratamento justo, a abordagem que propunha consistia em demonstrar, por todas as maneiras possíveis, a sinceridade e a integridade da administração. As publicações dirigidas aos empregados deixariam de assumir posições de defesa em relação às práticas gerenciais. Se ao julgar uma reclamação ficasse evidente que a administração não tinha razão, o erro seria admitido abertamente e imediatamente retificado. O segredo (motivado pelo receio de que o sindicato tirasse partido da informação) seria substituído por total abertura e franqueza. Vários esforços seriam feitos para ajudar a média e baixa gerência a compreender e adotar essa filosofia na sua prática diária.

Em dois anos a relação toda tornara-se diferente em conseqüência dessa mudança na estratégia gerencial. Todo o mundo com quem conversei insistiu em que não houve nenhuma outra mudança que pudesse explicar o que acontecera. A liderança do sindicato foi substituída por um grupo de indivíduos capazes e muito respeitados, as reclamações baixaram para o nível normal, as negociações passaram a ser conduzidas com boa-fé e num clima de moderação, as greves ilegítimas caíram a zero.

A gerência estava ainda espantada e um pouco incrédula. E eu só me lembrava do sábio comentário de Clinton Golden: "De modo geral, no final das contas, a administração tem o tipo de relações sindicais que merece."

As pressuposições básicas – as considerações teóricas – influenciam o comportamento gerencial não só em relação às políticas, procedimentos e técnicas, como também em relação aos aspectos sutis do comportamento diário que determinam o "clima" das relações humanas. Essas manifestações diárias de teoria e atitudes, por sua vez, afetam as expectativas dos subordinados quanto à sua capacidade de atingir os seus objetivos e de satisfazer as suas necessidades através da filiação à organização. As políticas, os programas e os procedimentos formais serão administrados, e percebidos também, à luz do clima gerencial. A sua importância é primordial – a "engrenagem" da administração vem em segundo lugar.

Referências

Kahn, Robert e Katz, Daniel, "Leadership Practices in Relation to Productivity and Morale." In: D. Cartwright e A. Zander, *Group Dynamics: Research and Theory*, Evanston, Ill., Row, Peterson & Company, 1953.

Kahn, Robert L., Mann, Floyd C. e Seashore, Stanley, "Human Relations Research in Large Organizations", *Journal of Social Issues*, vol. 12, nºs 1 e 2, 1956.

Kline, Bennet E. e Martin, Norman H., "Freedom, Authority and Decentralization", *Harvard Business Review,* vol. 36, nº 3, maio-jun. de 1958.

Leavitt, Harold J., "Small Groups in Large Organizations", *The Journal of Business*, vol. 28, nº 1, 1955.

Likert, Rensis, "Developing Patterns of Management", American Management Association, General Management Series, nº 182, 1956.

Pelz, Donald C., "Influence: A Key to Effective Leadership in the First-line Supervisor", *Personnel*, vol. 29, nº 3, 1952.

Walker, Charles R., Guest, Robert H. e Turner, Arthur N., *The Foreman on the Assembly Line*, Cambridge, Mass., Harvard University Press, 1956.

Capítulo XI

Relações entre assessoria e linha

Reconhece-se, hoje, a importância das relações entre superior e subordinado e dá-se bastante atenção ao seu desenvolvimento e conservação. Há uma outra relação interdependente, contudo, que tem sido menos estudada, não sendo ainda bem compreendida a importância do seu clima para o bem-estar da empresa. É a relação entre a assessoria e a linha.

A teoria tradicional de organização trata das relações entre assessoria e linha em termos, naturalmente, do princípio de autoridade. A cadeia central de comando é a de operações; as outras funções proporcionam serviços e conselhos para a linha. Não podem ter autoridade (exceto dentro de suas próprias funções) porque isso violaria o princípio de unidade de comando segundo o qual todo e qualquer indivíduo só pode ter um chefe. Pode haver, é claro, mais do que uma função de linha (vendas, por exemplo), desde que haja suficiente independência, de forma que não se viole o princípio de unidade de comando.

Um segundo princípio importante é o de que a autoridade deve ser igual à responsabilidade. Visto que a linha requer certos serviços para dar conta de suas responsabilidades, deve ter autoridade sobre eles.

Esses princípios podem ser formalmente reconhecidos nos organogramas e nas descrições de funções, mas nunca seriam deduzidos da realidade da vida organizacional! Todos os membros da baixa e média gerência de linha são sujeitos a influências dos grupos de assessoria, as quais não se distinguem, psicologicamente, da autoridade exercida pelos seus superiores de linha.

> Tais influências não são exercidas só pelos que estão situados na hierarquia superior à do gerente. Um funcionário da tesouraria pode vetar um item relativo a gastos no orçamento de um gerente geral; a proposta de aumento de salário, feita por um superintendente de fábrica, pode necessitar da aprovação de um funcionário do departamento de pessoal. O fato de essas pessoas da assessoria estarem obedecendo a procedimentos formalmente aprovados pela linha não altera a natureza psicológica da influência envolvida, ou das reações suscitadas.

Nos manuais sobre a organização encontramos circunlóquios rebuscados que tentam reconciliar essas inconsistências. Todavia, eufemismos como "coordenação", "a autoridade do conhecimento" e "agir em nome de" não escondem o fato de que a tradicional distinção entre assessoria e linha, em termos de autoridade, é uma ilusão. A organização industrial é um complexo de relações interdependentes, e interdependência significa que cada uma das partes pode afetar a capacidade de as outras alcançarem seus objetivos e satisfazerem suas necessidades. Enquanto a estratégia gerencial básica for a de direção e controle, formas autoritárias de influência exercidas pelos grupos de assessoria se insinuarão nas relações, sejam quais forem os princípios lógicos adotados. A luta pelo poder num ambiente em que a consecução do objetivo depende do exercício dele não será eliminada pelo apelo à lógica.

O clima das relações entre órgãos de assessoria e linha, hoje, não reflete a qualidade de confiança mútua descrita no capítulo X. Bem tipicamente, os grupos de assessoria são vistos, pelos gerentes de linha, como um "estorvo", mais do que como uma fonte de auxílio. Estes os vêem como pessoas tão preocupadas com suas especialidades limitadas que não se interessam pelo bom funcionamento do negócio como um todo. A seu ver, os conselhos da assessoria são geralmente pouco práticos, comumente cercados de procedimentos superpadronizados e burocráticos. Como disse um gerente de linha que estava lidando com alguns problemas difíceis das relações entre sindicato e direção: "Quero distância da assessoria. Eles só atrapalham."

Os grupos de assessoria, por outro lado, freqüentemente têm uma visão preconceituosa da linha. Para eles, os gerentes de linha estão exclusivamente preocupados em manter a sua autoridade e independência, não valorizam as qualificações profissionais e o trabalho dos grupos de assessoria, e são basicamente avessos à mudança e ao progresso.

Essas atitudes são muitas vezes disfarçadas sob a capa de brincadeiras e piadas que mal conseguem esconder a hostilidade mútua. Há exceções, é claro, mas de modo geral as relações entre assessoria e linha estão longe de ser ideais. Nas conversas em particular com qualquer um dos dois grupos, um comentário casual sobre o outro é muitas vezes suficiente para suscitar uma torrente de comentários depreciativos intercalados de exemplos enfatizados pela observação: "Veja se não é o cúmulo!" A impressão que se tem é de que estão se servindo de um "bode expiatório".

A linha utiliza a assessoria

Há muitos fatores causais por trás desse estado de coisas bastante insatisfatório. Um dos mais importantes, a meu ver, se relaciona com a crescente consciência, por parte da gerência de linha, da inadequação da autoridade como meio exclusivo de controle gerencial. Entretanto, a consciência está mais no nível da prática do que da teoria, e isso é causa de muita dificuldade.

O recurso exagerado à autoridade suscita oposição da parte dos subordinados. Até mesmo o gerente convicto das pressuposições da Teoria X se torna consciente disso. A delegação é uma das alternativas oferecidas como solução desse problema. Esse princípio, tal como é comumente apresentado, enfatiza idéias tais como "situar a decisão perto do ponto de ação", controlar os subordinados "através da política", fazer "supervisões mais gerais do que detalhadas", e permitir aos subordinados "a liberdade de cometer erros".

> O gerente de nível mais alto que sustenta a Teoria X pode, comumente, aceitar a idéia de delegação, mas quando a põe em prática, se defronta com a perda do controle no qual se baseia toda a sua concepção de gerência. Vê-se indefeso diante da possibilidade de que sejam tomadas decisões infelizes; a produtividade pode decair, e a situação pode ficar incontrolável. Como ele não tem verdadeira confiança nos seus subordinados, esses medos podem ser reais.
>
> Felizmente, como ele normalmente acaba por descobrir, há uma saída para evitar o dilema. Ele pode delegar e ainda manter o controle. Não precisará se apoiar diretamente na autoridade *se puder atribuir a outrem* a responsabilidade de (1) assegurar que seus subordinados permaneçam dentro dos limites da política e (2) coletar e fornecer-lhe os dados que lhe permitam saber o que está acontecendo em tempo de intervir antes que surjam problemas sérios.
>
> Para isso, ele começa a usar os grupos de assessoria, tais como tesouraria, recursos humanos e engenharia, para desenvolver e administrar um sistema de controles gerenciais. Quando adota uma política, atribui ao órgão assessor apropriado a responsabilidade de elaborar os

procedimentos necessários e garantir que sejam obedecidos. (Afinal de contas, ele tomou a decisão essencial; que os especialistas cuidem dos detalhes. Além do mais, ele não pode perder o seu tempo se preocupando em ver que os procedimentos específicos sejam obedecidos; sua preocupação é com a política e os resultados. Deixa que a assessoria "coordene" a implementação.)

Como gerente, é responsabilidade sua saber o que está acontecendo. Não pode abdicar dela, mesmo que delegue poderes. Se puder ter relatórios diários sobre certos aspectos cruciais da operação, e relatórios semanais e mensais sobre outros aspectos, poderá, com pouca perda de tempo (e sem "ficar em cima" de ninguém, no velho estilo autoritário) delegar sem perder a sua capacidade de direção e controle.

Num retoque final, ele descobre o princípio de "gerência por exceção". Não há necessidade de estudar uma batelada de relatórios detalhados sobre as atividades de seus subordinados. A assessoria pode fazer isso por ele e preparar relatórios que indiquem apenas as coisas que estão fora da ordem e que, portanto, requerem a sua atenção. Ele pode até dar um passo mais e atribuir à assessoria a tarefa de investigar as "variações" e corrigi-las – levando ao seu conhecimento apenas aquelas que não podem ser tratadas pela própria assessoria.

Agora as coisas estão em ordem. Ele não exerce mais uma autoridade imediata e direta sobre os seus subordinados. Delegou-lhes poderes. Dirige agora por meio de política; as decisões são tomadas no nível em que se situa a ação; seus subordinados têm a liberdade de cometer enganos. Não há riscos nisso porque ele tem um grupo de assessoria composto de especialistas que acompanham de perto todos os aspectos importantes das operações. Ele pode se preocupar com problemas mais globais, com a formulação da política, com os aspectos mais importantes da gerência, porque as coisas estão "sob controle". Se alguma coisa não está como devia ser, ou a assessoria se encarregará de corrigi-la, ou o notificarão de modo que ele possa cuidar do caso antes que surjam dificuldades sérias.

Uma bela situação – ou uma palhaçada? Isso depende das suas pressuposições teóricas. Há manuais, artigos e firmas consultoras que ajudarão a montar esse tipo de estratégia gerencial, complementada com mapas de controle e sinais coloridos. Naturalmente, será preciso prever algumas conseqüências. Os órgãos de assessoria transformaram-se agora em polícia, exercendo, por procuração, a autoridade direta "abandonada" pela linha. Surgirão contramedidas bem conhecidas, mas serão dirigidas contra a assessoria e, como a assessoria não é especialmente temida, nem respeitada, as contramedidas poderão até ser mais eficazes do que se fossem dirigidas contra a gerência de linha. Há bom número de pesquisas indicando que os grupos da média e baixa gerência tendem a desenvolver mecanismos de defesa que, embora mais elaborados e consideravelmente mais dispendiosos para a organização, são psicologicamente idênticos aos desenvolvidos pelos operários para frustrar a administração dos planos de incentivo individual.

> Uma grande e bem-sucedida companhia manufatureira descobriu, recentemente, depois de mudar a gerência de uma importante divisão, algo que a alta direção da companhia chamou de "estarrecedor": provas de falsificação dos dados de produção e de qualidade, de informações falsas sobre custos, e de descaso da manutenção preventiva, que se estendiam por vários anos. Os grupos dos órgãos centrais de assessoria, e mesmo os assessores de nível superior da divisão, ignoravam totalmen-

te a situação que foi revelada com a mudança da gerência de linha.

Os custos não serão insignificantes: os gerentes subordinados desenvolverão rapidamente seus próprios mecanismos de coleta de dados (utilizando o tempo dos funcionários do escritório) para garantir que saberão pelo menos tanto quanto a assessoria o que é que está acontecendo. Muitas horas por pessoa serão consumidas pela assessoria para descobrir a causa de variações que já foram descobertas e corrigidas na fonte. Desenvolver-se-ão métodos engenhosos de frustrar os procedimentos de controle da assessoria, e a assessoria será mantida ocupada em desenvolver novos procedimentos para substituí-los. O antagonismo entre linha e assessoria impedirá o tipo de colaboração que é essencial para a consecução dos objetivos organizacionais. (Exemplos, como o citado no capítulo VIII, dos empregados que "seguiram a planta" com malicioso prazer, sabendo que o resultado disso seria um produto insatisfatório, serão multiplicados várias vezes nos vários níveis gerenciais.) Os controles que o superior demonstra, por seus atos, serem importantes para ele serão cuidadosamente observados pelos subordinados; os outros serão ignorados.

Se as vantagens obtidas valem esse preço, essa forma de "delegação e controle" funciona de certa maneira. Os seres humanos são extraordinariamente adaptáveis. Basicamente, porém, há poucas práticas gerenciais que produzem tantas conseqüências negativas para a organização como essa de atribuir responsabilidades de controle à assessoria. Não importa que a minha análise das razões dessa prática seja correta ou não; o fato é que, sob as mais diversas formas e graus, é uma prática bastante difundida.

Acredito que esses fenômenos sejam responsáveis, em boa parte, pelo "efeito sanfona" observado freqüentemente em grandes companhias. Primeiro, há um grande movimento de descentralização. Alguns anos mais tarde, depois de pago o preço das conseqüências acima descritas, a alta direção decide que as coisas tornaram-se incontroláveis, e reorganiza-se tudo de novo no sentido da centralização. A dificuldade de se controlar de maneira centralizada uma organização grande e complexa leva, depois de algum tempo, a uma nova tentativa de descentralização. Há indícios de que esse ciclo ocorre também na indústria soviética, embora as manifestações que vêm à tona sejam diferentes.

A lógica que sustenta a estratégia de controle esboçada acima é tão sutilmente persuasiva que é difícil argumentar contra ela: cada gerente é responsável pelos resultados dentro daquele setor da organização que está sob a sua supervisão. Ele tem de prestar contas aos que lhe estão acima. Obviamente, não pode exercer a sua responsabilidade a menos que (1) saiba o que está acontecendo dentro da unidade, e (2) seja capaz de fazer alguma coisa a respeito daquilo que não vai bem.

Essa lógica é inatacável, se aceitamos as pressuposições da Teoria X: que a maioria das pessoas têm de ser obrigadas a fazer o que é necessário para o sucesso da organização, que elas não querem assumir responsabilidades, que têm capacidade limitada. A gerência por direção e controle inevitavelmente acaba em estratégias semelhantes à que acabamos de examinar.

> O grupo central de assessoria de uma grande organização, que tem a responsabilidade de administrar um elaborado sistema de controle através da companhia toda, exprime abertamente a idéia de que a única maneira de manter a média e baixa gerência atenta é medir constante e minuciosamente o seu desempenho, sem poupar o acicate.

As pressuposições da Teoria Y, porém, negam essa concepção da gerência e, portanto, a lógica decorrente dela. Os seres humanos possuem um "mecanismo de controle" interno que pode tornar em grande parte ineficaz qualquer forma de controle externo. Isso se verifica até mesmo na coerção física, sob certas condições. Entretanto, sob condições adequadas, eles exercerão *auto*direção e *auto*controle a serviço de objetivos com os quais se comprometeram. Todos os pais aprendem essas verdades com a passagem de seus filhos para a idade adulta. Os pais não podem mais controlar o comportamento deles depois de crescidos. A menos que, a certa altura, comecem a confiar na capacidade de autodireção e autocontrole deles, sentir-se-ão impotentes em relação aos filhos que caminham para a maturidade. A tarefa dos pais, portanto, é a de ajudá-los a descobrir objetivos socialmente aceitáveis com os quais possam se comprometer, e reduzir gradualmente o seu controle externo à medida que vão aprendendo a exercer autocontrole. Dessa maneira, a grande maioria dos filhos se tornam membros adultos e responsáveis da sociedade.

O gerente industrial está lidando com adultos que são apenas parcialmente dependentes. Eles podem usar – e realmente usam – de extraordinária engenhosidade para frustrar as finalidades dos controles externos contra os quais se ressentem. Contudo, eles podem aprender – e aprendem de fato – a exercer autodireção e autocontrole, sob condições adequadas. A tarefa do gerente é a de ajudá-los a descobrir objetivos que se harmonizem tanto com as necessidades organizacionais como com as suas próprias aspirações pessoais, e fazer isso de maneira a estimular verdadeiro compromisso com esses objetivos. Além disso, a sua tarefa é *ajudá-los* a alcançar esses objetivos: agir como professor, consultor, colega e só raramente como chefe autoritário. Não os ajudará se tentar manter a direção e o controle nas suas próprias mãos; isso só lhes dificultará o crescimento e os estimulará a desenvolver contramedidas em oposição a ele. Nem os ajudará a atingir os objetivos organizacionais criando uma força policial, sob as suas ordens, que assuma, em parte ou totalmente, a tarefa de controle. Isso pode desviar o ressentimento, mas intensificará as conseqüências negativas.

Só poderá ajudá-los se estiver preparado para abdicar do controle em sentido convencional, e se tiver suficiente confiança na boa vontade e na capacidade deles para atingir os objetivos organizacionais a ponto de poder correr o risco de alguma falta de discernimento e de alguns enganos como o preço natural do crescimento deles.

> No campo de vendas a varejo, especialmente durante os últimos dois anos, algumas mudanças na atitude gerencial resultaram em experiências instrutivas. Um certo número de casas de venda por reembolso e grandes magazines aboliram os complicados procedimentos de controle para os casos de devolução de compras. Constatou-se que, de modo geral, os fregueses são honestos e que é consideravelmente mais barato substituir uma compra devolvida, sem maiores problemas, do que manter procedimentos complicados de policiamento e investigação. Sem dúvida, algumas pessoas são desonestas. A questão, porém, é saber o que é mais barato: estabelecer procedimentos para lidar com a grande maioria das pessoas honestas, ou criar procedimentos para lidar com as poucas desonestas. Neste campo, pelo menos, os dados são claros: a primeira estratégia é economicamente superior.

E a assessoria?

A maneira inepta de a gerência de linha se utilizar dos grupos de assessoria é apenas uma das várias causas das relações insatisfatórias entre assessoria e linha. Uma outra, e talvez de igual importância, é a concepção que os especialistas da assessoria têm do seu papel. Apesar da ênfase muito maior que é dada hoje às ciências sociais no currículo das faculdades, o engenheiro, ou o contador, ou o especialista em recursos humanos, entra na indústria, de modo geral, com pouca compreensão do papel difícil que terá de assumir se quiser se tornar membro efetivo de um grupo de assessoria. A sua formação é centrada no conteúdo de sua especialidade, seus métodos e suas técnicas. Raramente se chega a abordar os complexos problemas que acompanham a utilização efetiva do seu conhecimento e de suas habilidades especializadas numa organização. Ele é, de modo geral, completamente ingênuo no que diz respeito aos seus papéis e suas relações profissionais.

Sua formação, na realidade, tende a deixá-lo extraordinariamente vulnerável. Ele aprendeu a encontrar "a melhor resposta". Tem grande confiança na objetividade de suas técnicas científicas. Sua expectativa natural é de que as soluções resultantes da aplicação dessas técnicas sejam imediatamente aceitas, com mil agradecimentos, pela organização. A gerência por direção e controle lhe parece perfeitamente razoável, sendo que, para ele, a última palavra deve estar com "a autoridade do conhecimento". Nenhum ser humano de bom senso poderia contestá-la.

Em pouco tempo ele descobre, é claro, que muitos dos seus companheiros, membros da organização, não são seres humanos de bom senso. Não só não se impressionaram tanto assim com ele como pessoa, como freqüentemente rejeitam os resultados objetivos de seus estudos científicos, ou se recusam a usar as suas técnicas mais modernas.

Bem depressa ele conclui que muitos gerentes de linha são estúpidos, relativamente desinteressados do bom funcionamento da organização, preocupados em manter a sua autoridade e independência.

Nessas circunstâncias, sente-se mais do que feliz em aceitar a incumbência de desenvolver um sistema de medidas para o controle das operações da gerência de linha. Se for contador ou engenheiro, provavelmente dará muito valor à padronização e a procedimentos e normas bem elaborados. A função coordenadora é seu prato especial. Eis aí um meio de minimizar os elementos subjetivos e imprevisíveis do comportamento humano e conseguir o tipo de direção e controle que realmente aumentará a eficiência da empresa. Agora sim, ele poderá pôr em uso a sua formação e os seus talentos. E, finalmente (e inconscientemente), eis aí o meio de se vingar daqueles fulanos que não reconhecem ou não compreendem o valor de seu campo de especialidade.

Esse não é, certamente, um estado de coisas universal, mas é suficientemente comum para criar dificuldades generalizadas nas relações entre assessoria e linha. A Teoria X é uma teoria que se harmoniza com a mentalidade de um bom número de especialistas da assessoria. Ela explica o mundo organizacional exatamente como eles o percebem. A gerência por direção e controle é uma maneira natural de viver, não só em relação aos seus subordinados na função de assessoria, como em relação aos níveis médio e baixo da gerência de linha.

O poder da assessoria

A ironia dessa situação é que é a assessoria, e não a linha, que está começando a deter o poder real na sociedade industrial moderna. À parte o fato de herdarem a função de controle, são os grupos de assessoria que permitem à gerência resolver os problemas cada vez mais intrincados do mundo moderno – nos campos financeiro, técnico, científico, legislativo, econômico e humano. O seu conhecimento e formação nas suas especialidades, suas técnicas para análise e resolução de problemas são absolutamente essenciais para o sucesso da empresa moderna.

Conseqüentemente, temos uma estranha inversão da teoria convencional da organização: a linha – a cadeia autoritária central e fundamental de comando – está se tornando cada vez mais dependente de um número considerável de grupos de assessoria especializada. Ao mesmo tempo, os grupos de assessoria – os grupos de consulta e de prestação de serviços que "não podem exercer autoridade" por causa da necessidade lógica de unidade de comando –, em virtude da importância de seu conhecimento e habilidade e porque receberam da direção a delegação das funções de coordenação e controle, estão se tornando o núcleo influente e dominante da organização. Numa companhia muito grande, 70% do pessoal acima do segundo nível de supervisão são assessores, e a proporção está crescendo.

Indiretamente, talvez, mas definitivamente e cada vez mais, a *organização industrial moderna está sendo dirigida pela assessoria.* Seu conhecimento e suas técnicas influenciam profundamente as grandes decisões; é a assessoria que elabora e administra procedimentos, e as suas funções de controle dominam boa parte da direção e controle dos recursos humanos da empresa.

O País das Maravilhas de Alice não era, afinal de contas, um lugar tão estranho assim.

Referências

Argyris, Chris, "Human Problems with Budgets", *Harvard Business Review*, vol. 31, nº 1, jan.-fev. de 1953.

Dalton, Melville, *Men Who Manage.* Nova York, John Wiley & Sons, Inc., 1959.

Glover, J. G. e Maze, C. L., *Managerial Control.* Nova York, The Ronald Press, 1937.

Myers, Charles A. e Turnbull, John G., "Line and Staff in Industrial Relations", *Harvard Business Review*, vol. 34, nº 4, jul.-ago. de 1956.

Capítulo XII

Para maior colaboração entre assessoria e linha

O problema que temos diante de nós é criar um clima de confiança mútua nas relações entre assessoria e linha que estimule a colaboração na consecução dos objetivos organizacionais em vez de incitar à luta de guerrilha. Para se criar esse clima é preciso que tanto a linha como a assessoria compreendam que muitas das suas atuais tentativas de influenciar o comportamento são tão absurdas como se estivessem a cavar canais para a água subir morro acima. As mudanças necessárias simplesmente não podem ocorrer enquanto as pressuposições básicas forem as da Teoria X. Como vimos, mesmo os conceitos tão ricos como os da delegação e descentralização são completamente distorcidos quando aplicados dentro dessa estrutura teórica.

No que diz respeito à linha, a maioria das mudanças de estratégia sugeridas pela Teoria Y, e discutidas anteriormente neste livro, são aplicáveis às suas relações com a assessoria. Há, contudo, duas outras considerações que se aplicam de maneira especial a essas relações. A primeira está ligada ao princípio tradicional segundo o qual a autoridade deve ser igual à responsabilidade.

A não-correspondência entre autoridade e responsabilidade

A lógica é, de novo, impecável: um indivíduo não pode ser legitimamente responsabilizado por coisas que ele não pode controlar. Todavia, como vimos, a suposição de que ele as *possa* controlar mediante o uso de autoridade é ilusória. Já vimos o que acontece quando o gerente deixa de reconhecer a interdependência envolvida nas suas relações com os seus subordinados. Conseqüências semelhantes se seguem quando se ignora a interdependência entre assessoria e linha.

É reconhecidamente embaraçoso e frustrante ser responsável pela consecução de objetivos dentro de condições nas quais não se pode controlar os fatores que influem na situação. Seria muito melhor se a realidade fosse diferente. Entretanto, dadas as complicadas interdependências da vida moderna, vemo-nos freqüentemente nessa situação. Os pais – responsáveis perante a sociedade pela educação de seus filhos para que sejam cidadãos eficientes – não podem controlar, a não ser em sentido muito limitado, todas as influências exercidas sobre os seus filhos (o sistema de educação formal é um exemplo óbvio). Os líderes do governo federal, responsáveis pela manutenção da paz com outras nações, vêem-se limitados da mesma forma.

A gerência industrial é responsável, perante os acionistas, pelo sucesso econômico da empresa. Todavia, não pode *controlar* as preferências dos consumidores, ou suas atitudes em relação à poupança ou à compra de mercadorias, nem a saúde econômica geral da nação, nem os órgãos legislativos municipais, estaduais ou federais, nem uma infinidade de outros fenômenos, entre os quais se inclui o comportamento dos subordinados dentro da organização. Pode *influenciar* muitas dessas variáveis determinantes; não as pode controlar – especialmente no sentido estrito de exercer autoridade sobre elas.

A realidade da vida organizacional moderna coloca o gerente de qualquer nível da organização numa posição na qual ele não pode controlar muitas coisas que afetam os resultados pelos quais ele é responsável. É realmente absurdo enfatizar a lógica segundo a qual sua autoridade deve corresponder à sua responsabilidade. Se ele não confia nos seus subordinados ou nos grupos de assessoria, se conta apenas com indiferença, antagonismo e falta de responsabilidade da parte deles, a sua situação será realmente muito difícil. Esse princípio irrealista o estimulará a recorrer aos tipos e métodos de controle inadequados descritos nos capítulos precedentes. E o encorajará, também, a tentar exercer autoridade sobre os grupos de assessoria, criando, assim, outros problemas.

> O atrito que se verifica comumente entre os níveis inferiores de gerência de linha de produção e a função de manutenção é criado, pelo menos até certo ponto, pela frustração do gerente de produção que se vê incapaz de exercer autoridade sobre aqueles que mantêm o equipamento pelo qual ele é responsável. Entretanto, na minha experiência, esse atrito existe sempre, quer a manutenção seja estabelecida como assessoria (e nesse caso o chefe de seção detém a necessária autoridade), quer como parte de um departamento separado de engenharia de linha (e nesse caso o chefe de seção não tem autoridade sobre os que mantêm o seu equipamento). Nos poucos casos em que encontrei colaboração verdadeiramente efetiva entre esses grupos incluíam-se exemplos de *ambos* os tipos de relação formal.

A exigência de que a autoridade corresponda à responsabilidade não só é impossível de ser satisfeita, como é logicamente desnecessária, *exceto dentro de um sistema que faz da autoridade o único meio de influência.* O requisito prévio indispensável para a melhoria das relações entre assessoria e linha é que se abandone a suposta condição necessária e, com ela, o corolário segundo o qual a linha exerce autoridade sobre a assessoria. Os dois grupos são interdependentes, e o recurso exclusivo à autoridade nessa relação é tão inadequado quanto na relação entre superior e subordinado.

Naturalmente, terá que ser também abandonada a prática, por parte de qualquer nível de gerência de linha, de se atribuírem, aos grupos de assessoria, responsabilidades que acarretam o exercício de autoridade (disfarçada, ou não, por termos como "coordenação", ou "gerência por exceção") sobre os níveis inferiores da organização. Vamos ver o que isso significa na prática.

O princípio de autocontrole

A maneira de o gerente utilizar os grupos de assessoria, dentro do contexto da Teoria Y, enfatizará o princípio de autocontrole. Considerando a assessoria como um recurso para a organização toda, ele não se servirá dos seus diversos grupos de nenhuma maneira que possa, ao mesmo tempo, ameaçar os seus subordinados (como no caso em que os usa como polícia).

No que diz respeito aos dados e relatórios compilados pelos grupos de assessoria, o princípio de autocontrole exige que sejam fornecidos a cada membro da gerência para que controle *o seu próprio* trabalho e não o de seus subordinados. A delegação significa que ele se interessará pelos *resultados* das atividades e não pelos detalhes do desempenho diário deles. Isso exige um grau de confiança neles que lhe permita aceitar certos riscos. Se ele não enfrentar esses riscos, não haverá delegação.

Todo gerente tem direito a todos os dados que quiser para a finalidade de autocontrole. Se, todavia, os dados forem analisados de maneira a revelar o desempenho diário de cada um dos subordinados, não serão mais dados para autocontrole. A sua maneira de usar essa informação vicia completamente a idéia de delegação. (O mesmo naturalmente se dirá caso ele atribua à assessoria a responsabilidade de "controlar" os seus subordinados por esse meio.)

Esta é uma concepção radical. Significa, por exemplo, que o gerente de uma divisão disporá de dados sobre a *divisão*, mas não sobre os departamentos e funções individuais dentro dela. Ele pode querer ter dados sobre a divisão como um todo em base diária; pode querer uns poucos dados gerais, ou pode desejar informação sobre vários aspectos do desempenho da divisão. As suas preferências é que determinam a informação que lhe será fornecida, desde que não requeira detalhes sobre o desempenho dos subordinados individualmente. Seus subordinados, por sua vez, agirão da mesma forma, cada um examinando qualquer informação que julgue importante para controlar o seu próprio trabalho, mas não o de seus subordinados.

Se esses dados resumidos indicarem ao gerente que alguma coisa está errada dentro da unidade organizacional pela qual é responsável, ele recorrerá ao auxílio de seus subordinados, não da assessoria, para analisar e corrigir o problema. Não atribuirá aos "policiais" da assessoria a tarefa de descobrir o "culpado". Se os seus subordinados têm dados para controlar as suas próprias funções, é provável que já tenham detectado a dificuldade, corrigindo-a eles mesmos, ou procurando ajuda para isso.

Esses procedimentos parecerão, a muitos gerentes, absurdamente restritivos. São formulados dessa forma a fim de deixar perfeitamente claras as implicações do conceito de autocontrole. Na prática, talvez devam ser aceitos mais como um ideal do que como exigências formais.

O conceito de autocontrole é relativo, não absoluto. Pode haver um grau maior ou menor dele, dependendo de uma variedade de circunstâncias. Um subordinado que é novo na função não está, obviamente, em situação de assumir a responsabilidade de completo autocontrole. Ele e seu superior poderiam, portanto, concordar em discutir detalhadamente os dados relativos ao seu desempenho a intervalos freqüentes. Quando, temporariamente, é dada importância decisiva a uma fase do desempenho organizacional, pode haver necessidade de se reduzir o grau normal de autocontrole. O superior poderia, nessas circunstâncias, fazer um acordo com os seus subordinados no sentido de discutirem imediatamente com ele qualquer alteração importante relativa a essa variável.

O gerente que compreende o princípio de autocontrole e está comprometido com ele estará pronto a adaptar as suas táticas de diversas maneiras, de acordo com as circunstâncias. Além do mais, os seus subordinados estarão plenamente conscientes do que ele está fazendo e por quê. Sabendo do seu compromisso com o princípio, aceitarão sem dificuldade as necessidades impostas pela realidade. De fato, quando há compreensão e compromisso adequados, pouco importa o tipo de dados recebidos pelo gerente. O problema está no abuso administrativo que deles fazem os gerentes (de linha ou de assessoria) que não compreendem as implicações do autocontrole ou não estão empenhados na aplicação desse princípio. Basta observar um pouco para se constatar com são comuns esses abusos hoje. Um fator importante que contribui para isso é a quase total falta de interesse pelas implicações do autocontrole, na literatura sobre os controles gerenciais.

> Ouço freqüentemente gerentes se queixarem do fato de os subordinados "hoje em dia" não quererem assumir responsabilidades. Dizem eles: "Eu delego, mas eles não querem responsabilidade." Tenho me interessado em notar a freqüência com que esses mesmos gerentes mantêm sob contínua vigilância o desempenho diário dos subordinados que estão, às vezes, dois ou três níveis abaixo deles.

O ponto fundamental da questão, e o segundo requisito prévio indispensável para a melhoria das relações entre assessoria e linha, é que a administração por integração e autocontrole implica a pressuposição segundo a qual o subordinado pode ser ajudado a assumir a responsabilidade de sua função e que ele – não o seu superior ou o superior de seu superior – deve ter os dados de que necessita para controlá-la.

Um dos frutos principais do uso crescente de especialistas na assessoria da indústria, nas últimas duas décadas, foi a criação de uma elaborada "tecnologia da informação". Temos hoje métodos de mensuração e de coleta e análise de dados que seriam inimagináveis há um quarto de século. Esse progresso traz consigo um poder tremendo. E o futuro guarda ainda a promessa de desenvolvimento ainda mais espetacular.

A tragédia reside na maneira como está sendo usado o poder que esse progresso de conhecimento nos dá. Deixamos de atingir os fins que são postos ao nosso alcance por não revermos as nossas pressuposições básicas. Considerado de maneira superficial, o "controle" parece ser um conceito simples e prático, quando, na verdade, é extremamente complexo.

A estratégia de controle sugerida pela Teoria X atribui à assessoria um papel muito diferente do que ela tem hoje. Esse papel modificado (que implicaria expectativas diferentes, tanto da parte da linha como da assessoria) representa um requisito crucial para a criação de um clima de confiança mútua no qual os dois grupos possam colaborar efetivamente para a consecução dos objetivos da empresa.

O papel que convém à assessoria

O papel que convém a qualquer órgão importante de assessoria (com exceção de uns poucos, como por exemplo o departamento de previsão econômica, cujas relações são relativamente limitadas) é o de dar assistência profissional *a todos os níveis da gerência.* Em alguns casos, como o da engenharia, a assistência é dada principalmente a uma ou duas funções, por exemplo produção e vendas. Em outros casos, como o da contabilidade e pessoal, a assistência é dada a todas as outras funções.

A natureza hierárquica da organização tem levado a focalizar a atenção na assistência dada ao nível no qual a assessoria presta contas. As recompensas e punições para os membros da assessoria vêm daí. Além disso, o prestígio e o status são tanto maiores quanto mais alto for o nível de "ligação". Em grandes companhias, onde há grupos de assessoria da administração central e da base, é especialmente importante que os grupos da cúpula reconheçam e assumam as suas responsabilidades de ministrar ajuda a *todos* os níveis da gerência.

A prestação de assistência profissional é um processo sutil e complexo. Talvez o ponto mais crítico – e o mais difícil de se ter claro em mente – seja o da definição da assistência: ela é sempre definida por quem a recebe. Agir em relação a alguém porque "é melhor para ele", ou porque "é para o bem da organização" pode significar exercer influência sobre ele; só será um ato de assistência *se ele o perceber como tal.* Os grupos de assessoria da administração central tendem a racionalizar, de maneira paternalista, os efeitos de muitas de suas atividades na organização de base e, conseqüentemente, não percebem que estão recorrendo a meios inadequados de controle. Quando a influência não dá certo, a reação é sempre a mesma: os que receberam a "assistência" são vistos como hostis, estúpidos, indiferentes às necessidades organizacionais, etc. A prestação de assistência, como qualquer outra forma de controle ou influência, exige adaptação seletiva à lei natural. Uma característica importante da "lei natural", neste caso, é que a assistência é definida por quem a recebe.

O conceito de administração por direção e controle traz a implicação de que os grupos de assessoria que prestam contas a um determinado gerente farão o que ele lhes disser para fazer. Se ele atribui uma responsabilidade ao grupo de assessoria que o assiste, mas ao mesmo tempo dificulta o desempenho efetivo dos níveis inferiores da administração, essa é uma prerrogativa sua. Se ele coloca o grupo de assessoria numa posição insustentável ao mesmo tempo de policiais e "assistentes", o problema é dele. O dever do grupo de assessoria é o de obedecer às suas ordens.

Isso apresenta um problema difícil. Um profissional liberal – seja advogado, médico, ou consultor industrial – que se visse nessa situação levantaria a questão de obrigações conflitantes. Sua ética profissional não lhe permitiria prestar assistência a um cliente à custa de outro. Além disso, seus clientes geralmente reconhecem a possibilidade de conseqüências negativas para si mesmos e concordam com essa regra.

O especialista da assessoria profissional interna se vê diante da necessidade de persuadir aqueles a quem presta contas de que estarão prejudicando os seus próprios objetivos se não se abstiverem de criar obrigações conflitantes. O problema não é só ético. Como foi visto em conexão com os problemas de controles gerenciais no capítulo precedente, é um problema de métodos ineficazes em contraposição a métodos eficazes de se atingir objetivos. Nesse ponto os grupos de assessoria enfrentam a necessidade de assumir um papel educativo junto aos seus superiores – uma relação pouco comum, mas não sem precedentes! Na realidade, este é, sob vários aspectos, um papel importante da assessoria.

Examinemos rapidamente quatro tipos de assistência que o grupo típico de assessoria ver-se-á chamado a prestar. Em relação a todos eles deve-se lembrar que a assistência é definida por quem a recebe.

1. *Assistência para o planejamento da estratégia.* O conhecimento especializado e a habilidade no uso de técnicas de pesquisa e análise de problemas de que dispõem os grupos de assessoria são cada vez mais utilizados pela administração, principalmente nos níveis mais altos, no planejamento. Freqüentemente a pesquisa e o conhecimento do grupo de assessoria serão os principais determinantes da política da organização ou da estratégia gerencial.

> O papel da assessoria ao prestar esse serviço pode ser comparado ao papel do arquiteto ao ajudar o cliente a planejar uma casa nova. (A analogia não pode ser levada muito longe porque o papel do arquiteto durante a construção *não* se compara com o da assessoria depois que foi decidida a estratégia gerencial.) O cliente tem idéias a respeito do tipo de casa que deseja, e muita experiência de vida. O arquiteto tem conhecimentos profissionais que podem ajudar o cliente a chegar a ter uma casa que servirá melhor às suas necessidades do que a que ele planejaria sozinho. O problema com o qual se defronta o arquiteto é o de obter uma integração, de suas próprias idéias com as do cliente, que satisfaça o cliente e, ao mesmo tempo, utilize a sua própria competência profissional.
>
> A idéia original do cliente sobre a casa que ele quer pode ser muito ingênua, talvez impraticável, às vezes desnecessariamente dispendiosa. Entretanto, se o arquiteto assume uma atitude arrogante, ou autoritária, em relação às idéias do cliente, pode acabar perdendo o trabalho (a menos que seu prestígio seja tanto que o cliente o aceite de qualquer jeito). Por outro lado, se o arquiteto

simplesmente aceita as idéias iniciais do cliente, independentemente de seu mérito, não estará servindo às finalidades para as quais foi contratado. Havendo uma relação de confiança mútua, e habilidade no papel de consultor, bem como conhecimento profissional, por parte do arquiteto, a necessária integração poderá ser alcançada.

Os grupos de assessoria que assistem a gerência no planejamento da estratégia desempenham um papel semelhante. Se não forem sensíveis às necessidades da administração – expressas e não-expressas –, seu conhecimento profissional não será utilizado. Por outro lado, se tentarem dar servilmente tudo o que a administração exige, sem fazer valer o seu próprio conhecimento profissional, não estarão cumprindo com as suas responsabilidades para com a administração, nem para com a organização como um todo.

> Um colega meu, do departamento de pessoal de uma companhia manufatureira, foi abordado por vários gerentes do escalão médio de um departamento técnico que queriam um curso rápido de leitura para seus subordinados. O diagnóstico deles: os subordinados não davam conta do material que se empilhava sobre as suas mesas porque não tinham suficiente habilidade para ler. Meu colega persuadiu esses gerentes a discutirem melhor o problema com ele. Durante a discussão, decidiram que valeria a pena fazer uma análise mais detalhada da situação, e a fizeram com o seu auxílio. Conclusões: a raiz do problema não estava na habilidade de leitura; estava na atribuição de funções, nas idéias errôneas dos subordinados acerca do que era esperado deles, e outros aspectos da *relação entre esses gerentes e seus subordinados.* A leitura era um fator insignificante.

Os “clientes” não só renunciaram ao seu diagnóstico e prescrição original, como solicitaram o auxílio de meu colega para uma completa reorganização de seu departamento e para o desenvolvimento de um programa que visasse a melhoria de *sua própria* competência gerencial.

Embora alguns grupos de assessoria – o departamento financeiro, por exemplo – estejam principalmente voltados para o planejamento da estratégia junto à gerência de escalão superior, outros prestam esse tipo de serviço profissional muito menos do que poderiam prestar. Muitos grupos de assessoria, por exemplo, ficam tão absorvidos em administrar planos e programas, e em “tapar buracos”, que não assumem essa responsabilidade devidamente. Outros não querem correr os riscos envolvidos na tentativa de convencer a gerência de que os seus diagnósticos e prescrições, sem o auxílio da assessoria profissional, são muitas vezes inadequados. Na realidade, muito pode ser feito na educação da alta direção através de serviço profissional competente durante o planejamento da estratégia. Aqui, a analogia com a relação entre arquiteto e cliente vem a calhar. O que se tem falado, ultimamente, a respeito da “falência” da administração de pessoal pode ser muito significativo precisamente sob esse aspecto.

2. *Assistência para a solução de problemas.* Esta forma de serviço profissional não é diferente da envolvida no planejamento de estratégia, exceto em dois aspectos: (1) está ligada a problemas específicos e mais imediatos, e (2) é prestada a todos os níveis da organização. O papel da assessoria, aqui, é exatamente o mesmo.

O perigo que acompanha esse tipo de assistência profissional (em contraste com o planejamento da estratégia junto à alta direção) é que os grupos de assessoria esquecem muito facilmente, nas suas transações com a gerência média e inferior, que o serviço é definido por quem o recebe. Um dos passatempos favoritos dos grupos centrais é decidir, lá do alto de suas torres de marfim, quais as necessidades da organização de base, planejar e elaborar programas para satisfazer a essas "necessidades". Depois é preciso fazer com que a gerência de base aceite a assistência oferecida, assumindo então a assessoria um papel diferente: o de persuadir as gerências média e inferior a utilizarem os seus programas. A palavra "vender" é muitas vezes usada para descrever esse processo, mas o poder dos grupos centrais de assessoria é tal (em virtude de seu acesso direto à alta direção) que a gerência de base geralmente percebe o processo como o de "compra, senão...". As visitas que os membros da assessoria central fazem à base são freqüentemente dedicadas quase que exclusivamente a essa venda dos programas elaborados na cúpula, ou para investigar se a base os está usando.

Esse tipo de serviço é uma das razões pelas quais o termo "estorvo" é tão freqüentemente aplicado aos grupos de assessoria. É por isso que o meu jovem amigo a que me referi anteriormente dizia que a assessoria só atrapalhava. É por isso que muitos programas concebidos pela assessoria e "comprados" pela alta direção não têm grande sucesso na base.

Se a assessoria estiver realmente interessada em prestar assistência profissional a todos os níveis da gerência, aplicará grande parte do seu tempo em pesquisar diretamente as necessidades do "cliente" e em ajudá-lo a encontrar soluções que o satisfaçam. Freqüentemente a estratégia mais eficaz para esse fim é aquela na qual o cliente desenvolve a sua própria solução com assistência profissional. Como foi mostrado anteriormente no exemplo a respeito do problema de leitura, ajudar o cliente a diagnosticar o seu problema pode, muitas vezes, ser uma fase decisiva dessa estratégia.

Assistência na solução de problemas em todos os níveis da gerência, prestada de maneira competente e sensível, é *a* maneira de cultivar a confiança da linha na assessoria. É muito raro encontrar, hoje, entre os especialistas da assessoria, a habilidade necessária e a compreensão do que está envolvido na prestação desse tipo de serviço. A formação profissional em alguns campos está começando a incluir treinamento nesse sentido, mas parece que a necessidade dele nem mesmo é reconhecida na maioria das escolas de engenharia ou de administração de empresa.

Ao prestar esse tipo de assistência, o profissional especializado ver-se-á, às vezes, diante do problema de conflito de interesses.

> Um membro da assessoria de pessoal, por exemplo, pode ser solicitado pela gerência a dar uma opinião sobre as qualificações ou o desempenho de um "cliente" em algum nível mais baixo da organização. Ou pode, no decorrer do seu trabalho profissional, convencer-se de que um determinado gerente está prejudicando consideravelmente a organização por falta de qualificações para a sua função.
>
> Ele destruirá a possibilidade de prestar serviço profissional em todos os níveis da gerência se concordar em ser usado como fonte de informação ou de julgamento em situações como essas. No último caso citado talvez convenha ter uma conversa diretamente com a pessoa em questão. Mas se o membro da assessoria cumpre com a sua responsabilidade para com a organização revelando aos seus superiores a sua opinião sobre membros da gerência, acabará prejudicando a possibilidade de cumprir a sua responsabilidade de dar assistência a todos os níveis da gerência. Ele não pode dar assistência a um membro da gerência à custa de um outro, tampouco pode de-

sempenhar com êxito tanto o papel de juiz quanto o papel de profissional em relação aos seus "clientes".

Haverá provavelmente casos em que o membro da assessoria deve fazer concessões em relação a essas obrigações conflitantes, mas serão extremamente raros. O problema por demais freqüente hoje é que não se dá atenção alguma a esse aspecto crucial do papel de auxiliar. As conseqüências para o clima das relações entre assessoria e linha aparecem logo.

3. *Assistência no que diz respeito a controles gerenciais.* Esta forma de assistência já foi bastante analisada e talvez agora esteja clara a razão por que a prática tradicional cria tantos e tão difíceis problemas. Como foi dito anteriormente, o princípio de autocontrole exige que o grupo de assessoria nunca seja solicitado a fornecer a qualquer gerente informações para serem usadas com a finalidade de controlar seus subordinados. Admitindo-se que seja um requisito teórico que deve sofrer algumas adaptações na prática, a sua importância deveria ser claramente compreendida pela assessoria. Se não, a "assistência" da assessoria irá criar os problemas discutidos acima.

O mesmo princípio – a assessoria só dá assistência para o autocontrole – aplica-se ao que é geralmente chamado de "coordenação", mas que significa policiar a organização no que diz respeito à política e aos procedimentos. A assistência pode consistir em informar um indivíduo de que ele está fora da linha, ou de que uma determinada ação projetada por ele constituiria violação da política – *mas com o pleno entendimento, de ambas as partes, de que o membro da assessoria não transmitirá o seu conhecimento ou a sua opinião a ninguém mais.*

O papel de auxiliar e o de polícia são absolutamente incompatíveis. Colocar um indivíduo neste último papel é destruir a possibilidade de ele desempenhar com êxito o primeiro.

Uma outra consideração a respeito da assessoria e controles que merece ser mencionada é a seguinte: a máxima padronização não é necessariamente acompanhada da máxima eficiência. Essas duas variáveis estão menos altamente correlacionadas do que muitos especialistas profissionais pensam. De fato, há muito o que dizer em favor do estabelecimento do objetivo da padronização *mínima* do comportamento humano correspondente à capacidade de operar a organização. Esta idéia se choca frontalmente com os objetivos e práticas dos que trabalham no campo de processamento de dados, principalmente. O ponto fundamental, porém, é que a decisão que realiza os objetivos organizacionais deve ser *ao mesmo tempo* (1) técnica e cientificamente bem fundada e (2) realizada por pessoas. Se perdemos de vista este segundo requisito, ou se supomos ingenuamente que se pode obrigar as pessoas a realizarem quaisquer decisões que sejam tecnicamente bem fundadas, corremos um verdadeiro risco de diminuir em vez de aumentar a eficácia da organização.

> A alta direção de uma grande companhia geograficamente descentralizada ficou preocupada com o tamanho de seu estoque permanente de peças de reposição. A importância em dólares era assustadora. Por isso foi contratada uma firma de consultoria para projetar e instalar um sistema eficiente de controle de compras e estoque. O objetivo era cortar pela metade o investimento feito em estoque de peças.
>
> O sistema projetado por essa firma era uma maravilha de eficiência. Incluía vários volumes de listas de peças e procedimentos codificados, e um grupo grande de assessoria para administrar o programa. Um ano depois de instalado o novo sistema, o investimento em estoque tinha se reduzido à quantia desejada.
>
> Durante uma série de discussões com a gerência média e baixa de base, por essa época, fiquei simplesmente

surpreso com a veemente condenação do sistema e da maneira como estava sendo administrado. Literalmente dezenas de exemplos eram citados do preço considerável, e totalmente desnecessário, que estava custando para a organização. Flagrantes ineficiências de vários tipos se faziam necessárias em virtude de regras e procedimentos que não levavam em conta as condições locais e que não davam quase oportunidade alguma para o exercício do julgamento gerencial.

Naturalmente, muitos desses gerentes não estavam gostando da diminuição de sua liberdade e da restrição a práticas mais livres e simples. Mas os tipos de exemplos citados deixavam claro que não era só isso que estava em jogo. A atitude mais freqüentemente expressa era a de que "se a alta direção não se importa com desperdício e ineficiência, por que haveríamos nós de nos importar?". Muitos homens competentes e sinceros disseram, de uma forma ou de outra: "Nós desperdiçávamos, às vezes, mas tínhamos interesse no bom funcionamento da companhia. Poderíamos ter-lhes mostrado várias maneiras de reduzir o estoque de peças que ainda nos permitiriam operar eficientemente. Mas agora estamos completamente amarrados, e vemos que não podemos fazer nada para modificar essas normas impraticáveis. A assessoria central não nos ouve. De modo que vivemos com as regras e arranjamos um jeito – às vezes dispendioso – de contorná-las. *E estamos começando a pouco nos importar que a companhia perca ou ganhe.*"

Quando relatei essas reações do pessoal da produção à alta direção, a resposta foi: "Isso tudo são queixas de camaradas cujas práticas relaxadas foram corrigidas." O sistema de controle tinha sido projetado por uma boa companhia; custara muito dinheiro para ser instalado;

os resultados, em termos dos custos de estoque, eram exatamente os desejados. E ponto final.

4. *Assistência na administração de serviços.* Uma quarta atividade dos grupos de assessoria é essencialmente uma função de operação de linha. Consiste em administrar certos serviços: manutenção de equipamento, segurança da fábrica, administração da folha de pagamentos, instalações do refeitório, atividades tornadas necessárias pela legislação, instalação de processamento de dados, planos de benefícios, etc. Muitas vezes esses serviços exigem habilidade mais na linha gerencial do que na de especialização profissional, mas entram logicamente dentro dos campos de competência de determinados grupos de assessoria, de modo que são deixados aí para serem administrados.

Não há problemas especiais nas relações entre assessoria e linha envolvidas nessa forma de ajuda, exceto (1) má administração, quando ocorre, e (2) o problema, acima mencionado, relativo à tendência da assessoria de supor que quanto maior a estandartização, maior será a eficiência.

Há o perigo, já mencionado antes, de que os grupos de assessoria se tornem tão preocupados com essas responsabilidades administrativas que deixem de prestar o grau e o tipo de assistência profissional requeridos pela organização. Se os titulares de cargos de assessoria forem antigos gerentes de linha, ou especialistas de formação prática, e não profissional, provavelmente se sentirão muito inclinados a essas atividades. Se, porém, os departamentos de assessoria incluírem um maior número de especialistas com formação profissional sofisticada, não haverá muito perigo de que as tarefas administrativas venham a ter prioridade sobre as atividades verdadeiramente profissionais – a menos que a gerência de linha estabeleça essa prioridade atribuindo a responsabilidade delas à assessoria.

Sumário

Para criar um clima de confiança mútua nas relações entre assessoria e linha dentro do qual seja possível a colaboração na consecução dos objetivos organizacionais, vários requisitos devem ser satisfeitos:

1. Deve-se reconhecer a inadequação dos princípios tradicionais de unidade de comando e igualdade entre autoridade e responsabilidade. Não só esses princípios são irrealistas na sociedade industrial moderna, como são também fonte de muitas das dificuldades que estamos tentando corrigir. São princípios logicamente necessários dentro do contexto da Teoria X, mas completamente opostos à Teoria Y.
2. A tarefa principal de qualquer grupo de assessoria é dar assistência especializada a *todos os níveis* da gerência, não apenas ao nível para o qual o grupo presta contas.
3. O papel próprio do membro da assessoria é o de um profissional frente aos seus clientes. O profissional verdadeiramente competente reconhece (a) que a assistência é sempre definida por quem a recebe e (b) que não pode nem cumprir as suas responsabilidades para com a organização, nem manter padrões de conduta se for colocado numa posição que envolve conflito das suas obrigações para com os "clientes" gerenciais.
4. O princípio central do controle gerencial é o de autocontrole. Este princípio limita rigorosamente o uso, tanto pela assessoria como pela linha, dos dados e informações coletados para fins de controle e limita, também, as chamadas atividades coordenadoras dos grupos de assessoria. Se o princípio de autocontrole é violado, a assessoria inevitavelmente se vê envolvida em obrigações contraditórias e é, além disso, solicitada a desempenhar os papéis incompatíveis de assistente profissional e de polícia.

A tentativa de criar, dentro da organização, um clima de relações entre assessoria e linha semelhante ao que caracteriza as relações eficazes entre profissional e cliente, na prática particular, pode parecer inviável. No entanto, é isso, essencialmente, que precisa ser feito. E só pode ser feito no contexto da Teoria Y.

Em conclusão

Estamos agora em situação de poder considerar algumas questões interessantes concernentes à relação entre assessoria e linha. Primeiro, como ficou a questão de saber quem exerce autoridade sobre quem?

Com a abordagem sugerida acima, os princípios tradicionais que definem o papel da assessoria se evaporaram. A relação entre profissional e cliente é de interdependência, em que ninguém exerce autoridade sobre ninguém, embora haja influência em ambas as direções. O cliente gerencial depende do conhecimento e da habilitação especializada do profissional, mas se tentar obter a assistência de que precisa através de métodos autoritários, acabará frustrado. Não se pode obter, por comando, o esforço imaginativo, criativo, que distingue o profissional competente do funcionário excelente. O gerente que considera os membros da assessoria como lacaios para cumprir as suas ordens jamais terá assistência *profissional* da assessoria. Por outro lado, o gerente que se vê como cliente que utiliza o conhecimento e a habilitação de profissionais especializados não procurará alcançar essa finalidade exercendo autoridade sobre eles.

O profissional, por sua vez, depende de seus clientes. Se a sua assistência não for aceita e utilizada, ele não terá valor algum para a organização e não haverá razão para empregá-lo. Se, porém, ele tentar impor a sua "assistência" autoritariamente (seja diretamente, seja aceitando que seus superiores lhe atribuam responsabilidades de coordenação e controle), colocar-se-á no papel de polícia, que é totalmente incompatível com o papel profissional.

De fato, por vias autoritárias, não há solução para o problema das relações entre assessoria e linha que leve a atingir de modo adequado os objetivos organizacionais. Desperdício de recursos humanos, atritos e antagonismos, mecanismos de defesa complicados e dispendiosos, e menor compromisso com os objetivos organizacionais são as inevitáveis conseqüências da maneira tradicional de conceber essa relação.

Segundo, o que foi que aconteceu com a distinção entre linha e assessoria? Ficou evidente, depois de nossa análise da tarefa da gerência de linha, nos capítulos precedentes, que os papéis mais adequados do gerente frente aos seus subordinados são os de professor, assistente profissional, colega, consultor. Somente em grau muito limitado deve ele assumir o papel autoritário de chefe. O gerente de linha que procura agir dentro do contexto da Teoria Y estabelecerá com seus subordinados, seus superiores e seus colegas, relações muito semelhantes às do profissional ante seus clientes. Ele se tornará mais parecido com um membro da assessoria profissional (embora numa linha mais geral do que especializada) e menos com um gerente de linha tradicional.

As várias funções dentro da organização diferem sob muitas formas (no número, por exemplo, das outras funções com as quais estão relacionadas), mas não particularmente em termos da tradicional distinção entre assessoria e linha. Todos os gerentes, quer de linha, quer de assessoria, têm a responsabilidade de colaborar com os outros membros da organização para a consecução dos objetivos organizacionais. Cada um deles é interessado em (1) pôr os seus próprios recursos de conhecimento, habilidade e experiência à disposição dos outros; (2) receber auxílio dos outros no cumprimento de suas próprias responsabilidades; e (3) controlar o seu próprio trabalho. Cada um deles tem responsabilidades *tanto* de linha *como* de assessoria.

Uma das conseqüências dessa abordagem é a maior importância adquirida pela *equipe* gerencial em cada nível da organização. Grande parte do trabalho de um gerente – seja de linha ou de assessoria – requer a sua colaboração com outros gerentes, numa relação em que a autoridade e o poder pessoais devem se subordinar às exigências da *tarefa* em vista da consecução dos objetivos organizacionais. Esse tipo de colaboração efetiva é prejudicada, em vez de ser ajudada, pelas distinções tradicionais entre linha e assessoria. A finalidade é utilizar as contribuições de todos os recursos humanos disponíveis para se chegar às decisões, ou soluções de problemas, ou estratégias de ação, as melhores possíveis.

A organização industrial moderna é um complexo enorme de relações interdependentes para cima, para baixo, de lado a lado, e até mesmo "em diagonal". De fato, a interdependência é tão grande que só mesmo os esforços de uma equipe que trabalhe em colaboração podem fazer o sistema funcionar eficientemente. É provável que um dia se comece a elaborar os organogramas como uma série de grupos ligados entre si em vez de fazê-lo como uma estrutura hierárquica de relações individuais de prestação de contas. Voltaremos a isso no capítulo XVI.

Referências

Baumgartel, Howard, "Leadership, Motivations, and Attitudes in Research Laboratories", *Journal of Social Issues*, vol. 12, nº 2, 1956.

Bursk, Edward C., *The Management Team.* Cambridge, Mass., Harvard University Press, 1954.

Leavitt, Harold J. e Whisler, Thomas L., "Management in the 1980's", *Harvard Business Review*, vol. 36, nº 6, nov.-dez. de 1958.

Lippitt, Ronald; Watson, Jeanne e Westley, Bruce, *Dynamics of Planned Change*. Nova York, Harcourt, Brace and Company, Inc., 1958.

McGregor, Douglas, "The Staff Function in Human Relations", *Journal of Social Issues*, vol. 4, nº 3, 1948.

Pelz, Donald C., "Motivation of the Engineering and Research Specialist", American Management Association, General Management Series, nº 186, 1957.

Sampson, Robert C., *The Staff Role in Management*. Nova York, Harper & Brothers, 1955.

Shepard, Herbert A., "Supervisors and Subordinates in Research", *The Journal of Business*, vol. 29, nº 4, 1956.

TERCEIRA PARTE

Desenvolvimento do talento gerencial

Capítulo XIII

Uma análise da liderança

Os gerentes bem-sucedidos nascem feitos ou "se fazem"? O sucesso como gerente depende da posse de um certo núcleo de capacidades e características, ou há muitas combinações de características que podem resultar em liderança industrial bem-sucedida? A liderança gerencial – ou o seu potencial – é propriedade de um indivíduo, ou é um termo que descreve uma relação entre pessoas? A função gerencial, daqui a vinte anos, vai requerer os mesmos traços de personalidade e capacidades básicas que requer hoje?

Os capítulos precedentes sugeriram algumas possíveis respostas a essas perguntas. O conhecimento obtido da pesquisa em ciências sociais lança um pouco mais de luz sobre essas e outras questões relacionadas com a liderança na indústria. Mas não oferece respostas finais, definitivas. Ainda há muito o que aprender. Mas os dados acumulados apontam, como mais prováveis, algumas pressuposições.

Antes de 1930, acreditava-se que a liderança era uma propriedade do indivíduo, que algumas pessoas, em número limitado, eram singularmente dotadas de capacidades e traços psicológicos que lhes permitiam tornar-se líderes. Além disso, acreditava-se que essas capacidades e características eram herdadas e não adquiridas.

Em conseqüência dessas crenças, os estudos de pesquisa nesse campo se orientavam para a identificação de características universais de liderança para que se pudesse identificar mais prontamente os líderes em potencial. Foi publicado um grande número de estudos – alguns baseados em teoria de gabinete, mas outros fundamentados em dados biográficos ou outros dados empíricos.

O exame dessa literatura revela um número impressionante de características, supostamente essenciais, do líder bem-sucedido – de fato, mais de cem delas, mesmo depois de eliminadas as duplicidades óbvias e as palavras que se sobrepunham. Essa pesquisa ainda continua em alguns setores. De vez em quando surge uma nova lista baseada na última análise. E cada nova lista difere, sob alguns aspectos, das precedentes.

Todavia, a pesquisa da ciência social nesse campo enveredou por outras direções desde 1930. Alguns cientistas sociais passaram a se interessar pelo estudo do comportamento dos líderes, e não só das suas características pessoais. Como resultado disso, surgiram algumas idéias bem diferentes sobre a natureza da liderança.

A pesquisa nesse campo tem sido muito prolífica nos últimos vinte anos. Um sumário recente cita 111 referências, das quais seis foram publicadas antes de 1930. Como resultado desse trabalho, algumas generalizações sobre liderança podem ser afirmadas com razoável certeza. Entre essas, as que se seguem são particularmente relevantes para a gerência.

Generalizações baseadas em pesquisas recentes

Não é provável que haja um padrão básico único de capacidades e traços de personalidade característicos de todos os líderes. As características de personalidade do líder têm a sua importância, mas as que são essenciais diferem consideravelmente conforme as circunstâncias. Os requisitos para a liderança política bem-sucedida são diferentes dos que são necessários para a liderança educacional, militar ou de gerência industrial. O fracasso é tão freqüente quanto o sucesso nas transferências de líderes de um tipo de instituição social para outro. As razões talvez sejam evidentes à luz do que foi discutido nos capítulos precedentes.

Mesmo dentro de uma única instituição, como a indústria, diferentes circunstâncias requerem diferentes características de liderança. A comparação de líderes industriais bem-sucedidos em períodos históricos diferentes, em culturas diferentes, em indústrias diferentes, ou mesmo em diferentes companhias, deixou isso bem evidente. Os requisitos de liderança numa companhia nova ainda lutando para se firmar, por exemplo, são inteiramente diferentes dos de uma firma grande e bem estabelecida.

Dentro de uma companhia, diferentes funções (vendas, finanças, produção) exigem capacidades e habilidades de liderança bastante diferentes. Gerentes que são bem-sucedidos em uma função, às vezes, mas nem sempre, são bem-sucedidos em outra. O mesmo se pode dizer da liderança em diferentes níveis organizacionais. Nem todo chefe de seção bem-sucedido daria um bom presidente (ou vice-versa!). No entanto, cada um deles pode ser um verdadeiro líder.

Por outro lado, líderes muito diferentes quanto às capacidades e aos traços de personalidade são, às vezes, igualmente bem-sucedidos quando se sucedem um ao outro em uma determinada situação. Dentro de limites bastante amplos, a fraqueza em certas características pode ser compensada pela força em outras. Isso é particularmente evidente em parcerias e em equipes executivas nas quais as funções de liderança são, de fato, *partilhadas.* A própria idéia de equipe implica padrões de capacidades diferentes e suplementares entre os membros.

Muitas das características que têm sido declaradas essenciais ao líder, fica evidente agora, não diferenciam o líder bem-sucedido dos fracassados. De fato, algumas delas – integridade, ambição, julgamento, por exemplo – se encontram não só no líder mas em qualquer membro bem-sucedido de uma organização.

Finalmente, entre as características essenciais para a liderança, encontram-se habilidades e atitudes que podem ser adquiridas, ou bastante modificadas, através da aprendizagem. Entre elas se incluem competência para planejar e lançar uma iniciativa, para resolver problemas, para manter os canais de comunicação abertos e funcionando efetivamente, para aceitar responsabilidade, e habilidades de interação social. Essas habilidades não são herdadas, nem a sua aquisição depende da posse de um único padrão de características inatas.

É verdade, naturalmente, que os poucos líderes que se destacaram em qualquer campo foram, ou são, pessoas excepcionalmente bem-dotadas; mas esses líderes proeminentes diferem muito entre si no que diz respeito às suas forças e fraquezas. Eles não têm um padrão comum de características de liderança. Os indícios reunidos até hoje não provam de maneira conclusiva que não haja um núcleo universal básico de qualificações pessoais para a liderança. Todavia, poucos dos cientistas sociais que têm trabalhado intensamente neste campo, nos últimos anos, considerariam essa hipótese um campo promissor a ser trabalhado. Pelo contrário, a pesquisa, nas últimas duas décadas, mostrou que devemos ir além das qualificações pessoais do líder se quisermos entender o que é a liderança.

A liderança é uma relação

Há pelo menos quatro variáveis principais que, sabemos hoje, estão implicadas na liderança: (1) as características do líder; (2) as atitudes, necessidades e outras características pessoais dos seguidores; (3) características da organização, tais como sua finalidade, sua estrutura, a natureza das tarefas a serem realizadas; e (4) o meio social, econômico e político. As características pessoais requeridas para desempenho efetivo como líder variam, dependendo dos outros fatores.

Essa é uma importante conclusão da pesquisa. *Significa que a liderança não é uma propriedade do indivíduo, mas sim uma relação complexa entre essas variáveis.* A velha discussão para saber se o líder faz a história, ou se a história faz o líder, fica resolvida por esta concepção. Ambas as afirmações são verdadeiras dentro de limites.

A relação entre o líder e a situação é essencialmente circular. A estrutura e a política da organização, por exemplo, são estabelecidas pela alta direção. Uma vez estabelecidas, elas delimitam os padrões de liderança que serão aceitáveis dentro da companhia. Todavia, influências vindas de cima (mudança na alta direção acompanhada de mudança de filosofia), de baixo (em conseqüência do reconhecimento de um sindicato e da acomodação à negociação coletiva, por exemplo), ou de fora (legislação social, mudanças no mercado, etc.) provocam mudanças nessas características organizacionais. Algumas delas podem levar a uma redefinição dos padrões aceitáveis de liderança. As mudanças que ocorreram na liderança da Ford Motor Company, depois que Henry Ford I se aposentou, são um exemplo claro disso.

O mesmo se pode dizer da influência do meio mais amplo. Os valores sociais, as condições econômicas e políticas, o padrão geral de vida, o nível de educação da população e outros fatores característicos do fim do século XIX tinham muito a ver com os tipos de pessoas que eram bem-sucedidas como líderes industriais nessa época. Esses homens, por sua vez, ajudaram a moldar a natureza do meio industrial. A sua influência afetou profundamente o caráter de nossa sociedade.

A indústria, hoje, requer um tipo de líder industrial muito diferente daquele do início do século. Da mesma forma, os líderes de hoje estão ajudando a moldar organizações industriais que amanhã vão requerer, para as posições-chave, pessoas completamente diferentes das que estão nelas hoje.

Um ponto importante em relação a essas influências situacionais na liderança é que elas operam seletivamente – de maneira sutil e despercebida, como também de maneira óbvia – para recompensar a conformidade com os padrões aceitáveis de comportamento e punir os seus desvios. Cada uma das diferentes situações, de companhia para companhia, e de unidade para unidade dentro de uma companhia, tem as suas conseqüências seletivas. Os "tipos" gerenciais que se podem observar em certas companhias são exemplos desse fenômeno. Uma das conseqüências dessa seletividade é a tendência a "extirpar" os indivíduos divergentes, alguns dos quais poderiam, não obstante, tornar-se verdadeiros líderes, talvez até excepcionais.

Mesmo que não haja um padrão universal único de características do líder, imagina-se, pelo menos, que possa haver certas características universais *da relação* entre o líder e os outros fatores situacionais que são essenciais para um ótimo esforço humano organizado, em todas as situações. É de duvidar. Considere-se, por exemplo, a relação de um gerente industrial com um grupo de empregados nativos de um país subdesenvolvido, de um lado, e, de outro, esse gerente com um grupo de operários dos Estados Unidos, membros de um sindicato internacional firmemente estabelecido. Além do mais, mesmo que a pesquisa finalmente mostrasse que existem esses requisitos universais da relação, ainda haveria mais de uma maneira de obtê-los. Por exemplo, se "confiança mútua" entre o líder e os liderados for um requisito universal, é óbvio que há várias maneiras de suscitar e manter essa confiança.

Já consideramos algumas das condições importantes para o sucesso de certas relações que envolvem interdependência nas organizações industriais hoje. Para o estabelecimento dessas condições são exigidas do supervisor certas habilidades e atitudes, que, no entanto, *podem ser adquiridas por pessoas muito diferentes quanto aos seus traços e capacidades inatas*. De fato, uma das lições importantes tiradas da pesquisa e da experiência nesse campo é que a tentativa de treinar supervisores para que adotem um único "estilo" de liderança tem fracos resultados; o melhor é encorajá-los a criar as condições essenciais *à maneira própria de cada um* e de acordo com as suas situações particulares. Convém notar, também, a esse respeito, como a estrutura da organização e a filosofia gerencial podem encorajar ou inibir o supervisor na criação dessas condições.

Não é para se concluir, dessas considerações, que *qualquer* indivíduo possa se tornar um líder bem-sucedido em uma dada situação. Mas conclui-se que a liderança bem-sucedida não depende da posse de um único padrão universal de traços e capacidades inatas. Parece provável que a liderança potencial (considerando-se a tremenda variedade de situações para as quais se exige liderança) seja amplamente distribuída na população.

As últimas conclusões da pesquisa sugerem, portanto, que é mais proveitoso considerar a liderança como uma relação entre o líder e a situação do que considerá-la como um padrão universal de características próprias de certas pessoas. As diferenças de requisitos para a liderança bem-sucedida em diferentes situações são mais surpreendentes do que as semelhanças. Além disso, os estudos de pesquisa enfatizam a importância de habilidades e atitudes de liderança que podem ser adquiridas e que, portanto, não são características inatas do indivíduo.

Freqüentemente tem acontecido, nas ciências físicas, que aquilo que se acreditava ser uma propriedade inerente dos objetos – gravidade, por exemplo, ou "magnetismo" elétrico, ou massa – acabou se revelando como uma relação complexa entre fatores internos e externos. A mesma coisa acontece nas ciências sociais, e a liderança é apenas um exemplo.

As implicações para a gerência

Qual é, para a gerência, a importância prática dessas conclusões da pesquisa da ciência social no campo da liderança? Primeiro, se aceitamos o ponto de vista segundo o qual a liderança consiste em uma relação entre o líder, seus seguidores, a organização e o meio social; e se reconhecemos que esses fatores situacionais são sujeitos a consideráveis mudanças com o tempo, devemos reconhecer que não podemos predizer quais as características pessoais dos recursos gerenciais que serão exigidas numa organização daqui a uma ou duas décadas. Mesmo que possamos fazer uma lista dos cargos a serem preenchidos, não podemos definir muito bem as características essenciais que serão exigidas das pessoas que ocuparão esses cargos naquela época. *Uma das principais tarefas da gerência, portanto, é a de prover um suprimento heterogêneo de recursos humanos dentre os quais se possa selecionar indivíduos que preencham uma variedade de necessidades específicas mas imprevisíveis.*

Isso representa um choque para aqueles que esperavam que os resultados da pesquisa lhes fornecessem métodos com os quais pudessem selecionar hoje a alta direção de amanhã. Representa uma dádiva para aqueles que temiam as conseqüências da instituição do "príncipe herdeiro" como uma abordagem para a formação e desenvolvimento de gerentes. Há ainda outras implicações práticas de alguma importância.

Com a ênfase moderna no emprego de carreira e na promoção interna, a gerência deve prestar mais atenção às suas práticas de recrutamento. Parece lógico que esse processo deveria explorar várias fontes: universitários com formação tanto em ciências exatas como em humanas, faculdades pequenas e grandes universidades, instituições de diferentes regiões geográficas, etc. Será necessário, além disso, estudar cuidadosamente os critérios de seleção dos candidatos universitários, se o objetivo for a heterogeneidade. O aluno de faculdade que se formou entre os primeiros 10% de sua classe pode vir de um segmento muito estreito da faixa de líderes potenciais para a indústria. E o estudante que ficou, talvez por razões que nada têm a ver com capacidade intelectual, entre os da média de sua classe porque teve A em algumas matérias, e C e D em outras? E o estudante cujo desempenho acadêmico não passou da média mínima porque o sistema educacional nunca representou para ele realmente um desafio?

Na realidade, não há muita prova de que notas altas na escola representem uma característica necessária da liderança industrial. Pode ser que haja uma correlação positiva, mas não é suficientemente grande para servir de base para uma política de recrutamento. De fato, o atual presidente dos Estados Unidos (em 1960) teria sido recusado por qualquer recrutador de gerentes que se apoiasse nessa correlação! Pode ser, ao contrário, que a capacidade *intelectual* exigida para a liderança efetiva em muitos cargos de gerência industrial não seja maior do que a necessária para um estudante se formar numa boa faculdade. Naturalmente, há cargos que requerem alta capacidade intelectual, mas não se segue daí que haja uma correlação de um para um entre essa característica e o sucesso como líder industrial. (Essa questão de capacidade intelectual é, naturalmente, apenas uma das razões pelas quais a indústria vai buscar o grosso de seu potencial de recursos gerenciais entre os formados em faculdades. Há outros fatores: autoconfiança e desenvoltura social, traquejo adquirido através da participação em atividades extracurriculares, energia e ambição pessoal, etc. Essas qualidades, porém, são relativamente independentes da classificação do aluno na escola.)

Pode-se argumentar que a *realização* intelectual, tal como é medida por notas altas constantes em todas as matérias, é prova de motivação e disposição para o trabalho. Talvez seja – no meio acadêmico –, mas também é prova de disposição para se conformar às exigências totalmente arbitrárias do sistema educacional. Não há muito motivo para se pressupor que grande motivação e muito esforço *na escola* sejam os melhores indicadores de motivação e esforço na vida mais tarde. Há um bom número de exemplos do contrário.

Uma segunda implicação das conclusões da pesquisa a respeito da liderança é que o programa de desenvolvimento de gerentes deveria envolver muitas pessoas de dentro da organização, em vez de apenas umas poucas escolhidas. O fato de algumas companhias terem sido razoavelmente felizes no desenvolvimento de um pequeno grupo selecionado para o treinamento gerencial pode bem ser um artefato – um exemplo do funcionamento da "profecia que se autocumpre". Se essas companhias tivessem estado igualmente interessadas em desenvolver o talento gerencial dentro de uma amostra muito mais ampla, poderiam ter atingido essa finalidade sem maiores porcentagens de fracasso. E, se as generalizações feitas acima fossem bem fundadas, teriam tido como resultado uma reserva de recursos de liderança muito mais rica e mais valiosa à qual recorrer.

Terceiro, a gerência deveria ter por meta o desenvolvimento das capacidades e potencialidades únicas de cada indivíduo, em vez de ter um objetivo comum para todos os participantes. Eis aí uma finalidade que é muito mais valorizada no papel do que na prática. Não é fácil, particularmente na grande companhia, mas se quisermos ter recursos de liderança heterogênea para responder às necessidades imprevisíveis do futuro, não será sujeitando todos os nossos candidatos à gerência ao mesmo tratamento que iremos consegui-lo.

Além disso, esse processo de desenvolvimento de recursos heterogêneos deve ser contínuo; não se acaba nunca. Poucos seres humanos conseguem desenvolver todas as suas potencialidades de crescimento, embora alguns atinjam um limite prático no que diz respeito a certas capacidades. Cada indivíduo é único, e é essa unicidade que devemos constantemente estimular e alimentar, se estivermos verdadeiramente interessados em desenvolver líderes para a indústria de amanhã.

Quarto, a política de promoção da companhia deveria ser administrada de forma a levar em conta esses recursos heterogêneos quando ocorrem vagas. De pouco adianta desenvolver uma larga faixa de talentos se apenas um segmento pequeno, e possivelmente limitado, constitui o conjunto de candidatos por ocasião do preenchimento de determinada posição.

Em vista da operação seletiva das variáveis situacionais mencionadas acima, será legítimo talvez questionar o valor de uma política *exclusiva* de "promoção interna". É de se conceber que, numa companhia grande e razoavelmente descentralizada, a transferência de talento gerencial entre divisões possa manter uma suficiente heterogeneidade; mas será necessário provavelmente um esforço enorme para contrabalançar a tendência normal de criar e manter um "tipo", um padrão homogêneo de liderança dentro de uma dada organização. Sem esse esforço, indivíduos competentes que não se "ajustam ao padrão" serão provavelmente postos de lado, ou deixarão a organização, porque os seus talentos não são recompensados. Muitas organizações industriais, por exemplo, não tolerariam facilmente, hoje, o forte individualismo de um jovem Charles Kettering.

Finalmente, se a liderança é uma função – uma relação complexa entre o líder e a situação –, devemos ter bem claro em mente que todos os recrutas promissores *não* são membros potenciais da alta direção. Algumas pessoas, em algumas companhias, se revelarão líderes notáveis como chefes de seção, ou como superintendentes de fábrica, ou como assessores especializados. Muitos desses não seriam verdadeiros líderes em posições da alta direção, pelo menos dentro das circunstâncias prevalecentes na companhia.

Se levarmos a sério as implicações das conclusões da pesquisa nesse campo, daremos grande valor a essas pessoas. Procuraremos proporcionar-lhes todos os meios para que desenvolvam ao máximo as suas potencialidades no papel que melhor lhes caiba. E descobriremos formas de recompensá-las que as convencerão de que a liderança que se destaca *em qualquer nível* da organização é para nós muito preciosa.

Referências

Bennis, Warren G., "Leadership Theory and Administrative Behavior", *Administrative Science Quarterty*, vol. 4, nº 3, 1959.

Fortune Editors, *The Executive Life.* Nova York, Doubleday & Company, Inc., 1956.

Gibb, Cecil A., "Leadership". In: Gardner Lindzey (ed.), *Handbook of Social Psychology*. Reading, Mass., Addison-Wesley Publishing Company, 1954, vol 2.

Ginzberg, Eli, *What Makes an Executive.* Nova York, Columbia University Press, 1955.

Knickerbocker, Irving, "Leadership: A Conception and Some Implications", *Journal of Social Issues*, vol. 4, nº 3, 1948.

Selznick, Philip, *Leadership in Administration.* Evanston, Ill., Row, Peterson & Company, 1957.

Capítulo XIV

Programas de desenvolvimento de gerentes

Houve tempo em que se acreditava que o desenvolvimento de gerentes era um processo automático que não requeria muita atenção. Achava-se que as operações normais da organização industrial haveriam de permitir que a nata viesse à tona, onde se tornaria visível e pronta a ser colhida conforme a necessidade. Ficará claro, ao examinarmos o assunto, que há muito o que dizer em favor dessa teoria *desde que sejam criadas condições que permitam à nata vir à tona.* Entretanto, muitas administrações de grandes companhias descartaram essa teoria e passaram a agir de outras formas. Especialmente depois da II Grande Guerra, assistimos, por todo o mundo ocidental, a um crescimento sem precedentes de atividades e programas de desenvolvimento de gerentes. É raro encontrar uma companhia grande, ou mesmo de tamanho médio, hoje, que não tenha um programa formal e uma assessoria para administrá-lo.

Admitindo-se que o desenvolvimento de gerentes não possa ser deixado inteiramente ao acaso, várias são as alternativas que se apresentam. Muitas companhias adotaram uma delas, que poderia ser caracterizada como a abordagem "manufatureira". A gerência não formulou a sua filosofia nesses termos, mas encarou o problema essencialmente como um problema de produção. Atribui-se a algumas pessoas a tarefa de *arquitetar* e *projetar* um programa, e *construir o mecanismo* necessário com a finalidade de *produzir* o devido *suprimento* de talento gerencial. As provas dessa filosofia são visíveis por toda a parte. Temos estoques de gerentes, mapas de reposição com cores e códigos elaborados, mecanismo formal para recrutamento e seleção de talento gerencial em potencial, programas especiais de doutrinação para os novos recrutas, programas de avaliação, rotação de função e uma porção de atividades de treinamento. A produção de talento gerencial é por si só um grande negócio.

Essa filosofia manufatureira do desenvolvimento de gerentes é o acompanhamento natural da administração por direção e controle. As exigências da organização são supremas. Os indivíduos são selecionados, orientados, avaliados, passados de uma função para a outra, promovidos, enviados à escola – tudo dentro de uma estrutura administrativa que lhes deixa muito pouca oportunidade de opinar sobre a evolução da sua própria carreira. O conceito de integração não tanto é ignorado, como tido como automático: é claro, as pessoas "com potencial" querem progredir, adquirir status, obter recompensas econômicas, se desenvolver. Devem, portanto, acolher com entusiasmo todas essas atividades e programas que favorecem a satisfação de suas necessidades.

Muitas pessoas de fato querem as coisas que os programas de desenvolvimento de gerentes proporcionam. Entretanto, cada indivíduo é único, em termos de suas capacidades, seus interesses, suas aspirações, seus talentos. A abordagem manufatureira do desenvolvimento de gerentes faz muitas coisas *para* ele e *por* ele, mas geralmente supondo, tacitamente, que o que é bom para a organização é bom para ele. As características específicas, absolutamente individuais, de adaptação mútua tendem a ser ignoradas por essa abordagem.

Em última análise, o indivíduo deve desenvolver a si mesmo, e o fará de maneira ótima somente em termos daquilo que *ele* percebe como significativo e valioso. Se ele tomar parte ativa nas decisões sobre o seu desenvolvimento, provavelmente aproveitará o máximo das oportunidades que lhe forem apresentadas. Se, por outro lado, for apenas um sujeito passivo que é passado de função para função, ou enviado à escola, ou promovido, ou manipulado de qualquer outra forma, será provavelmente menos motivado para se desenvolver.

Seria engano desprezar o que é feito nesse campo, como se não valesse nada. A preocupação da administração com o problema é real, e seus esforços, de forma alguma, são malsucedidos. Não se pode, todavia, deixar de ter a impressão de que o indivíduo, freqüentemente, "se perde na engrenagem", e de que isso não é simplesmente conseqüência do tamanho da companhia ou da complexidade do problema. É muito mais conseqüência da concepção da administração segundo a qual a tarefa é manufaturar talentos com a matéria-prima disponível.

Uma outra abordagem do desenvolvimento de gerentes é algo parecido com a da agricultura. Procura "cultivar" talentos em vez de manufaturá-los. A idéia fundamental por trás dessa abordagem é que o indivíduo crescerá de acordo com as suas capacidades, desde que sejam criadas as condições favoráveis para esse crescimento. Essa abordagem dá menos ênfase às técnicas manufatureiras, ressaltando mais o controle do clima e a fertilidade do solo, e os métodos de cultivo.

Assumindo esse ponto de vista, vamos examinar algumas das importantes condições ambientais que afetam o crescimento de gerentes. Discutiremos três grupos de fatores: (1) características econômicas e tecnológicas da indústria e da firma, (2) políticas e práticas da companhia, (3) o comportamento do superior imediato.

As características econômicas e tecnológicas da firma

Obviamente, uma indústria que cresce rapidamente, caracterizada por considerável e constante inovação tecnológica, oferece, para o crescimento gerencial, um ambiente diferente daquele que se encontra numa indústria estática ou decadente, que enfrenta sérias dificuldades econômicas e na qual há pouca inovação tecnológica.

Pode haver diferenças de opinião quanto ao grau de controle que a alta direção pode exercer sobre essas características ambientais gerais, mas é indiscutível que elas influem na natureza e na marcha do desenvolvimento gerencial.

> A diferença me ficou muito clara quando visitei, recentemente, duas companhias, passando uns dois dias em cada uma. Estive, primeiro, numa divisão de uma grande companhia que estava desenvolvendo um dos novos mísseis balísticos intercontinentais. As pessoas que integram essa organização são jovens; estão tremendamente entusiasmadas com o desafio da tarefa que lhes cabe. A tecnologia da indústria está se desenvolvendo tão rapidamente que é quase impossível acompanhá-la. Mudanças e inovações – algumas delas revolucionárias – são feitas quase que diariamente. O crescimento é rápido, e as oportunidades de progresso e de novas experiências ocorrem num ritmo que quase não pode ser alcançado pelas pessoas. Quase ninguém dava a impressão de se achar "no máximo de sua função" e, no entanto, era evidente que a organização estava realizando um trabalho eficiente, que o moral era alto e que as pessoas estavam crescendo.
>
> Fui direto dessa companhia para os escritórios centrais de uma importante estrada de ferro. O contraste do clima me deixou intrigado por alguns dias. Os gerentes com quem falei lá não demonstraram quase nada daque-

le entusiasmo e desafio que se revelara tão vividamente na outra organização. De modo geral, expressaram, ao contrário, ceticismo quanto às oportunidades de crescimento e desenvolvimento, falaram da rigidez da organização e da falta de desafio no seu trabalho. Embora houvesse entre eles um entusiasmo fundamental pela profissão ferroviária, tive a impressão de que se voltava mais para o passado romântico do que para o futuro. Promoções e novas oportunidades de trabalho dependiam, principalmente, de vagas criadas por morte ou aposentadoria. O clima, nessas condições, não é certamente o melhor para o crescimento gerencial, embora essa determinada companhia esteja empreendendo esforços sinceros e razoavelmente eficazes no sentido de vencer as dificuldades econômicas e melhorar, de modo geral, o calibre de sua administração.

Esses aspectos do ambiente organizacional talvez sejam relativamente incontroláveis, pelo menos a curto prazo. São como as diferenças de condições enfrentadas por um agricultor no Vale de São Francisco da Califórnia e um fazendeiro em New Hampshire. Entretanto, a natureza e a qualidade dos processos de cultivo, em um determinado ambiente, podem ser influenciadas pela filosofia e pela prática gerenciais. Belas plantações *são* cultivadas em New Hampshire.

Os efeitos da estrutura, da política e da prática da companhia

Crescimento e desenvolvimento do ser humano – mudanças de atitudes, de percepções e de comportamento – são processos que envolvem aprendizagem. A aprendizagem, por sua vez, está associada a recompensas e punições. Estas podem ser externas e tangíveis (aumento de salário, elogio feito pelo chefe, elevação de status, etc.) ou internas e intangíveis (a satisfação de resolver um problema difícil, de adquirir um conhecimento novo ou uma nova habilidade, ou a frustração de se sentir bloqueado na consecução de seus objetivos). O desenvolvimento do indivíduo é consideravelmente influenciado pelos tipos de recompensas e satisfações, de um lado, ou punições e frustrações, de outro, que são característicos de sua companhia. A estrutura da organização e a filosofia da administração refletidas nas políticas e nas práticas que as acompanham envolvem uma variedade de recompensas e punições, afetando assim o seu crescimento.

Por exemplo, uma estrutura de organização centralizada, com limites rígidos entre departamentos e funções e muitos níveis hierárquicos, restringe as oportunidades de um gerente assumir responsabilidade, experimentar novas idéias, exercer julgamento. Uma estrutura dessas limita o crescimento. Esse é um dos principais argumentos em favor da descentralização e de uma grande amplitude de controle como a que é inerente às organizações horizontais. Uma organização descentralizada provê um ambiente no qual o indivíduo, assumindo maior responsabilidade pelo seu próprio comportamento, obtém recompensas intrínsecas sob a forma de satisfações egoísticas e de auto-realização que, por sua vez, o estimulam a assumir mais responsabilidade ainda e, assim, crescer.

O controle do comportamento exercido pelos procedimentos gerenciais também afeta o crescimento. Como já vimos, os sistemas rígidos de controle anulam as vantagens positivas da descentralização. Se os seus superiores o mantêm sob constante vigilância por meio de relatórios detalhados sobre o seu comportamento, o gerente não tem real liberdade de ação.

Como é que funciona a companhia: o gerente é recompensado por lealdade limitada ao seu departamento e pelos esforços devotados exclusivamente a melhorar a operação de sua função particular, ou é ele recompensado por um comportamento que contribui para os objetivos da organização como um todo? Obviamente, a alta direção quer que seus subordinados se interessem pelo negócio como um todo; mas as recompensas e punições concretas (através do tipo de estrutura, dos critérios de desempenho, das normas e dos sistemas de controle, e através do comportamento e das atitudes de seu chefe e de seus colegas) podem muito bem ter o efeito contrário. Haverá aprendizagem, mas não crescimento, nas direções desejadas.

Quais são as recompensas para o indivíduo que escolhe uma carreira na assessoria, ou para o pesquisador brilhante que não se sente motivado a entrar para a administração de pesquisa? A estrutura de salário é elaborada de forma a oferecer à assessoria e à linha recompensas comparáveis entre si em qualquer nível? Estabelece ela, por exemplo, um teto para o salário do pesquisador, a menos que ele se torne gerente? E, além do salário, quais são as atitudes predominantes na companhia em relação às funções que não sejam as de gerência de linha? São consideradas como um "estorvo", trabalho inútil e perda de tempo? A organização precisa de pessoas que cresçam na direção da competência profissional especializada tanto quanto das que se tornarão gerentes de linha de alto nível. Será que as recompensas e punições – formais e informais – estimulam ambas as formas de crescimento?

E como são administradas as promoções? A promoção é considerada como a única medida real de sucesso do indivíduo? Em algumas companhias, o ambiente criado pelas atitudes e práticas é tal que o indivíduo que não pode ser promovido é considerado um fracassado. Dele se diz que "não tem potencial", ou que "atingiu o seu limite". Não só essa atitude em si mesma é punitiva, como também faltam recompensas – salário, status, aprovação, etc. – para incentivar o seu crescimento (não há lugar para essas exceções, na engrenagem formal). Isso se verifica apesar da probabilidade de ele poder continuar a crescer e a aumentar a sua contribuição para a organização, no nível em que está, se houver a possibilidade de recompensas adequadas. E o indivíduo que, por razões pessoais, não quer subir mais alto na escada organizacional, mas quer dar a melhor contribuição possível à empresa no nível em que está: poderá ele permanecer aí sem ser punido, das formas as mais variadas e sutis, por ter feito essa escolha?

Em uma organização onde a promoção é a única medida de sucesso, as pessoas se orientam para o cargo que esperam ocupar em seguida. Naturalmente, querem ser promovidas para provar o seu valor: por isso o seu desempenho no cargo atual gira exclusivamente em torno das coisas que as farão sair dele! Isso também é aprendizagem resultante de recompensas e punições, mas será crescimento na direção desejada pela administração?

Pratica-se, ainda, o que Larry Appley chamou de "eliminação oportuna dos incompetentes?" Essa forma de punição tem efeitos consideráveis não só nos que poderão ser solicitados a deixar a organização, mas também nos demais que permanecem. Dá algumas indicações sobre os padrões de desempenho valorizados pela administração, sobre o tipo de comportamento que será recompensado.

> As universidades são freqüentemente criticadas pela administração industrial por causa do seu sistema de estabilidade, no qual, depois de um período probatório de vários anos, os membros do corpo docente obtêm estabilidade no cargo, sob certas condições. Para a administração, isso encorajaria um desempenho medíocre porque o indivíduo que tem o seu emprego garantido não está sujeito à ameaça de ser despedido, a não ser em circunstâncias raras e extremas. Entretanto, a maioria das

organizações industriais tem um sistema informal de estabilidade com efeito equivalente ao da política formal da universidade. Depois de oito ou dez anos, é relativamente raro que um indivíduo seja despedido por incompetência; depois de quinze ou vinte, praticamente nunca se ouviu falar disso. A questão é que, na indústria, o indivíduo passa para a situação de estabilidade sem uma decisão clara sobre o seu merecimento. A estabilidade é adquirida por omissão.

A vantagem do sistema de estabilidade da universidade é que provê um momento de decisão formal. Após um tempo previsto, avalia-se cuidadosamente o indivíduo e a probabilidade de contribuição sua, a longo prazo, para a instituição. Até esse momento, qualquer dúvida em relação ao seu desempenho é resolvida a seu favor, e lhe é dada outra chance. Nesse momento, porém, a dúvida é resolvida a favor da instituição. Se forem levantadas dúvidas quanto à sua contribuição a longo prazo, a estabilidade é negada e o indivíduo deixa a instituição. Corretamente administrada, essa política formal de estabilidade pode levar à eliminação oportuna dos incompetentes. Longe de ser uma desvantagem, é um recurso valioso que tem considerável impacto no crescimento de todos os membros da faculdade.

Uma outra política que, com as práticas que lhe são associadas, afeta consideravelmente o crescimento, é a da rotação de função para dar ao indivíduo um campo maior de experiência e testar as suas capacidades. As companhias diferem muito quanto à maneira de aplicar esse princípio, e das diferenças na administração resultam recompensas e punições muito diferentes.

Numa companhia, os gerentes são transferidos tão rapidamente de uma função para outra através de uma área geográfica grande, que a rotação é designada, en-

> tre eles, por "supervisão de valise". A conseqüência desse tipo de rotação não é o crescimento que a administração deseja. O indivíduo se transfere para uma função sabendo que provavelmente ficará nela por pouco tempo. Não assume total responsabilidade; cuida apenas de manter as coisas estáveis até ser substituído. Não inova, não assume riscos e, na realidade, não funciona como gerente, mas como um assistente que está temporariamente no cargo, durante a ausência do chefe

É de perguntar se a aprendizagem efetuada nessas condições é realmente melhor do que a que o indivíduo faria se meramente *observasse*, durante o mesmo período, um gerente regular em ação. Esquentar a cadeira não faz crescer.

No outro extremo se encontram as companhias que utilizam o princípio da rotação apenas em sentido muito limitado. A rotação se restringe a mudanças dentro de um determinado departamento ou função, pelo menos até que o indivíduo tenha galgado alguns degraus da escada. Quando ele consegue, enfim, uma oportunidade para mudar para uma função diferente, já terá passado dos quarenta e estará num cargo mais importante. A menos que seja rebaixado de posto, qualquer mudança o colocaria num posto-chave num outro departamento ou função. Isso é, muitas vezes, arriscado. As pressões sobre ele serão pesadas. O mais importante, porém, é que, na nova função, ele provavelmente não exercerá a liderança nem dará a orientação exigidas pela organização sob a sua chefia. Terá que ser estimulado pelos seus subordinados. Se não estiver disposto, de forma nenhuma, a aceitar essa espécie de ajuda e quiser tentar um tipo de liderança autocrática, acabará cometendo graves enganos. Enquanto isso, a organização sob a sua chefia fica prejudicada, principalmente se a rotação nesse posto for freqüente.

Um fator decisivo para o crescimento do indivíduo que está num cargo rotativo é o comportamento do superior a quem ele deve prestar contas. O novo chefe pode fazer da rotação uma verdadeira experiência de aprendizagem para o ocupante do cargo, mas só se dedicar a isso muito tempo e reflexão. É o que ele provavelmente não fará, a menos que os *seus* superiores, por sua vez, reconheçam os seus esforços e os recompensem.

Veremos, daqui a pouco, o que isso significa. Por ora, é suficiente indagar se os que administram programas de rotação de cargo levam em conta esse importante fator de crescimento.

A rotação serve para minimizar os perigos de preconceito pessoal nas avaliações do desempenho e do potencial do indivíduo. Observamos já, ao analisar os métodos de avaliação, que esses julgamentos dependem tanto da atitude do superior e de seus métodos de administração quanto do comportamento do subordinado. Entretanto, se o indivíduo passa tempo suficiente sob a supervisão de diversos gerentes, os efeitos desses fatores tendem a ser reduzidos.

Evidentemente, a rotação de cargo pode ser um meio eficaz de proporcionar oportunidades para o desenvolvimento de gerentes, dependendo de para onde o indivíduo é transferido, para que posição, por quanto tempo, sob que tipo de supervisão, e do grau em que os seus próprios objetivos, na carreira, são levados em conta. Todos esses aspectos da administração de programas rotativos envolvem recompensas e punições importantes. Conceber a rotação como importante *em si mesma*, deixando ao sabor do acaso esses fatores, é usar o mecanismo de forma a dificultar em vez de favorecer o crescimento.

O comportamento do superior imediato

Dentro do contexto mais amplo do clima criado pela política e pela prática, pela estrutura organizacional e pela filosofia geral da companhia, há ainda o clima criado pelo superior imediato do gerente. Como vimos no capítulo X, o clima dessa relação é decisivo. É, provavelmente, a influência que mais afeta o desenvolvimento gerencial.

Todo encontro entre um superior e seu subordinado implica uma aprendizagem, seja qual for, para o subordinado. (Deveria implicar aprendizagem para o superior, também, mas essa é uma outra questão.) Quando o chefe dá uma ordem, solicita que se faça um trabalho, repreende, elogia, tem uma entrevista de avaliação, lida com um erro, realiza uma reunião com a assessoria, trabalha com o seu subordinado na resolução de um problema, dá um aumento de salário, discute uma possível promoção, ou age de qualquer outra forma com os subordinados, ele os está ensinando alguma coisa. As atitudes, os hábitos, as expectativas do subordinado serão reforçados ou modificados de alguma forma em conseqüência de qualquer encontro com o chefe. É por isso que o "treinamento no trabalho" é um processo tão importante. É por isso que os resultados do treinamento de supervisão em sala de aula são freqüentemente desanimadores. A experiência do dia-a-dia no trabalho é tão mais rica que tende a obscurecer o que o indivíduo possa aprender em outras situações.

O ambiente da organização é que levará, ou não, o gerente a ter consciência da importância de sua influência, para melhor ou para pior, no crescimento de seus subordinados, e a considerar esta uma responsabilidade importante à qual dedicará muita reflexão, muito tempo e muita energia. É comum dizer-se que todo gerente é responsável pelo crescimento e desenvolvimento de seus subordinados, mas o sistema de recompensa e punição da companhia nem sempre está em harmonia com essa declaração. Um exemplo tirado do campo acadêmico talvez sirva para ilustrar esse ponto.

> Muitas universidades enfatizam, como parte de sua política de promoção, duas grandes responsabilidades do

professor: ensino e pesquisa acadêmica. Conquanto se reconheça que os indivíduos nem sempre serão igualmente competentes nas duas, a política formal normalmente esclarece que as promoções caberão àqueles que se destacarem em uma delas e se desempenharem pelo menos satisfatoriamente na outra.

Esta é a norma; na prática a coisa é diferente. Acredita-se, de modo geral, e há pelo menos algumas razões para isso, que as promoções, na prática, se baseiam principalmente no saber revelado pelo número de publicações e nos juízos dos colegas sobre a competência em pesquisa. As promoções vão, com bastante freqüência, para os professores estudiosos, competentes e produtivos, mas fracos e ineficientes na sala de aula. O sistema de recompensa e punição funciona de tal maneira que há pouco estímulo para os professores das grandes universidades dedicarem tempo e energia para o aperfeiçoamento de suas habilidades didáticas. De fato, os seus objetivos de fazer carreira poderão ficar frustrados se derem mais atenção ao ensino, às custas de suas pesquisas e publicações.

Na indústria, as recompensas sob a forma de promoções, aumentos de salários e reconhecimento vão geralmente para os que demonstram competência em atividades que não têm muito a ver com o desenvolvimento de seus subordinados. Entrevistando representantes das gerências de várias companhias, cujas atividades relativas ao desenvolvimento de gerentes são extensas, encontrei apenas dois casos em que se achava que o sucesso no desenvolvimento de subordinados era devidamente reconhecido. No entanto, se o gerente não for verdadeiramente responsabilizado por criar um clima propício ao crescimento, e se as recompensas e punições não estiverem, para ele, claramente relacionadas com o seu desempenho nesse campo, não poderemos esperar que esse problema receba maior atenção.

Alguns gerentes, conscientes de sua dependência dos que lhes estão abaixo, de fato dão muita atenção ao desenvolvimento de seus subordinados, embora os seus esforços possam não ser reconhecidos e recompensados "lá em cima". Eles reconhecem que a sua própria capacidade de dirigir depende, em grau muito elevado, do desempenho dos que lhe estão abaixo. Outros, que não reconhecem essa dependência dos que lhes estão abaixo (e são a maioria), estão mais interessados no seu próprio desempenho e nas suas próprias recompensas e punições do que no crescimento de seus subordinados. De fato, receiam ter subordinados competentes demais – têm medo de ver reveladas as suas próprias fraquezas. Essa tendência autoprotetora cria um clima que dificulta o crescimento em vez de favorecê-lo.

Talvez tenha ficado agora mais evidente a razão pela qual a abordagem "manufatureira" do desenvolvimento de gerentes é menos eficaz do que seria de desejar: ela focaliza a atenção da gerência nas coisas erradas. Os programas formais podem até ter efeitos negativos se o ambiente não for propício ao crescimento. As conclusões da pesquisa, segundo as quais os cursos de treinamento de supervisão serão ineficientes a menos que os seus ensinamentos sejam reforçados pelo ambiente diário no trabalho, são uma prova disso. O mesmo se pode dizer dos resultados obtidos de todas as formas de "mecanismo" de desenvolvimento de gerentes. Se quisermos cultivar o talento gerencial, devemos dar atenção às condições que afetam o seu desenvolvimento. Algumas delas são sutis e difíceis de serem influenciadas; outras são óbvias e passíveis de serem modificadas se nos detivermos um pouco para examiná-las.

O papel da assessoria de desenvolvimento de gerentes

Se houver um departamento de assessoria encarregado do desenvolvimento de gerentes conforme a linha sugerida pela Teoria Y, é óbvio que uma de suas principais atividades será a profissional: planejamento da estratégia junto com a alta direção. Essa assessoria se preocupará com o ambiente organizacional, tanto em geral como em particular. Estudará as normas e as práticas da companhia e procurará ajudar a gerência a compreender a importância delas para o crescimento e desenvolvimento do talento gerencial, de modo que a estrutura organizacional, a política da companhia e o comportamento gerencial do dia-a-dia passem a contribuir para isso.

A segunda função dessa assessoria será a de prover informação e assistência necessárias aos gerentes que estão tentando se desincumbir de suas responsabilidades para com o desenvolvimento de seus subordinados. Essa assistência não pode ser imposta ou "vendida" à organização. Uma assessoria competente, quando as condições são favoráveis, ver-se-á solicitada para esse fim. A assistência que ela estará preparada a dar raramente assumirá a forma de procedimentos formais detalhados, ou cursos de treinamento enlatados. Ela assistirá os gerentes – individual ou coletivamente – na busca e na utilização dos meios que melhor respondam às necessidades *deles*. A analogia do arquiteto frente aos seus clientes, sugerida no capítulo XII, se aplica bem nesse caso.

Um terceiro aspecto bem menos importante da função dessa assessoria diz respeito aos problemas de administração. Haverá necessidade de certos dados para inventário de gerência e planejamento de substituições. Entretanto, o grupo de assessoria interessado nos problemas de crescimento não se deixará cair na armadilha dos mapas coloridos mecanicamente codificados e das análises estatísticas como meios que substituam a preocupação com as condições que influenciam o crescimento. Registros e estatísticas não são métodos para desenvolver o talento gerencial: são apenas meios para acompanhar o processo.

> Um grupo de assessoria de uma grande empresa dedicou-se intensamente, há alguns anos, a aplicar a abordagem "manufatureira" do desenvolvimento de gerentes: criou um programa formal minucioso e tentou vendê-lo à administração. Depois de algum tempo, esse grupo tomou consciência de que os fins desejados não estavam sendo atingidos. O programa não estava funcionando bem; a maioria dos gerentes não estava usando os procedimentos ou os formulários, e havia, de maneira geral, uma certa resistência passiva em relação a todo esse campo do desenvolvimento de gerentes.
>
> Em vez de concluir (como fazem certos grupos de assessoria de desenvolvimento de gerentes, nessas circunstâncias tão comuns) que o remédio era "vender" mais, ou desenvolver um programa de treinamento para ensinar à gerência como usar o mecanismo formal, esse grupo decidiu começar tudo de novo empregando uma abordagem totalmente diferente. Esta consistia em apenas uma atividade: encontros anuais do presidente da companhia com cada um de seus subordinados imediatos, individualmente, durante os quais o subordinado relatava detalhadamente ao presidente as suas atividades e resultados na criação de um ambiente propício ao crescimento de seus subordinados. Todos os indivíduos imediatamente ligados ao presidente, e todos os do segundo nível abaixo dele, eram discutidos com atenção. O ponto importante era saber o que o gerente estava fazendo para dar aos seus subordinados a possibilidade de promover o seu próprio autodesenvolvimento. O presidente deixou claro – não só por palavras, mas também por atos – que considerava os seus próprios subordinados

responsáveis por essa função gerencial e que a maneira como se desincumbissem dessa responsabilidade afetaria de modo considerável as suas próprias recompensas e punições.

Depois de uns dois anos, os efeitos dessa única atividade se fizeram notar. A assistência da assessoria de desenvolvimento de gerentes era solicitada por aqueles mesmos gerentes que, dois ou três anos antes, se opunham com hostilidade à função. Os gerentes que prestavam contas ao presidente descobriram que não podiam se desincumbir dessa responsabilidade sem estimular o desenvolvimento do mesmo processo entre aqueles que lhes prestavam contas e, assim, a ênfase geral na responsabilidade pelo desenvolvimento de gerentes começou a descer os degraus da organização. Os próprios gerentes aprenderam muita coisa ao se esforçarem para se desincumbir dessa nova responsabilidade.

Essa abordagem dependia muito pouco de mecanismo formal. Cada gerente era estimulado a desenvolver seus próprios métodos para apresentar a sua análise ao presidente, e a sua própria maneira de trabalhar com os seus subordinados para favorecer o crescimento deles. A assessoria de desenvolvimento de gerentes estava preparada e pronta a dar assistência profissional àqueles que a solicitassem.

A experiência dessa empresa acrescenta mais uma prova a favor da afirmação que a minha observação do campo de desenvolvimento de gerentes tende a corroborar: não há quase nenhuma relação entre o volume de programação formal, o número de mecanismos visando o desenvolvimento de gerentes, e o sucesso real da organização nesse sentido. Às vezes até penso que a correlação seja negativa! Programas e procedimentos não *causam* o desenvolvimento de gerentes, porque não é possível "produzir" gerentes como se produzem produtos. Só poderíamos "cultivá-los", mas isso depende menos dos instrumentos usados do que do ambiente criado. Se o ambiente for propício ao crescimento, a principal tarefa será a de manter o solo bem amanhado e limpo de ervas daninhas.

Não há, provavelmente, uma única atividade mais indicada para criar um ambiente propício ao crescimento gerencial do que a abordagem de "estabelecimento de metas" descrita no capítulo V. Todavia, como já vimos ao tratar desse assunto, o que está envolvido nela é uma teoria de administração e não uma fórmula ou um procedimento mecânico. O conceito de administração por integração e autocontrole não pode ser desenvolvido com sucesso como um programa preparado e vendido à administração, mas uma assessoria profissional competente pode ajudar a gerência a descobrir o seu valor. Para fazê-lo, não terão que enfrentar a difícil tarefa de convencer a gerência a acrescentar mais um peso à sua carga já tão grande. Ao contrário, estarão ajudando a gerência a funcionar de tal maneira que *ao mesmo tempo* realiza melhor os objetivos organizacionais e estimula o crescimento de seus subordinados. Se, pela maneira como a gerência funciona, forem criados clima e condições de solo propícios ao crescimento, a nata *virá* à tona, no sentido de que cada um dos gerentes, na organização toda, se verá envolvido num processo de autodesenvolvimento que leva à realização de suas potencialidades. Dessa maneira, a administração eficaz da empresa e o desenvolvimento de talento gerencial se transformarão numa única atividade integrada e os gerentes deixarão de enfrentar o conflito entre essas duas responsabilidades.

Referências

Acton Society Trust, *Management Succession*, Londres, 1956.

American Management Association, *Organization Planning and Management Development*, Personnel Series, nº 141, 1951.

Dooher, Joseph M. e Marquis, Vivienne (eds.), *The Development of Executive Talent: A Handbook of Management Development Techniques and Case Studies.* Nova York, American Management Association, 1952.

Mace, Myles L., *The Growth and Development of Executives.* Boston, Division of Research, Graduate School of Business Administration, Harvard University, 1950.

Martin, Norman H. e Strauss, Anselm L., "Patterns of Mobility within Industrial Organizations", *The Journal of Business*, vol. 29, nº 2, 1956.

National Industrial Conference Board, Inc., "Management Development: A Ten-year Case Study", *Studies in Personnel Policy*, nº 140, 1953.

Capítulo XV

Aquisição de habilidades gerenciais na sala de aula

O ambiente de trabalho do indivíduo é a variável que mais afeta o seu desenvolvimento. Se esse ambiente não for propício ao seu crescimento, nada do que for feito para ele e por ele será eficaz. É por isso que a abordagem "agrícola" é melhor do que a abordagem "manufatureira". Esta última leva, entre outras coisas, à expectativa ilusória de que se pode criar e desenvolver gerentes na sala de aula.

Um colega disse, certa vez, que a principal finalidade da instrução formal para o gerente é aumentar a sua capacidade de aprender da experiência. A isso eu acrescentaria uma segunda finalidade: a de aumentar a sua capacidade de ajudar os seus subordinados a aprender da experiência, isto é, dar-lhe a possibilidade de aprender como criar um ambiente propício ao crescimento deles.

Ao tratar do ensino em sala de aula para gerentes (na fábrica ou na instituição acadêmica), é necessário fazer algumas distinções. Há vários tipos de aprendizagem, e os métodos apropriados variam com o tipo de aprendizagem desejado.

A aquisição de conhecimento intelectual

Um engenheiro eletricista pode precisar de mais conhecimento do que já tem sobre construção de circuito. Um empregado novo pode precisar conhecer as políticas da companhia e os regulamentos de trabalho. Um gerente de fábrica pode precisar conhecer as possibilidades da programação linear. Um chefe de seção pode precisar ter informação sobre as novas provisões do acordo trabalhista.

A aquisição de conhecimento é um processo bastante simples e direto, *desde que o indivíduo deseje o novo conhecimento.* O conhecimento pode ser posto ao seu alcance de várias maneiras. Todavia, se ele não quiser o conhecimento ou se não souber quanto precisa dele, teremos alguma dificuldade em fazê-lo aprender. Muitos dos métodos que utilizamos nesse tipo de ensino são planejados de modo a influenciar a sua motivação para aprender. Na escola, a nota formal é o principal artifício para essa finalidade, embora o método de apresentação da matéria também possa ser importante. Na indústria, as tentativas de se criar uma "necessidade sentida" de mais conhecimento são muitas: recompensas implícitas ou prometidas, tais como maiores chances de promoção, facilitar o trabalho, agradar o chefe, não criar problema, e punições implícitas ou prometidas que são principalmente o inverso dessas recompensas.

Os problemas envolvidos nesse tipo de educação gerencial brotam principalmente do desprezo do princípio de integração. O indivíduo pode reconhecer a sua necessidade de conhecimento em alguma área, ou seu superior pode mostrar-lhe como isso seria importante. Se houver cursos acessíveis em instituições acadêmicas vizinhas, ou num programa patrocinado pela companhia, ele provavelmente adquirirá o conhecimento necessário sem grandes dificuldades. Reembolso parcial da taxa escolar, ou licença do trabalho, podem servir de incentivo, mas se o indivíduo estiver persuadido de sua necessidade essas recompensas farão pouca diferença.

É a elaboração e, especialmente, a padronização desse processo para um grande número de pessoas que diminui o seu valor. É muito fácil para a alta direção, ou para os grupos de assessoria, decidir pelos outros o que é que eles precisam em termos de conhecimento adicional. Cursos e programas são então preparados e oferecidos. Se esses cursos e programas forem verdadeiras "ofertas", e os indivíduos puderem realmente optar entre aceitá-los ou não, haverá poucos problemas, além do fato de que alguns deles terão menor freqüência do que a esperada.

O que geralmente acontece é que a alta direção se convence de que um determinado programa é uma Boa Coisa para os subordinados. (Um colega inglês se refere ao treinamento de supervisão como "a aspirina da alta direção!".) A "oferta" então se transforma em tarefa programada para toda uma categoria de pessoas (às vezes a gerência toda, porém, mais freqüentemente, só a dos níveis inferiores). A necessidade do novo conhecimento não é mais, agora, a necessidade "sentida" pelo indivíduo, mas uma necessidade que os outros pensam que ele deve ter. O princípio integrativo é abandonado em favor de uma forma de controle que só pode ser usada onde há um alto grau de dependência (por exemplo, na escola primária) e que nem lá é muito eficaz. "Dar" cursos dessa maneira não é, de modo geral, um método apropriado de influência. A aprendizagem é limitada porque a motivação é baixa. Além disso, essa estratégia logo gera atitudes negativas em relação ao treinamento em geral, prejudicando, dessa forma, a criação de um clima organizacional propício ao crescimento.

Pode haver cursos que, de fato, vão ao encontro de necessidades "sentidas" por todos de maneira geral, ou que são tão bem apresentados que despertam essas necessidades. Tendem a ser poucos, porque as situações individuais variam muito, mesmo dentro de uma única categoria como a primeira supervisão de linha. Realmente, é difícil criar um clima em que os indivíduos possam exercer a liberdade de escolha diante de cursos e programas que os superiores apresentam como uma Boa Coisa. No entanto, a falta desse clima é uma das principais razões pelas quais o ensino de gerentes em sala de aula é relativamente ineficaz. É exigir demais do instrutor, esperar que ele crie a necessária motivação para que haja aprendizagem nessas circunstâncias, independentemente de suas habilidades ou dos métodos usados por ele.

Mesmo quando as circunstâncias indicam a conveniência de um curso para um grupo grande de gerentes, pode-se fazer alguma adequação no plano individual. Com certeza, nem todos os primeiros supervisores de linha, por exemplo, estão igualmente prontos, ao mesmo tempo, para tirar proveito de qualquer curso. Alguns, certamente, nem percebem que precisam dele (e, provavelmente, aproveitarão muito pouco). É possível criar um clima dentro do qual a freqüência a esses cursos seja realmente voluntária. A palavra "realmente" é importante. O caráter voluntário será nitidamente alterado se as pessoas perceberem que se espera delas que se "apresentem voluntariamente", e que terão que enfrentar a desaprovação do chefe se não o fizerem.

Se há necessidades que podem ser resolvidas por um determinado tipo de treinamento, pelo menos alguns dos "necessitados" haverão de ter consciência disso. Um primeiro passo pode, muitas vezes, ser planejado *com eles.* Se a atividade que resultar disso for ao encontro de suas necessidades, eles serão os primeiros a criar uma procura entre os outros. Foi isso o que aconteceu, por exemplo, numa fábrica há alguns anos.

> Alguns dos chefes de seção, mais jovens e mais ambiciosos, procuraram o diretor de pessoal para discutir com ele a sua preocupação por não estarem aumentando a sua competência gerencial num ritmo suficiente para responder às exigências da situação. Achavam eles que o futuro de suas carreiras na companhia seria prejudicado se não adquirissem mais habilidades como gerentes.

O trabalho inicial, feito para ajudar esses homens, resultou finalmente numa variedade de atividades de treinamento que eram ativamente procuradas pela maioria da força de supervisão.

Vale a pena notar que a primeira dessas atividades não foi um curso de treinamento, mas uma série de encontros, com o objetivo de dar uma compreensão maior das responsabilidades do chefe de seção. Durante o desenrolar dessas discussões, muitos outros, além do grupo original, passaram a participar delas. O resultado desses encontros foi uma declaração relativa às responsabilidades dos chefes de seção que foi aceita quase sem alteração pela alta administração da companhia. Todos os que se interessaram por essa atividade aprenderam muito, embora ninguém – nem mesmo o diretor do pessoal – pensasse nela como um "treinamento". O mesmo se verificou em relação a diversos outros projetos empreendidos subseqüentemente por esses supervisores com a assistência da assessoria de pessoal.

Para a aquisição de conhecimento ou informação, é necessário que haja motivação por parte do aprendiz. Ele pode, é claro, ser motivado por ameaças de punição. Os riscos envolvidos nesse método de controle (mesmo quando a ameaça é a implicação subentendida de que ele será visto com menos boa vontade pelos seus superiores se não freqüentar o curso) são as contramedidas usuais correlacionadas com a administração por direção e controle.

Acima de tudo, é necessário reconhecer que o conhecimento não pode ser bombado nos seres humanos da mesma forma como a graxa é introduzida nas junções da máquina. O indivíduo pode aprender; ele não é ensinado. A educação eficaz é sempre um processo de influência por integração e autocontrole.

Até aqui, enfatizou-se a aquisição do conhecimento em sentido específico. E o "alargamento" dos horizontes do gerente através de uma experiência de formação geral que inclui uma ampla variedade de alimento intelectual? Essas experiências geralmente são proporcionadas através de programas universitários de vários meses de duração. Umas poucas companhias, em parte por causa do seu tamanho, porém mais freqüentemente por causa das suas necessidades percebidas como particulares, criaram oportunidades de ensino acadêmico dentro da organização para prover essa forma de educação.

É um fato óbvio e importante que a tarefa gerencial está se tornando cada vez mais complexa hoje. O gerente eficiente deve ter uma consciência clara das tendências econômicas, políticas e sociais da sociedade. Ele precisa ter um conhecimento intelectual geral em vários campos especializados a fim de poder apreender a extensão de suas responsabilidades, compreender o papel de sua companhia na economia e no meio político, e saber quando necessita de assistência profissional.

Essa forma de educação do gerente é importante não só como estímulo para inovações, mas também como exigência para ajustamento a um mundo em rápida transformação. A educação do gerente deveria ser um processo contínuo, e pode ser periodicamente ajudada pela sua participação nesses programas acadêmicos formais. Além disso, depois de algum tempo de formado, e depois de ter se defrontado com algumas das realidades da vida organizacional, ele estará, muitas vezes, em posição de aprender muito mais do que teria sido possível antes. Nós, que ensinamos nesses programas, vemos comumente como os gerentes experientes compreendem e apreendem a nossa matéria mais rapidamente do que os alunos de faculdade que ainda não tiveram muito contato com o mundo industrial.

A universidade é o lugar próprio para essa educação. Os professores universitários podem apresentar uma perspectiva que dificilmente seria adquirida dentro da organização industrial. De modo geral, os melhores professores para isso se encontram no ambiente universitário e dificilmente seriam atraídos para cargos de tempo integral na indústria. No ambiente universitário, é permitida a crítica ao *status quo*; há poucos ídolos a serem respeitados. As idéias podem ser desenvolvidas até onde derem, sem ter que ser temperadas pela sensibilidade aos preconceitos de um chefe. Finalmente, é função da universidade prover a liderança nos campos intelectuais e, portanto, é no mundo acadêmico que a indústria deve ir buscar as idéias melhores, mais modernas e mais críticas sobre as questões mais amplas que afetam a tarefa gerencial.

Há ainda, no programa universitário, um outro valor importante para o gerente industrial: a oportunidade de trocar experiências e idéias com outros gerentes, fazer descobertas acerca das semelhanças e das diferenças entre as indústrias e as companhias. Muitos dos que participam desses programas vêem isso como o principal valor da experiência toda. É importante reconhecer, contudo, que esse intercâmbio ocorre dentro do contexto dos problemas e questões teóricas levantados pelos professores universitários. Uma reunião informal do mesmo grupo de gerentes, fora do contexto da universidade, geralmente teria menos valor por falta dessa estrutura.

Finalmente, é importante reconhecer que outras atividades, além das aulas, fazem parte importante de muitos desses programas universitários. Uma delas, por exemplo, é a exigência de que o gerente faça uma série de leituras das quais tinha se desacostumado provavelmente desde que deixou a escola. Muitos dos participantes desses programas confessam que a experiência reavivou o seu interesse por questões intelectuais e que, depois, passaram a ler muito mais sobre esses assuntos. E há também outras atividades, como, por exemplo, a viagem que os bolsistas da Sloan fazem a Washington durante o curso de um ano no MIT. Lá eles têm oportunidade de discutir com membros importantes dos departamentos legislativo, executivo e judiciário do governo federal. Em conseqüência disso, ganham uma perspectiva e um *insight* das relações entre indústria e governo difíceis de serem obtidos só através de aulas. Num outro programa de executivos, no MIT, o grupo tem várias oportunidades de se encontrar com os mais credenciados professores da faculdade, que se dedicam à pesquisa em alguns dos principais campos técnicos e científicos, para explorar com eles as fronteiras do conhecimento e da pesquisa e vislumbrar, através dos olhos deles, alguns dos mais prováveis progressos futuros que podem afetar a administração. Isso também ocorre fora do ambiente formal de aula e é uma experiência difícil de se conseguir fora do *campus* universitário.

Muitas companhias gastaram uma verba considerável para mandar gerentes aos programas universitários, e começaram recentemente a indagar da validade dessas experiências. A "avaliação" do impacto dessa educação nos gerentes tem sido objeto de grande preocupação nos últimos anos. Há um perigo real de que a pressão da exigência de avaliação nos leve a tentar medir as coisas erradas e, portanto, a deixar de ver o verdadeiro valor de experiências desse tipo. A finalidade da maioria desses cursos universitários generalizados não é, e não deveria ser, a aplicação prática direta da aprendizagem no trabalho. A sua finalidade não é a de dar respostas a problemas, fornecer fórmulas ou truques do ofício. É ampliar a compreensão que o gerente tem da sua função, contestar alguns dos seus preconceitos, torná-lo mais capaz de aprender da experiência, quando voltar para casa, por ter adquirido uma compreensão mais realista das causas e efeitos com as quais tem de lidar. O sucesso desse tipo de educação não se revela em mudanças imediatas ou óbvias de seu comportamento no trabalho. A aprendizagem feita se refletirá provavelmente de maneiras muito sutis das quais nem ele mesmo terá consciência. Não obstante, essas mudanças de percepção realmente afetam o comportamento, às vezes profundamente. Sem dúvida, é razoável que a administração queira avaliar os resultados dos programas universitários de desenvolvimento de gerentes, mas é importante compreendermos as finalidades desses programas para saber o que avaliar.

A questão, agora, é saber quem deveria ir para esses programas, e quando. Em relação a isso, convém procurar uma integração entre as necessidades de cada gerente, sua prontidão para aprender e sua experiência passada, de um lado e, de outro, as necessidades da organização O problema não deve ser abordado de forma massificante, nem o indivíduo deve ser tratado como um peão num jogo de xadrez.

Não raro há uma certa ironia no fato da finalidade de a administração, ao enviar alguém a um desses programas, não ser percebida por essa pessoa. Há gerentes que passam o tempo todo do programa preocupados em saber por que foram *enviados*. Que é que fizeram de errado? Onde falharam? Que defeitos queriam que ele corrigisse? Muitos participantes dos programas universitários se questionam assim porque a sua indicação para os programas foi feita de maneira inepta. Quando um gerente é "enviado" à escola porque o seu chefe decidiu isso, o fato adquire uma conotação ameaçadora e o resultado será, provavelmente, menor aproveitamento na aprendizagem.

Outra prática muito comum em algumas companhias é enviar alguns de seus homens aos programas universitários como recompensa por sua lealdade no serviço, e não com a expectativa de que isso venha trazer alguma diferença no seu comportamento futuro. Isso pode ser ótimo para os escolhidos, mas é provável que desperte algumas ansiedades. Mais importante, porém, é o efeito que pode ter um número dessas pessoas espalhadas num grupo de gerentes que estejam fortemente motivados para aprender e que considerem essa oportunidade mais como um desafio do que como uma recompensa. Seria aconselhável que a administração pensasse um pouco se é realmente uma prática prudente essa de usar os programas universitários como recompensa por um serviço consciencioso, ou como artifício para evitar a aparência de discriminação.

No contexto do estabelecimento de metas, em que o superior acompanha o trabalho do subordinado, é muito provável que apareça a necessidade de melhor formação do gerente. Além do mais, muitas vezes ele mesmo perceberá essa necessidade, interessando-se por procurar os meios de saná-la. A necessidade não será só a de corrigir pontos fracos, mas também de auto-realização e de utilização de potencialidades. Se, nesse contexto, chega-se à conclusão de que um programa universitário seria útil, o problema de suas ansiedades e de sua motivação se resolve de forma que beneficie tanto ele quanto a organização.

Aquisição de habilidades manuais

O gerente não necessita de muitas habilidades manuais no desempenho de sua função. Exemplos dessas habilidades, em outros contextos, seriam dirigir um carro, operar um torno, jogar golfe, tocar um instrumento musical, datilografar. O estudante de ciências adquire certas habilidades na aplicação de métodos científicos através dos cursos de laboratório.

Um exame rápido desse tipo de aprendizagem nos será útil para quando examinarmos, mais tarde, a aprendizagem das habilidades de interação social que são de grande importância para o gerente. Os dois tipos de aprendizagem têm muitas coisas em comum, embora as habilidades manuais sejam muito mais fáceis de serem adquiridas.

A aquisição de habilidades manuais requer prática, ou experiência, acompanhada de *feedback*. A aprendizagem baseada em "ensaio e erro" pode ser muito mais rápida se feita sob orientação, mas o indivíduo não pode aprender se não praticar e se não receber informações sobre o sucesso de seus esforços. De modo geral, na aprendizagem motora as informações são diretas e imediatas: a bola de golfe desvia-se para fora do campo, ou, na folha de papel, na máquina de escrever, aparece um "uqe" em vez de "que". O desempenho correto e fácil do perito representa, naturalmente, um nível de aprendizagem no qual a resposta às informações já não exige mais uma atenção consciente, e no qual muitos atos separados fundiram-se em unidades complexas.

É mais óbvio na aquisição de habilidades motoras do que na aquisição de conhecimento intelectual – mas não mais verdadeiro – que a aprendizagem é um processo ativo, e não passivo. O esforço necessário só será aplicado se houver uma necessidade "sentida" pelo aprendiz.

Aquisição de habilidades em solução de problema

Boa parte do trabalho de um gerente consiste em resolver problemas. Incluem-se entre eles: organizar as suas atividades e as de seus subordinados, planejar (para as circunstâncias previstas e para as imprevistas), escolher as suas estratégias gerenciais, e uma série de outras atividades que implicam tomada de decisão. O diagnóstico de problemas, a obtenção e interpretação de dados pertinentes ao problema, o levantamento e a testagem de soluções alternativas e a obtenção de *feedback* relativo à eficácia tanto da solução como do processo usado para chegar a ela, requerem certas habilidades. Essas habilidades podem ser aperfeiçoadas, e a educação em sala de aula é um método usado para esse fim.

Como para qualquer outra aprendizagem, aqui também a prática (experiência) e o *feedback* são essenciais. O método mais usado em sala de aula para aperfeiçoar as habilidades em solução de problemas é o método de caso. Nas mãos de um professor experiente ele pode ser extremamente eficaz. Mas há alguns indícios esparsos de que o aperfeiçoamento das habilidades de diagnóstico, por si só, não basta para melhorar a qualidade das soluções. Isso se deve, talvez, ao fato de se ter dado relativamente pouca ênfase à teoria no uso exclusivo do método de caso. É verdade que raramente há uma única "melhor resposta" para os problemas complexos tais como os que são representados pelos casos. Entretanto, se não se examinarem conscienciosamente, e com espírito crítico, as pressuposições teóricas básicas de cada um, elas tenderão a determinar a resposta, sem que disso se tenha consciência, a despeito do cuidado aplicado na análise do problema.

Quando o gerente está exercendo a sua função, a prática de solução de problemas é, naturalmente, inevitável. No entanto, descuida-se freqüentemente de uma importante fonte de *feedback* para o aperfeiçoamento de suas habilidades. É o exame crítico dos erros ocorridos a fim de compreender o que aconteceu e por quê. Se essa revisão se restringir à procura do culpado, haverá um tipo de aprendizagem. Mas ela poderá ser fonte de uma outra aprendizagem muito mais rica, caso se reconheça que os erros são uma ocorrência inevitável, no processo de ensaio e erro, para a aquisição de habilidades em solução de problemas

> Um estudo inédito, feito numa grande companhia, sugeria que a maneira de um gerente lidar com os erros de seus subordinados era o fator mais importante para determinar se a sua delegação a eles era eficaz, isto é, se eles aprendiam a assumir responsabilidade pelo seu próprio desempenho.

É óbvio que a análise dos esforços bem-sucedidos na solução de problemas pode também proporcionar *feedback* eficaz para a aprendizagem.

Esse tipo de formação pode ser levada à sala de aula através de dramatizações. O comportamento dos participantes no exercício de solução de problemas é diretamente observado e se torna, depois, objeto de análise crítica. Embora seja verdade que "dramatização" não é a vida real, é impressionante quão real se pode tornar sob certas circunstâncias. Além do mais, é propícia à aprendizagem porque é uma situação "sem perigo" (as únicas conseqüências ocorrem na sala de aula), na qual o indivíduo pode praticar formas de comportamento que não estaria disposto a usar na vida real. Além disso, a situação pode ser encenada de novo para testar outras abordagens, proporcionando assim oportunidades para um *feedback* que dificilmente se encontram no trabalho.

Um outro método que proporciona maior *insight* e compreensão, mesmo que não afete diretamente a habilidade de resolver problemas, é o contato, sob certas condições, com o pensamento de outros que enfrentam problemas semelhantes. Como já foi dito, gerentes de diferentes companhias e de diferentes indústrias que se encontram reunidos, por várias semanas, em programas universitários, aprendem muito com a discussão entre eles fora da sala de aula. Os assuntos tratados em classe estimulam, fora da sala de aula, as discussões e trocas de experiências com as quais só não aprende quem já sabe todas as respostas.

> Num desses programas, essas experiências são aumentadas ainda mais colocando-se o grupo de estudantes de gerência de nível médio em contato com uma série de executivos de cúpula de diferentes companhias. Em cada um desses encontros não-oficiais, o grupo criva o convidado de perguntas sobre os seus problemas gerenciais mais sérios e a sua maneira de lidar com eles.

É interessante observar como aumenta a sofisticação crítica dos estudantes (refletindo aumento de *insight* e de compreensão) à medida que a série prossegue.

Há ainda o método "clínico", que se tem mostrado eficaz para esse tipo de aprendizagem: um grupo de gerentes intimamente relacionados (um chefe de departamento e seus subordinados) se reúne com um "instrutor" para refletirem juntos sobre os problemas concretos que normalmente têm de resolver no trabalho. Isso dá ao instrutor a oportunidade de ajudá-los a ver com espírito crítico não só os problemas como também os métodos que estão usando para resolvê-los; e adquirir, dessa forma, compreensão de seus "processos" de resolver problemas e aumentar suas habilidades nesse campo.

Esse método revela, pela sua maneira de funcionar, um aspecto importante das atividades gerenciais, relativas à solução de problemas, que vai além do aspecto puramente intelectual: as interações entre as pessoas que são, muitas vezes, decisivas na determinação do sucesso ou fracasso. Algumas resoluções de problemas gerenciais são levadas a cabo individualmente, mas de maneira geral essa atividade se processa em um grupo de pelo menos duas pessoas. Nos grupos, entra em jogo um conjunto complexo de fatores que revela a necessidade de habilidades em interação social.

Aquisição de habilidades de interação social

O reconhecimento da importância crucial dessas habilidades para a solução eficaz de problemas gerenciais deu origem a uma série de esforços educativos: cursos de comunicação, métodos de supervisão, liderança, aconselhamento, *brainstorming*, dinâmica de grupo, o uso da assessoria, etc. A quantidade relativamente pequena de conclusões de pesquisa de que dispomos indica duas coisas: (1) a aprendizagem efetiva nesse campo exige a solução de alguns problemas extremamente complexos, e (2) mudanças definitivas de comportamento, como resultado dos métodos convencionais de sala de aula, são improváveis. Não é preciso ir muito longe para buscar as razões disso.

Todo ser humano adulto tem uma rica história de experiência nesse campo, e a aprendizagem adicional é profundamente influenciada por essa história. Desde a infância, a sua capacidade de atingir seus objetivos e satisfazer suas necessidades – a sua "sobrevivência social" – dependeu de suas habilidades para influenciar os outros. Profundas correntes emocionais – necessidades inconscientes, tais como as relacionadas com a dependência e a contradependência – estão envolvidas. A pessoa fez um grande "investimento do ego" no seu conhecimento e na sua habilidade nessa área, e as defesas que construiu para proteger esse investimento são fortes e psicologicamente complexas.

Pode se dizer que, nas situações organizacionais que envolvem nossos superiores ou subordinados, quase todos nós *reagimos* (inconscientemente, é claro) muito mais às nossas necessidades, medos e esperanças internas do que *agimos* em relação à própria situação. Tentamos exercer poder ou obter aceitação, liderar ou assumir um papel secundário, lutar ou recuar, demonstrar nossos talentos ou esconder nossos defeitos – não tanto porque a situação o requer, mas porque nosso ajustamento interior o exige.

Tendo em conta esses fatores, é realmente difícil aprender novas habilidades de interação social. Leituras convincentes, ou discussão dos princípios de supervisão, ou conferências sobre relações humanas podem nos prover de palavras novas, ou talvez nos dar novos *insights* do comportamento dos outros, mas raramente nos fornecem mais do que novas racionalizações para defender nosso atual comportamento.

A intensidade do investimento do nosso ego naquilo que agora sabemos e fazemos é bastante grande para deformar nossas percepções segundo nossas necessidades.

O que é mais importante ainda é que normalmente temos muito pouco *feedback* de real valor sobre o impacto de nosso comportamento nos outros. Se eles não se comportam como queremos, é fácil pôr a culpa na *sua* estupidez, no *seu* ajustamento, nas *suas* peculiaridades. Só mesmo em condições extremas, muito raras, os nossos subordinados chegam a tentar nos dizer como o nosso comportamento os afeta. Quando, às vezes, nossos superiores fazem uma tentativa, achamos difícil entender aonde é que eles estão querendo chegar, e na maior parte das vezes não concordamos com a percepção que têm de nós. Acima de tudo, não é considerado de bom gosto, na maioria dos ambientes sociais, dar esse tipo de *feedback*. Em vez disso, nossos colegas falam de nós quando não estamos presentes, o que nos impede de aprender deles algo sobre nós.

Finalmente, com o investimento do nosso ego nas nossas atuais habilidades de interação social, e com as defesas que erigimos para proteger a nossa crença na sua adequação, raramente temos muita motivação para mudar. Inconscientemente tememos o fracasso inevitável que poderíamos sofrer se "experimentássemos" modos de comportamento que diferem muito dos que aprendemos com tanta dificuldade durante tanto tempo. Sem dúvida, podemos experimentar um novo dispositivo ou uma técnica de menor importância, mas não uma mudança importante na estratégia que envolveria a aquisição de habilidades novas e estranhas.

Nenhum dos métodos educacionais discutidos acima provoca mudanças reais nas habilidades de interação social. Um ou outro indivíduo pode ter deparado tantas vezes com dificuldades e fracassos que está preparado para aprender novas habilidades. Indivíduos cujas habilidades já são semelhantes às que estão sendo ensinadas poderão aperfeiçoá-las um pouco. Mas não são esses os resultados que se esperam.

Há dois métodos educacionais atualmente em uso que parecem provocar melhorias significativas nas habilidades de interação social. É pouco ainda o que se pode dizer a respeito de cada um deles, mas estão se tornando mais eficazes à medida que vão se acumulando os conhecimentos. O primeiro deles é a psicoterapia. Infelizmente, essa forma de educação tem muito pouca utilidade para o desenvolvimento de gerentes hoje. Geralmente ela é tida como relevante apenas quando os indivíduos estão com graves dificuldades. Presta-se apenas a aplicações individuais ou, no máximo, em pequenos grupos. Finalmente, consome muito tempo.

Entretanto, como os padrões sociais mudam e a doença mental não é mais tida como a única razão para a psicoterapia, essa forma de educação está sendo mais amplamente usada. Grupos de cientistas sociais, como os da clínica Menninger, estão sendo pioneiros na aplicação da psicoterapia aos problemas gerenciais. Os gerentes que se vêem necessitados de auxílio são hoje mais facilmente persuadidos a procurá-lo através do aconselhamento psicológico e da terapia. É provável que haja grandes desenvolvimentos nesse campo nas próximas décadas.

O outro método é uma forma de treinamento de "laboratório" desenvolvido durante os últimos doze anos por alguns cientistas sociais filiados ao National Training Laboratory for Group Development (Laboratório Nacional de Treinamento para Desenvolvimento de Grupo), em Washington. Essa organização, que é uma divisão da National Education Association, desenvolve as suas atividades através de uma série de programas anuais em várias partes do país. Os programas são assessorados por cientistas sociais, alguns dos quais são professores em instituições acadêmicas; outros são profissionais engajados em trabalho particular; e outros ainda são empregados em organizações industriais, de serviço social e do governo. Todos esses profissionais participaram ativamente, na NTL, no desenvolvimento de seus métodos ou na pesquisa de campo.

A essência desse método educacional para aperfeiçoar as habilidades de interação social é o chamado T-Grupo (de treinamento). Consiste em dez a quinze indivíduos e um instrutor que se reúnem regularmente durante um certo tempo. É muito comum o esquema de duas semanas durante as quais o T-Grupo se reúne diariamente por duas horas. O conteúdo da aprendizagem é suprido pelo próprio T-Grupo na forma do comportamento de seus membros durante esses encontros. Esse comportamento inclui interações sociais de todos os tipos que são usadas pelos indivíduos para aumentar a sua compreensão (1) do impacto do seu comportamento sobre os outros, (2) das suas reações ao comportamento dos outros, (3) dos fenômenos de dinâmica de grupo e sua importância. Como a participação no T-Grupo envolve prática e *feedback* de natureza única, há oportunidade de melhorar as habilidades de interação social.

O *feedback* obtido no T-Grupo tem importância especial porque difere inteiramente do que ocorre normalmente em situações de grupo. Um pouco do *feedback* vem do instrutor, mas a maior parte dele são os membros do grupo que se dão uns aos outros. As "regras básicas" que o grupo estabelece para o *feedback* são importantes. Com a ajuda do instrutor, o grupo comumente chega a ver as diferenças entre oferecer ajuda e tentar controlar ou punir o outro, entre analisar e interpretar o ajustamento do outro (o que é tabu) e informá-lo do impacto que tem sobre os outros. É freqüentemente impressionante observar o alto grau de sensibilidade e de habilidade que se desenvolve nesses grupos à medida que os seus membros se ajudam uns aos outros a aprender.

Naturalmente, o T-Grupo tem por finalidade facilitar tipos de comportamento que podem ser muito úteis para se aprender sobre interação social. Certos aspectos da atividade grupal de todos os dias são obscurecidos ou removidos de propósito. O instrutor, por exemplo, não provê a liderança que um grupo de "estudantes" normalmente esperaria. Isso produz uma espécie de "vácuo do poder" e uma série de comportamentos que, oportunamente, servem de base para a aprendizagem. Não há nenhuma pauta de trabalho, exceto a que vai surgindo no grupo. Não há normas de operação do grupo, a não ser que o grupo as queira adotar.

O T-Grupo é, no início, uma experiência confusa, tensa, frustrante para muitos participantes. Mas essas condições se revelaram como propícias à aprendizagem nesse campo. Naturalmente, alguns indivíduos aprendem muito enquanto outros resistem ao processo todo. É raro, contudo, que um indivíduo termine uma experiência de duas semanas num T-Grupo achando que não aprendeu nada.

Esses programas centrados na experiência do T-Grupo oferecem ainda aulas teóricas, sessões de "prática de habilidades", demonstrações, sessões dedicadas a proporcionar aos indivíduos ocasião de consulta para análise de seus problemas "em casa", e sessões destinadas a aperfeiçoar as habilidades necessárias para ajudar os outros. Todas essas atividades são planejadas de antemão pela assessoria para formar um todo articulado e não uma colcha de retalhos de experiências isoladas. Cada programa difere, de alguma forma, dos antecedentes, na medida em que aqueles que os administram aprendem e se acumulam resultados de pesquisa, e que inovações são criadas.

Finalmente, esses programas são administrados em locais que sejam psicologicamente, se não geograficamente, distantes da vida de todo o dia. Bethel, Maine, Arden House de Columbia, e outros locais como esses tornam possível criar uma "ilha cultural" na qual a importância da experiência toda é intensificada. Isso parece que também ajuda a aprendizagem, em parte porque a situação incomum cria um ambiente no qual os indivíduos são mais flexíveis ao experimentar novos comportamentos para ver como se ajustam.

Um problema muito real, ligado a essa abordagem extremamente não-convencional da educação em habilidades de interação social, é a dificuldade que têm os participantes para transmitir, de maneira inteligível, a sua experiência depois de terminada. Eles muitas vezes conseguem apenas fazer com que o programa pareça misterioso e esotérico. Isso não é de surpreender. Os mais profundos e significativos *insights* do nosso próprio comportamento são, muitas vezes, perturbadoramente simples. Um indivíduo, por exemplo, pode prejudicar seriamente a sua eficiência porque fala demais. Por razões que são psicologicamente complexas, ele não consegue nem ouvir – muito menos entender – o *feedback* comum que lhe é dado sobre essa questão. Nem percebe ele como a sua prepotência verbal não só prejudica a sua eficiência como frustra os seus próprios objetivos.

Se, como pode acontecer, a experiência do T-Grupo lhe revelasse o que estava fazendo com os outros e consigo mesmo, ele poderia, em conseqüência disso, melhorar consideravelmente a sua habilidade em interação social. Entretanto não se sentiria à vontade, na sua volta, para contar aos colegas que tinha aprendido as conseqüências de falar demais. Se o *insight* tivesse levado a uma real compreensão do sentido intrincado desse comportamento no seu ajustamento, ele ficaria muito mais embaraçado ainda para falar sobre isso.

Não há mistério algum nessa forma de educação. É manipulativa apenas no sentido de ser planejada para criar condições sob as quais as pessoas possam – se quiserem – melhorar a compreensão que têm de si mesmas e dos outros, e aperfeiçoar as suas habilidades de interação social. Ela tende a demonstrar de modo dramático como, nesse campo, é difícil e complexo aprender até mesmo as coisas basicamente simples. De modo que o participante pode não conseguir se comunicar muito bem ao tentar descrever a experiência. Porém, o fato de que as suas conseqüências são realmente importantes é demonstrado pela crescente procura de oportunidades de participar dela.

Aliás, as críticas feitas a esses programas como sendo exemplos de "pensar pela cabeça dos outros", por criarem subserviência e conformismo com a pressão social, minarem o individualismo e abafarem a criatividade, são baseadas em completa ignorância dos métodos educacionais utilizados. Praticamente todo o mundo que tenha participado de alguma atividade do NTL dará testemunho do contrário. Aprende-se como a pressão do grupo pode ser convincente, mas aprende-se, ao mesmo tempo, quanto valor podem ter os recursos do grupo para a realização dos nossos próprios objetivos. Além disso, aprende-se alguma coisa sobre como reagir ao primeiro e como utilizar o segundo aspecto do comportamento do grupo.

Da mesma forma que a psicoterapia, esses métodos de treinamento de laboratório nas habilidades de interação social serão desenvolvidos e aperfeiçoados nos anos que virão. Todavia, o seu valor já foi amplamente demonstrado.

Sumário

A competência gerencial se cria no trabalho, não na sala de aula. Entretanto, a educação em sala de aula pode ser usada como uma ajuda de valor para o processo de desenvolvimento de gerentes, desde que haja suficiente compreensão dos diferentes tipos de aprendizagem implicados e dos diferentes métodos e estratégias adequados a eles. A atitude ingênua de quem julga a educação uma Boa Coisa independentemente da necessidade a ser sanada, só pode acabar em desilusão. Parece que vale a pena reiterar algumas conclusões gerais:

1. A aprendizagem em sala de aula só é eficaz dentro de um clima organizacional propício ao crescimento. Um ambiente negativo anulará, em pouco tempo, os ganhos obtidos com a educação em sala de aula.

2. As motivações do indivíduo – as "necessidades experimentadas" de conhecimento novo ou de maior habilidade – são fatores absolutamente decisivos em qualquer aprendizagem. O princípio de integração, portanto, é importante na administração de todas as atividades relacionadas com a educação gerencial.

3. Aprendizagem é um processo ativo. A concepção da educação como "pistola de lubrificação" é ineficaz.

4. Prática (experiência) e *feedback* efetivo são aspectos essenciais de qualquer aprendizagem que envolva mudança de comportamento. Os métodos educacionais que, na aprendizagem de habilidades, não levam em conta esses requisitos são inúteis.

5. As habilidades de interação social são, ao mesmo tempo, as mais importantes para o gerente e as mais difíceis de serem aperfeiçoadas em sala de aula. Os métodos comuns de educação parecem relativamente ineficazes para produzir aprendizagem nessa área. Os métodos de laboratório, contudo, que oferecem condições especiais de experiência e de *feedback* demonstraram o seu valor.

6. Em vista das complexidades e dificuldades do processo de aperfeiçoar a competência gerencial através da aprendizagem em sala de aula, nossas expectativas deveriam ser modestas. Não se quer, com isso, desmerecer as contribuições da educação em sala de aula, mas sugerir que os gerentes (como os pais em face do sistema público de ensino) às vezes esperam que o ensino formal os alivie da responsabilidade pelo crescimento dos seus subordinados *no trabalho.*

Tentativas de avaliar programas de treinamento em sala de aula, que ignoram os efeitos do clima de trabalho, produzirão, inevitavelmente, resultados mistificadores.

Referências

Andrews, Kenneth R., "Is Management Training Effective?", *Harvard Business Review*, vol. 35, nos 1 e 2, jan.-fev. e mar.-abr. de 1957.

Hoy, George A., Jr., "A Brand-new Breakthrough in Management Development", *Factory*, jul. de 1959.

Johnson, Howard W., "A Framework for Reviewing the Contribution of University Executive Development Programs". Cambridge, Massachusetts Institute of Technology, School of Industrial Management Reprint 27, 1956.

Maier, Norman R. F.; Solem, Alden R. e Maier, Ayesha A., *Supervisory and Executive Development: A Manual for Role Playing*. Nova York, John Wiley & Sons, Inc., 1957.

National Industrial Conference Board, Inc., "Company Programs in Executive Development", *Studies in Personnel Policy*, nº 107, 1950.

Capítulo XVI

A equipe gerencial

Há alguns anos, dois bolsistas da Sloan fazendo pós-graduação no MIT escreveram juntos uma tese sobre as relações entre assessoria e linha. Um deles concentrou-se na função contábil e o outro na de recursos humanos. Estudaram diversas companhias e encontraram os tipos usuais de dificuldades e atritos. A qualidade das relações parecia ter pouco a ver com o grau de conformidade aos princípios dos manuais, tais como unidade de comando e igualdade de responsabilidade e autoridade.

Uma divisão de uma grande companhia, entretanto, pareceu-lhes um enigma. Os gerentes, nessa organização – tanto de linha como de assessoria –, desprezavam completamente a distinção comum entre os dois tipos de funções. Os pesquisadores encontraram pessoas da assessoria exercendo autoridade direta e pessoas da linha dando pareceres. *No entanto, quase não encontraram sinais de atrito ou antagonismo entre os dois grupos.* Além disso, a divisão era considerada como uma das mais bem administradas e a mais bem-sucedida economicamente na companhia.

> Uma pista que ajudou a explicar essa situação anômala foi a relação entre o gerente geral e os diversos gerentes, tanto da linha, como da assessoria, que lhe eram subordinados. Fazia dois anos que ele estava na função e tinha criado um espírito de equipe extraordinário dentro desse grupo. Todos trabalhavam muito unidos e de-

monstravam grande compromisso com os objetivos fixados em comum e alto grau de colaboração informal na consecução deles. Os limites formais entre as suas responsabilidades, ao que parecia, não tinham muita importância para eles. Estavam interessados em ver o trabalho feito mediante qualquer meio que parecesse eficiente. O resto da organização divisional refletia as suas atitudes.

A conclusão dos pesquisadores foi que esse grupo se caracterizava por uma verdadeira "unidade de propósito", que dispensava, em grande parte, a necessidade de disposições formais tais como unidade de comando, igualdade entre autoridade e responsabilidade, e distinções entre assessoria e linha.

A importância da unidade de propósito dentro da equipe gerencial é louvada por muitos gerentes, mas nem sempre se reconhece que esse objetivo só pode ser alcançado por um *grupo* estreitamente unido. A maioria das chamadas equipes gerenciais não são, absolutamente, equipes, mas coleções de relações individuais com o chefe, em que todos disputam poder, prestígio, reconhecimento e autonomia pessoal. Em tais condições, a unidade de propósito é um mito.

Um estudo de pesquisa de grupos de alta direção constatou que 85% das comunicações dentro do grupo se faziam entre cada um dos subordinados e o superior (para cima e para baixo), e só 15% se faziam lateralmente entre os subordinados. Muitos executivos que falam de suas "equipes" de subordinados ficariam estarrecidos se descobrissem quão baixo é o nível real de colaboração entre eles e quão alto o nível de desconfiança e antagonismo. No entanto, esses executivos geralmente criam, eles mesmos, essas condições que os estarreceriam se fossem reconhecidas. E as criam lidando com os subordinados individualmente em vez de ajudá-los a formar um verdadeiro grupo.

O indivíduo ou o grupo?

O assunto referente a grupos dentro da administração tende a gerar muita emotividade. Há os que não dão valor algum ao esforço grupal e que parecem acreditar que uma organização possa funcionar eficientemente na base de relações entre pares de indivíduos. Em muitas companhias, por exemplo, não se dá muito crédito a comissões. De modo geral se atribui às comissões a capacidade de definir um camelo como cavalo.

William H. Whyte, da revista *Fortune*, no seu livro *Organization Man*, sustenta uma opinião ainda mais radical. Argumenta ele que a atividade grupal nivela o indivíduo por baixo, força a conformidade e nega a expressão do individualismo, anula a atividade criadora e é, de modo geral, uma forma de atividade humana que estorva e limita o desempenho individual.

Essas opiniões negam as realidades da vida organizacional. Muitas atividades simplesmente não podem ser realizadas e muitos problemas não podem ser resolvidos somente por uma ou duas pessoas. O problema do grupo *versus* o indivíduo não é um problema de "ou um ou outro". Há tipos de atividades que são próprios para uma só pessoa, outros que são próprios para o par e outros que são próprios para grupos maiores. Em condições adequadas, o esforço grupal apresenta vantagens positivas. Além disso, há graves conseqüências negativas quando se ignora a necessidade da ação grupal e se tenta resolver certos problemas na base de relações duais.

De modo geral, somos extraordinariamente ineptos na consecução de objetivos através do esforço grupal. Mas isso não é inevitável. É o resultado de má compreensão e falta de habilidade no que diz respeito aos aspectos próprios da operação grupal. Aceitamos o fato de que temos de aprender a como funcionar bem nas nossas relações individuais com os subordinados. Se não déssemos a esse aspecto da atividade gerencial mais atenção do que às operações grupais, teríamos o mesmo baixo nível de eficácia em ambos.

A tese de Whyte, segundo a qual se tem dado demasiada ênfase aos fenômenos de grupo, perdendo-se, no processo, a noção do indivíduo, não atinge o âmago da questão. O problema real é que temos dado tão pouca atenção ao comportamento grupal que a gerência não sabe como criar condições para a integridade e o crescimento individual na situação grupal. Não é um problema de demasiada ênfase, mas sim de ignorância baseada na falta de ênfase.

A pesquisa sobre o comportamento grupal foi iniciada com certo atraso. Por muitos anos, quase que a única questão que interessava ao psicólogos, nesse campo, era saber se o rendimento do trabalho era maior quando as pessoas agiam em grupo ou quando agiam sozinhas. As tarefas selecionadas para estudo – por exemplo, o desempenho de computações matemáticas – não eram, muitas vezes, tarefas de grupo. Os pesquisadores não faziam distinção entre atividades apropriadas para uma pessoa só e atividades apropriadas para o grupo. Conseqüentemente, as conclusões das pesquisa não levavam a nada.

Nas últimas duas décadas, houve uma concentração de esforços na realização de pesquisas importantes sobre o comportamento grupal que está começando a dar bons frutos. Kurt Lewin e seus alunos iniciaram esse trabalho nos anos 30 a partir de algumas questões científicas significativas: qual é o comportamento que ocorre nos pequenos grupos reunidos em torno de uma tarefa, e em que é que esse comportamento difere (se é que difere) do comportamento em outras situações? Há variáveis de forças que operam nas situações de grupo e que lhes são próprias? Se há, quais são as suas conseqüências?

A partir daí, surgiu um importante campo de atividades de pesquisa que tem produzido um impressionante acervo de conhecimento. Lewin chamou a esse campo de "dinâmica de grupo" porque reconheceu o que mais tarde veio a ser verificado – que há aspectos importantes do comportamento grupal que podem ser melhor compreendidos pelo estudo dos grupos como um campo de forças. A questão era, para ele, análoga à "dinâmica" dos físicos.

Acontece, freqüentemente, que quando um novo campo de estudo se abre com descobertas que contestam convicções de base emocional e de há muito tempo firmadas, a sua acolhida é sempre hostil. A reação gerada pela teoria da evolução de Darwin perdeu hoje a sua intensidade e ela é aceita como legítima e cientificamente respeitável. É um pouco difícil para a geração mais jovem ter uma idéia da intensidade da emoção gerada há pouco mais de meio século, pelas questões levantadas por Darwin. Mas entre os mais velhos há ainda quem se lembre do julgamento de Scopes, em Tennessee, que deu assunto para os jornais durante muito tempo. A psicanálise de Freud gerou hostilidades que ainda não desapareceram totalmente. O campo da dinâmica de grupo encontrou dificuldades semelhantes.

Depois que os primeiros pesquisadores descobriram que havia características, no esforço grupal, que diferenciavam essa forma de atividade humana das outras, era natural que quisessem aplicar os seus *insights* a situações práticas. Começaram por perguntar o que é que as pessoas poderiam fazer para serem mais eficientes nos grupos. Com o crescimento desse campo de aplicação, houve, naturalmente, quem exagerasse o seu alcance, e também quem explorasse as suas descobertas em seu próprio benefício econômico. Finalmente, houve ainda a reação violenta dos que temiam que a ênfase no comportamento grupal minasse o seu poder pessoal. A dinâmica de grupo adquiriu má fama.

Grupos eficientes e ineficientes

Se examinarmos, de maneira razoavelmente objetiva e equilibrada, a grande quantidade de dados de pesquisa sobre o comportamento grupal, algumas coisas se esclarecem. Primeiro, não há habilidades misteriosas e secretas que capacitem o "perito" a manipular os grupos a serviço de seus próprios fins. O conhecimento neste campo, como em qualquer outro campo científico, pode ser mal empregado, mas os perigos de seu mau uso são consideravelmente menores do que, por exemplo, os do campo da física atômica. Na realidade, uma das principais contribuições da pesquisa sobre o comportamento grupal foi a de mostrar como esse mau uso manipulativo tende a ser autofrustrador.

Segundo, a despeito das pregações de uns poucos "convertidos", não se trata de um novo culto. Esse campo tem o seu jargão, mas nada que se compare com o vocabulário que se desenvolveu no campo dos mísseis na última década!

Terceiro, os grupos podem ser entidades eficientes na tomada de decisão e na solução de problemas. Todos os argumentos no sentido de que "só o indivíduo" pode ser responsável, tomar decisões, inovar, são falsos. O fato de muitos grupos, ou mesmo a maioria deles, não fazerem bem essas coisas só prova a nossa falta de conhecimento sobre o comportamento grupal e nossa falta de habilidade em funcionar dentro de grupos.

As questões básicas que os pesquisadores sérios estão investigando nesse campo são: quais são as forças que só atuam nas situações de grupos pequenos, de face-a-face? Como é que atuam e como se pode aproveitar o conhecimento delas para melhorar o funcionamento dos grupos? Eis aí uma pesquisa que vale a pena.

Vamos tentar deixar de lado, por um momento, o nosso preconceito, pró ou contra, com relação à atividade grupal, para considerar, em termos de bom senso, algumas das coisas que são características de um grupo eficiente, que funciona bem. Ocasionalmente encontramos equipes da alta direção, ou uma série de reuniões de assessoria ou de comissões realmente boas. O que distingue esses grupos de outros menos eficientes?

1. A "atmosfera" que se percebe, após alguns minutos de observação, tende a ser informal, à vontade, relaxada. Não há tensões óbvias. É uma atmosfera de trabalho na qual as pessoas estão engajadas e interessadas. Não há sinais de tédio.

2. Há muita discussão na qual praticamente todo o mundo participa, mas que se mantém pertinente à tarefa do grupo. Se a discussão sai fora do assunto, alguém logo a traz de volta.

3. A tarefa ou o objetivo do grupo é bem compreendido e aceito pelos membros. O objetivo terá sido discutido até o ponto de ser formulado de tal maneira que todos os membros do grupo tenham podido se comprometer com ele.

4. Os membros ouvem uns aos outros! A discussão não pula de uma idéia para outra sem qualquer relação com a anterior. Todas as idéias são ouvidas. As pessoas não parecem ter medo de fazer papel de tolas expressando um pensamento criativo mesmo que pareça radical demais.

5. Há desacordos. O grupo se sente bem com isso e não revela sinais de que o conflito tem de ser evitado ou de que tudo tem de decorrer num plano ameno e agradável. Os desacordos não são suprimidos ou abafados por uma ação prematura do grupo. As razões do desacordo são cuidadosamente examinadas e o grupo procura resolvê-las, não dominar o dissidente.

Por outro lado, não há nenhuma "ditadura da minoria". Os indivíduos que discordam não parecem estar tentando dominar o grupo ou expressar hostilidade. O seu desacordo é expressão de verdadeira diferença de opinião, e eles esperam ser ouvidos a fim de que se possa encontrar uma solução.

Às vezes há desacordos básicos que não podem ser resolvidos. O grupo acha possível conviver com eles, aceitando-os, sem permitir, porém, que bloqueiem o trabalho. Em certas circunstâncias adia-se uma decisão para permitir que a questão seja estudada pelos membros. Em outras ocasiões, quando o desacordo não pode ser resolvido e a decisão se faz necessária, ela é tomada com a ressalva de que poderá ser reconsiderada posteriormente.

6. Na maioria das vezes a decisão é tomada por uma espécie de consenso, estando claro que há acordo geral e que todos estão dispostos a apoiá-la. Não há quase tendência, da parte dos que se opõem, a ficarem calados deixando que um aparente consenso mascare um desacordo real. O voto formal é muito pouco usado; o grupo não aceita a simples maioria como base adequada para a decisão.

7. A crítica é freqüente, franca e relativamente tranqüila. Não há quase indício de ataque pessoal, seja de maneira direta ou indireta. A crítica tem um tom construtivo pelo fato de ser orientada no sentido de remover um obstáculo com que se depara o grupo e que o impede de concluir o trabalho.

8. As pessoas são livres para expressar tanto os seus sentimentos quanto as suas idéias sobre o problema e sobre o funcionamento do grupo. Não há receio de ferir suscetibilidades nem há assuntos que não possam ser tocados. Todos parecem saber muito bem como todos os outros se sentem em relação a qualquer assunto em discussão.

9. Quando a decisão é tomada, as atribuições são feitas com clareza e aceitas por todos.

10. O presidente do grupo não o domina e nem o grupo se submete indevidamente a ele. Na realidade, quem observa a atividade percebe claramente que a liderança muda, de vez em quando, conforme as circunstâncias. Diversos membros, por causa do seu conhecimento ou experiência, se vêem, em ocasiões diversas, em posição de agir como "recurso" para o

grupo. Os demais membros recorrem a ele para informação e eles ocupam papéis de liderança nessa hora.

Não há quase indício de luta pelo poder enquanto o grupo funciona. A questão não é saber quem controla, mas que o trabalho seja feito.

11. O grupo é consciente de seu próprio funcionamento. Freqüentemente pára para examinar de que maneira está funcionando ou para descobrir o que é que está interferindo nas suas atividades. A dificuldade pode ser uma questão de procedimento, ou pode ser um indivíduo cujo comportamento esteja interferindo na consecução dos objetivos do grupo. Seja o que for, o problema é discutido até que se encontre uma solução.

Essas e outras características observáveis são geralmente encontradas num grupo eficiente de trabalho. Cada uma delas representa maneiras importantes de lidar com forças que estão presentes em todos os grupos. É preciso que todos os membros – e não só o líder – tenham muita sensibilidade, compreensão e habilidade para criar um ambiente como esse.

> Tenho tido o privilégio de participar, em diversas ocasiões, de um grupo de assessoria composto de seis a oito membros, incluindo os professores de um programa de treinamento patrocinado pela NTL. A cada vez fico de novo impressionado pela demonstração de ação grupal eficiente dada por esses colegas quando se reúnem para planejar o programa.
>
> Normalmente dá-se um dia para essa finalidade. A tarefa é clara, mas há sempre a expectativa de se incluírem inovações – às vezes importantes – no programa, que o tornarão não só diferente mas melhor do que qualquer outro anterior. Ninguém sabe que inovações serão essas, nem como evoluirão, mas o grupo confia nos recursos

de seus membros para fazer um trabalho verdadeiramente criativo. Essa confiança raramente é desapontada.

Além do planejamento do programa, há uma dezena de decisões a serem tomadas, muitas tarefas e responsabilidades específicas a serem atribuídas, uma variedade de interesses e desejos individuais a serem integrados com as exigências do programa. Surgem conflitos, mas são resolvidos através de discussão, às vezes bem calorosa. Esses colegas são individualistas e nenhum deles está disposto a ter a sua individualidade anulada. No entanto, há o tipo de comprometimento com o objetivo comum que produz verdadeiro autocontrole.

A tarefa é realizada com extraordinária eficiência, e no entanto há muita brincadeira e bom humor. As "funções de manutenção" do grupo são desempenhadas à medida que surge a necessidade. Há um presidente, mas a liderança desloca-se através do grupo conforme a situação. Todos participam ativamente, e ninguém domina o grupo. Nunca soube que se precisasse pôr alguma questão em votação, a não ser de brincadeira. Toda decisão é unânime.

E o que é mais importante, cada um desses grupos tem uma composição diferente. Alguns dos indivíduos podem ter trabalhado juntos antes, mas há sempre vários membros novos. Apenas começada a reunião, eles já fazem parte do grupo como se a ele pertencessem já há muitos anos.

É realmente uma experiência estimulante participar de uma atividade dessas. Sempre saio dela desejando que alguns dos meus bons amigos, que estão na administração e que têm preconceito em relação a grupos, pudessem ter observado a reunião.

Agora vamos olhar para o outro lado. Vejamos um grupo fraco – um grupo relativamente ineficiente na realização de suas finalidades. Quais são as características de seu funcionamento?

1. A "atmosfera" tende a refletir indiferença e tédio (as pessoas cochichando umas com as outras, conversas laterais, indivíduos que obviamente não estão interessados, etc.), ou tensão (correntes subterrâneas de hostilidade e antagonismo, rigidez e formalidade exagerada, etc.). É claro que o grupo não se sente desafiado pela tarefa e não está realmente interessado nela.

2. Umas poucas pessoas tendem a dominar a discussão. Muitas vezes as suas contribuições passam ao largo da questão. Ninguém faz nada para manter o grupo dentro do assunto.

3. É difícil entender, pelas coisas que são ditas, qual é a tarefa do grupo ou quais são os seus objetivos. Eles podem ter sido anunciados pelo presidente da mesa inicialmente, mas não há sinais de que o grupo entenda ou aceite um objetivo comum. Ao contrário, é em geral evidente que diferentes pessoas têm objetivos pessoais, particulares e diferentes, que estão procurando atingir no grupo, e que esses objetivos estão muitas vezes em conflito entre si e com a tarefa do grupo.

4. As pessoas não ouvem realmente umas às outras. As idéias são ignoradas ou menosprezadas. A discussão pula de uma coisa para outra com muito pouca coerência e nenhuma elaboração em determinado sentido. Tem-se a impressão de que muitos falam para se exibir – fazem-se discursos com a intenção óbvia de impressionar alguém e que em nada contribuem para o assunto em pauta.

Uma conversa com os membros, depois da reunião, revelará que deixaram de expressar idéias ou sentimentos que lhes teriam ocorrido, por medo de serem criticados ou considerados tolos. Alguns membros acham que o líder ou os outros membros os estão continuamente julgando pelas contribuições dadas, e por isso são extremamente cuidadosos com o que dizem.

5. Os desacordos, geralmente, não são tratados de maneira eficaz pelo grupo. Poderão ser completamente suprimidos por um líder que teme conflitos. Por outro lado, poderão resultar em guerra aberta cuja conseqüência é a dominação de um subgrupo pelo outro. Podem ser "resolvidos" mediante votação que dá vitória a uma pequena maioria, mas não convence a grande minoria.

Poderá haver uma "ditadura da minoria", na qual um indivíduo ou um pequeno grupo é tão agressivo que a maioria cede aos seus desejos a fim de preservar a paz ou fazer progredir a tarefa. Em geral, só os membros mais agressivos conseguem fazer ouvir as suas idéias, porque as pessoas menos agressivas tendem a ficar quietas de vez, ou a desistir depois de algumas poucas tentativas vãs de se fazerem ouvir.

6. As decisões muitas vezes são tomadas prematuramente antes que as questões essenciais sejam examinadas ou resolvidas. Haverá muitos comentários de insatisfação, depois da reunião, feitos pelas pessoas que não gostaram da decisão mas não se manifestaram durante a reunião. Uma simples maioria é considerada suficiente para se tomar uma decisão, e espera-se que a minoria a aceite. Na maioria das vezes, porém, a minoria permanece ressentida e não se compromete com a decisão.

7. Não há muita clareza sobre a maneira como as decisões vão ser postas em prática – ninguém sabe realmente quem vai fazer o quê. Mesmo quando há atribuição de responsabilidades, fica-se em dúvida se elas vão ser de fato levadas a cabo.

8. A liderança permanece claramente com o presidente da comissão. Ele pode ser fraco ou forte, mas se senta sempre "à cabeceira da mesa".

9. Pode haver crítica, mas cria embaraços e tensões. Muitas vezes, parece que envolve hostilidade pessoal e os

membros se sentem mal e incapazes de lidar com ela. A crítica de idéias tende a ser destrutiva. Às vezes, toda idéia que é proposta é "malhada" por um outro. Então, ninguém se expõe.

10. Os sentimentos pessoais são ocultados em vez de serem revelados. A atitude geral do grupo é de não julgá-los assunto adequado para discussão porque criariam muita confusão se fossem tratados no grupo.

11. O grupo tende a evitar qualquer discussão sobre a sua própria "manutenção". Há muita discussão, depois da reunião, sobre o que foi mal e por quê, mas esses assuntos raramente são trazidos à baila dentro da própria reunião onde poderiam ser resolvidos.

Por que será que tantos grupos parecem estar mais próximos deste exemplo do que do primeiro? Há várias razões. Em primeiro lugar, a maioria das pessoas tem muito poucas expectativas em relação à realização grupal. Nossa experiência com grupos realmente eficientes tem sido tão limitada que não temos padrões muito claros para imaginar o que poderia ser essa realização. Em segundo lugar, a maioria das pessoas tem relativamente pouco conhecimento do que é importante para um bom funcionamento do grupo. Não estamos a par das pesquisas mais recentes e de suas conclusões sobre os requisitos importantes para atividades grupais eficientes, e por isso nem sempre o que tentamos fazer para melhorar um determinado grupo é relevante.

Uma das razões mais importantes do funcionamento grupal fraco é o medo generalizado de conflito e de hostilidade que nos leva a nos comportarmos de formas que mais atrapalham do que ajudam. Hostilidades, falta de franqueza e outros fatores pessoais prejudiciais ao funcionamento grupal estão comumente presentes, especialmente em grupos recém-formados. Ignorá-los ou suprimi-los é deixar que eles determinem o nível de eficiência do grupo. No entanto, nosso medo de conflito e de disputas pessoais é tão grande que é exatamente isso que normalmente acontece.

Um outro fator importante causador de atividade grupal fraca é a noção errônea de que a eficiência do grupo depende apenas do líder. Na realidade, os dados de pesquisas indicam muito claramente que *a verdadeira pista para uma atuação grupal eficiente é o comportamento hábil e sensível de seus membros.* Num grupo realmente competente e habilitado, os membros podem, de fato, levar a cabo uma atividade extremamente eficiente sem nenhum líder oficial.

Finalmente, junto com os nossos medos de conflito e hostilidade há uma falta de reconhecimento da necessidade de se prestar atenção na manutenção do próprio grupo. Como qualquer organização complexa, o grupo requer atenção para o seu funcionamento. Para operar com o máximo de eficiência, ele requer manutenção constante. A maioria dos grupos trata dos problemas de manutenção só depois das reuniões, e disso raramente resulta uma ação dentro do grupo.

Subjacente a todos esses pontos específicos existe, freqüentemente, uma atitude mais profunda associada com a Teoria X: administração por direção e controle é posta em perigo pelo funcionamento grupal eficiente. O princípio do "dividir para reinar" é eminentemente sólido para quem quer exercer poder pessoal sobre os subordinados. É a melhor maneira de controlá-los.

Se, porém, o superior reconhece a existência da intrincada interdependência característica da indústria moderna, e se estiver menos interessado em poder pessoal do que em criar condições que permitam que os recursos humanos à sua disposição sejam utilizados para a consecução dos objetivos organizacionais, procurará formar um grupo sólido. Reconhecerá que o maior comprometimento com os objetivos organizacionais e a melhor colaboração para atingi-los *exigem tipos específicos de interação que só podem ocorrer num am-*

biente grupal extremamente eficiente. Por isso, desestimulará toda discussão e toda tomada de decisão sobre vários assuntos que afetam a sua organização, que não sejam feitas pelo grupo. Ele dará plena expressão à idéia de "equipe" com todas as conotações que ela tem no campo de futebol.

As potencialidades do trabalho de equipe

O pequeno grupo face-a-face é uma unidade tão importante quanto o indivíduo, na organização. Os dois não se opõem. Um grupo verdadeiramente eficiente proporciona ao indivíduo algumas das suas mais profundas satisfações. Muitos dos difíceis problemas organizacionais de coordenação e controle podem ser resolvidos através do trabalho de equipe e da atividade de grupo. Todavia, esses valores só podem se realizados se certas exigências forem cumpridas.

Primeiro, teremos de abandonar a idéia de que os valores individuais e grupais são necessariamente antagônicos, e que o último só pode ser realizado às custas do primeiro. Se examinássemos a família poderíamos reconhecer as possibilidades inerentes ao ponto de vista oposto.

Segundo, teremos que procurar, seriamente, entender melhor os fatores que determinam a eficiência da ação grupal e aprender a utilizá-los. Isso significa muito mais do que oferecer cursos sobre liderança de grupos. Significa, acima de tudo, adquirir habilidades de *participação* em grupos. O método de treinamento em laboratório desenvolvido pelo National Training Laboratory (comentado no capítulo XV) é especialmente eficaz para a aquisição dessas habilidades.

Terceiro, teremos de aprender a distinguir entre as atividades que são próprias para grupos e as que não são.

Finalmente, teremos de distinguir entre o conceito de equipe de gerência, que não passa de um artifício a ser aplicado dentro da estratégia da administração por direção e controle, e o conceito de equipe como um correlato natural da administração por integração e autocontrole. Um não tem nada a ver com o outro.

Na medida em que essas exigências forem satisfeitas, faremos algumas descobertas importantes. Por exemplo:

1. O estabelecimento de metas em grupo oferece vantagens que não podem ser obtidas pelo estabelecimento de metas por um indivíduo só. Os dois são suplementares, não exclusivos.

2. Um grupo gerencial eficiente proporciona o melhor ambiente possível para o desenvolvimento individual. É o lugar natural para ampliar a compreensão que o gerente tem das outras funções que não são suas, e para criar uma real valorização da necessidade de colaboração. É a melhor base de treinamento da habilidade em solução de problema e em interação social.

3. Muitos objetivos importantes e muitas medidas de desempenho podem ser criados para ser aplicados ao grupo, o que não acontece no plano individual. Os membros de grupos coesos trabalharão para alcançar os objetivos do grupo pelo menos com o mesmo ardor com que se esforçariam para alcançar os individuais.

4. Numa equipe gerencial eficiente, os aspectos de competição encarniçada, que representam um prejuízo para o sucesso organizacional, podem ser minimizados pelo desenvolvimento da "unidade de propósito", sem reduzir a motivação individual.

> Não me parece que possa haver uma transição rápida da nossa concepção da organização, como uma estrutura de relações individuais, para a concepção dela como uma estrutura de relações entre grupos. Temos muito o que aprender, e preconceitos demais para vencer. Mas

realmente acredito que essa transição seja inevitável, a longo prazo. Logo mais já não será possível dirigir uma empresa complexa, interdependente e cooperativa, como a companhia industrial moderna, com base nas premissas totalmente ilusórias de que ela é feita de relações individuais. O preço que isso custa – embora em grande parte oculto e não reconhecido – não se justifica de forma alguma. Quando algumas administrações começarem a descobrir as vantagens econômicas, além das psicológicas, da atuação de equipes realmente eficientes, o estímulo da competição providenciará o aguilhão necessário para acelerar essa transição.

Os entusiasmos da moda vêm e vão. O fato fundamental da capacidade do homem para colaborar com seus companheiros no pequeno grupo face-a-face sobreviverá às ondas da moda e será um dia reconhecido. Aí então, e só então, a administração virá a descobrir quão seriamente subestimou o verdadeiro potencial de seus recursos humanos.

Referências

Bennis, Warren G. e Shepard, Herbert A., "A Theory of Group Development", *Human Relations*, vol. 9, 1956.

Cartwright, Dorwin e Zander, Alvin, *Group Dynamics, Research and Theory*. Evanston, Ill., Row, Peterson & Company, 1953.

Coser, Lewis A., "The Functions of Small Group Research", *Social Problems*, vol. 3, nº 1, 1955.

Fiedler, Fred E., *Leader Attitudes and Group Effectiveness*. Urbana, Ill., University of Illinois Press, 1958.

Gordon, Thomas, *Group Centered Leadership*. Boston, Houghton Mifflin Company, 1955.

Hare, A. Paul; Borgatta, Edgar F. e Bales, Robert F., *Small Groups*. Nova York, Alfred A. Knopf, Inc., 1955.

National Training Laboratory in Group Development, *Explorations in Human Relations Training: An Assessment of Experience, 1947-1953.* Washington D.C., 1953.

Olmsted, Michael S., *The Small Group.* Nova York, Random House, Inc., 1959. (Paperback SS 16.)

Thelen, Herbert, *Dynamics of Groups at Work.* Chicago, University of Chicago Press, 1954.

Conclusão

Os progressos na teoria da ciência física, na primeira metade do século XX, levaram à criação de um novo mundo. Se alguém tivesse previsto, em 1900, como seria a vida nos Estados Unidos em 1960, teria sido considerado completamente louco. Viagens a 10 ou 12 mil metros acima da terra, à velocidade de 900 quilômetros por hora, veículos espaciais rodando em torno da Lua, radar, submarino nuclear viajando sob a calota glacial do Pólo Norte, ar-condicionado, televisão, alimentos congelados, reprodução estereofônica, em domicílio, da música de autores mundialmente famosos – essas coisas, e centenas de outras, eram quase inconcebíveis há sessenta ou oitenta anos. Seriam ainda inconcebíveis se não fossem os progressos da teoria científica e o gênio inventivo do homem em tirar partido deles.

Embora o paralelo possa parecer despropositado para algumas pessoas, estamos hoje numa época em que o progresso da teoria no campo das ciências sociais permitirá inovações que hoje parecem inconcebíveis. Entre essas inovações, incluem-se mudanças espetaculares na organização e na administração da empresa industrial. A capacidade de criatividade, de crescimento, de colaboração, de produtividade (na plena acepção do termo) do ser humano comum é muito maior do que se reconhece. Se não destruirmos a vida neste planeta antes de descobrirmos como dar ao homem a possibilidade de utilizar as suas capacidades para criar um mundo no qual se possa viver em paz, é possível que o próximo meio século traga mudanças sociais das mais espetaculares da história humana.

Acredito que a empresa industrial seja um microcosmo onde se inventarão, testarão e se aperfeiçoarão algumas das mais fundamentais dessas mudanças sociais. Como disse Peter Drucker, a grande empresa industrial moderna é, ela mesma, uma invenção social de grande importância histórica. Infelizmente, já está obsoleta. A sua forma atual simplesmente não é o meio adequado para responder às exigências econômicas futuras da sociedade. A dificuldade fundamental é que ainda não aprendemos como organizar e dirigir os recursos humanos da empresa. Felizmente, um número cada vez maior de gerentes reconhece a inadequação dos métodos atuais. É nesse reconhecimento que repousa a esperança do futuro. A administração industrial já demonstrou, repetidas vezes, uma extraordinária capacidade de inovar, uma vez convencida da oportunidade de fazê-lo.

A administração está seriamente tolhida, hoje, na sua tentativa de inovar em relação ao lado humano da empresa em virtude da inadequação da teoria convencional de organização. Baseada em pressuposições falsas e limitadas acerca do comportamento humano, essa teoria nos impede de ver muitas possibilidades de invenção, exatamente como a teoria da ciência física de há meio século impedia até a percepção da possibilidade do radar ou da viagem espacial.

O importante não é que a administração aceite as pressuposições da Teoria Y. São interpretações do conhecimento atual da ciência social que poderão ser modificadas – e até suplantadas – por novos conhecimentos dentro de pouco tempo. O importante *é* que a administração abandone pressuposições limitadas como as da Teoria X, para que as futuras inovações relativas ao lado humano da empresa sejam mais do que alterações insignificantes nas concepções, já ultrapassadas, a respeito de esforço humano organizado.

Pressuposições teóricas como as da Teoria Y implicam algumas condições impossíveis de serem realizadas na prática (como o vácuo perfeito, sugerido pela teoria física). Isso não é um empecilho; é estímulo para a invenção e a descoberta. Pressuposições como as da Teoria X não nos oferecem outro modelo diferente do que se faz atualmente e, dessa forma, nos estimula, como Joe Scanlon gostava de dizer, a "olhar para o passado e dar as costas para o futuro".

As idéias, relativas a estratégias gerenciais novas em conformidade com a Teoria Y, que foram discutidas neste volume – estabelecimento de metas, Plano Scanlon, participação, papel profissional da assessoria, abordagem "agrícola" do desenvolvimento de gerentes – não são mais do que passos iniciais na direção da administração por integração e autocontrole. Quando a administração se convencer realmente de que está subestimando seriamente o potencial representado por seus recursos humanos – quando aceitar pressuposições acerca do comportamento humano que sejam mais conformes aos conhecimentos atuais das ciências sociais do que as pressuposições da Teoria X – ela investirá tempo, dinheiro e esforços não só para desenvolver uma melhor aplicação das idéias discutidas nestas páginas, como também para inventar outras mais eficazes. Mas, como sempre, a invenção irá de mãos dadas com uma teoria nova.

A finalidade deste livro não é levar a administração a tomar partido entre a Teoria X e a Teoria Y. É, antes, estimular a compreensão de que a teoria é importante; incitar a administração a rever as suas pressuposições e torná-las explícitas. Ao fazer isso, ela abrirá uma porta para o futuro. Disso possivelmente resultariam, nas próximas décadas, progressos, no lado humano da empresa, comparáveis aos que ocorreram na tecnologia, no último meio século.

E se pudermos aprender como realizar o potencial para a colaboração que está latente nos recursos humanos da indústria, ofereceremos para os governos e as nações um modelo que responde a uma necessidade urgente da espécie humana.

Impressão e acabamento
Cromosete
GRÁFICA E EDITORA LTDA
Rua Uhland, 307 - Vila Ema
Cep: 03283-000 - São Paulo - SP
Tel/Fax: 011 6104-1176